KB196234

게이코의 거짓말

게이코의 거짓말

백금남 장편소설

—

거짓된 대답 뒤에 있는 진실을 찾아봐.
진실을 찾는 방법은 단 하나.

피플워치

차
례

1장

2장

3장

Geiko's Lie

1장

그림자의 뿔

1

밤안개가 스멀스멀 휘황한 밤거리를 덮었다. 안개는 이내 실비가 되어 비릿한 냄새를 풍겼다. 홀 안에 불을 밝히자, 안개가 감싸 안았다. 꼭 안개등을 켜놓은 것 같았다. 이렇게 안개가 많지 않았는데, 오늘따라 이상한 일이었다. 확실히, 이곳 날씨는 교토(きょうと, 京都)의 날씨와는 다르다.

창가에 앉아 담배 연기를 내뿜으며 밖을 바라보던 나는 눈을 감았다. 서울로 온 지도 두어 해가 지나가고 있었다. 교토나 이곳 서울이 별다를 건 없었다. 하지만, 이상하게 밤비가 내릴 때면 이곳의 거리는 안개가 가주 끼고, 그래서인지 몽환적이다. 시라카와(しらかわ, 白川)의 노을. 어두운 밤, 거기 날던 호타루(ほたる, 蛍). 밤하늘의 혈관 같던 기온(ぎおん, 祇園) 거리의 등불들. 그 등불들이 생각난다. 준 오빠는 그 등불들이 밤하늘의 이삭(穗) 같다고 했었다.

내가 그 가수를 기억한 것은 준 오빠를 만나고 난 직후였다. 준이라는 한국 사람, 참 이상한 사람이었다. 어느 날, 그가 술집으로 왔는데, 꼭 메마른 갈대 같았다. 스물일고여덟이나 되었을까? 얼굴이 조각을 빚어놓은 것처럼 잘생긴 얼굴이었다. 그가 술을 마시다가, 나를 멀거니 건너다보더니 이렇게 물었다. 일본말이 능숙하진 않았는데, 못 알아들을 정도는 아니었다. 또 한국말이 섞였다고 하더라도, 일본에서 한국말을 열심히 배운 탓에 어느 정도는 알아들을 수 있었다.

-너 조지 마이클(George Michael) 알지?

나는 사실 좀 놀랐다. 흘러간 팝송을 듣다가 들어본 적이 있는 가수 같았다.

조지 마이클? 언제 적 사람일까? 살아 있다고 해도 지금쯤 할아버지가 되어 있을 사람일 터였다. 그런데 이 오빠 팝송도 알고 있네, 하는 생각이 들었다. 시를 쓰는 사람이라고 해서 얌생인 줄 알았더니, 팝송도 다 알고. 그가 1980년대 잘나가던 팝송 가수 조지 마이클을 알고 있다는 게 신기하게 생각되었다.

나중에야 안 것이지만, 준 오빠가 고등학교 다닐 때 그 가수가 죽었단다. 키가 작고 잘생기고 흰 양말을 무릎까지 신었던 가수라고 했다. 우리나라 종속국이었다는 선입관 때문인지 모르겠지만, 그때쯤 한국은 거지 나라(?)였을 텐데, 팝송을 알고 있다는 것이 나는 믿어지지 않았다. 한국에 처음 원정 온 언니들 말을 들어보면 기가 막혀 말이 나오지 않았다. 그런데 그가 그 가수를 알고 있다는 것이다. 이 나라가 우리나라에 36년간 종살이를 해서가 아니라, 우리가 놓은 철로로 기차가 다니고, 우리가 지어놓은 곳이 지금의 한국은행이었다. 말로만 듣던 것을 이곳에 와서 직접 보고서야 이해가 되었다. 이상하게 어깨가 으쓱했는데, 그래서 나라는 강하고 봐야 하는 거였다. 지금도 이 나라는 겉만 번지르르하지, 경제 사정이나 환경적 요건이 좋지 않다. 십몇 년 전만 해도 일본 전기밥솥이 대세였다. 지금은 한국 전기밥솥이 최고라고 하지만, 정말 그럴까? 내가 느끼기에는 아직도 먼 것 같은데. 바로 어제 미코가 전기밥솥으로 밥을 하다가 구시렁거렸다. 밥이 다 되었을 것이라고 뚜껑을 열었는데, 생쌀이 그냥 있었기 때문이다.

－다라시나이(だらしない)!

형편없다는 말이었다.

－이 나라 제품은 정말 따져보고 사야 해. 싸다고 시시한 거 샀다간 큰코다쳐.

－이것도 허가 난 제품이야. 품질 보증을 정부가 하고 있다고.

－그래도 믿으면 안 돼. 불량품 천지야. 며칠 못 쓰고 수리소로 들고 가거나 버리는 게 부지기수야.

－서비스 센터에 전화하니까 들고 오라네. 터치 불량 같다며. 무슨 나라가 이래? 검수도 안 하고 내보내는 거야. 신경질 나 못 살겠네, 증말.

한국 물정 모르는 사람이 정부 믿고 아무 제품이나 사다 쓰다가 어느새 욕쟁이가 되어 있다는 걸 알 수 있다. 고미(ゴミ, 垃圾), 쿠즈

(クズ, 屑), 카스(カス, 滓)라는 말이 입에 붙는 게 한두 번이 아니다. 쓰레기. 맞다. 쓰레기다. 그나마 이름난 회사의 제품은 쓸 만하지만, 그것은 한두 개에 불과하다. 대부분 영세회사의 제품은 불량품이 많다. 많이 좋아졌다고 하지만, 싸구려 전기 소켓을 사다 쓰다가 큰일 날 뻔한 적도 있었다.

그렇게 아직도 불량품이 판을 치는 세상이 한국이다.

더욱이 한국 남자들이 술을 마시는 걸 보면 정말 불량하다. 얼마나 없었으면 그럴까 싶지만, 술을 먹어도 무작스럽게 먹는다. 화가나면 술로 풀려고 하고 그럴 때면 스트레이트로 마신다. 일본 사람들은 독한 술에 물을 타 마신다. 무엇보다 한국 사람들은 술을 꼭거꾸로 마신다. 무슨 술 욕심이 그리 많은지, 첨잔은 귀신에게나 하는 것이라며 꼭 잔이 비어야 술을 따른다. 업소녀가 있는 술집에오기 전에 포장마차를 들른다. 바로 술집에 오면 술값이 비싸기 때문이다. 그러므로 포장마차에서 소주부터 위장에 들이붓는다. 돈이 없어서가 아니고, 이게 촌스러운 것이다.

술은 순도가 약한 것부터 마셔야 한다. 일본 남자들은 그것을 영악하게 알고 있다. 주머니 사정이 여의찮으니까 독한 것부터 마신다고 하지만, 촌스러워서 그런 것이다. 그게 더 손해인 것을 모르니 촌스럽다. 애벌 벽을 치느라 독한 술을 쏟아부었으니, 비싼 술이 들어가면 그것이 다 독한 술이 되어버린다.

요즘 한국 남자들 살 만하니까 큰소리치지만, 내 나라 일본이나 한국이 잘산다는 것은, 나라가 잘산다는 말이지, 개인이 잘사는 것은 아니다. 청년실업은 넘쳐나고 임금은 그대로인데, 물가 치솟는

속도만 봐도 개인의 생활이 얼마나 팍팍한지 알 수가 있다. 이곳
에 오래 머문 언니들 말을 들어보면, 몇 년 전까지만 해도 한국의
시골 공중변소에 가질 못했다고 한다. 더럽기가 구역질이 날 정도
였다는 것이다. 지금도 변두리 시장 공중변소에 가면 쪼그리고 앉
아 보는 변기가 그대로고, 거기 겁 없이 쪼그리고 앉았다가는 튀어
오른 똥물에 엉덩이가 봉변당하기 일쑤다. 비데나 쓰는 종내기들
은 그런 곳이 어딨느냐 할 테지만, 세상 물정 모르는 소리다. 국민
소득 35,000달러의 나라. 이 나라가 예전의 대한민국인 줄 아느냐
고 하지만, 서울을 벗어나면 언제 개발될지도 모르는 산동네가 수
두룩하고, 라면 한 그릇에 목을 매는 사람이 없을까. 아직도 시궁
창의 물은 정화될 날을 기다리며 그대로 흐르고 있고, 돈만 밝히는
양심 없는 이들에 의해 독한 세제로 씻어진 동물 내장이 식당의 양
철판에서 썩은 양념에 버무려져 손님들의 입으로 들어가고 있다.
　그런데 얼마 전에 일본에 지진이 났다니까 음식물을 모아 보내
겠다고 했다. 우리나라에서 그걸 받아먹을 줄 안 것이다. 천만에.
우리는 받지 않았다. 지금도 이곳 어묵을 나는 먹지 않는다. 그 만
드는 과정을 보면 구역질이 나기 때문이다. 술집 옆에 어묵 공장이
있는데, 그곳에 가보면 한국 사람의 위생 관념 참 기가 막힌다. 시
멘트 바닥에 물 한 바가지면 그만이다. 물 한 바가지 바닥에 쏟아
붓고는 청소 끝. 그대로 잡어를 쏟아붓는다. 그러고는 장화 발에다
삽으로 고기를 퍼 분쇄기에 넣는다. 삽을 씻지 않아 때 더미가 똥
덩어리처럼 붙었다. 일꾼은 힘이 들어 칙칙 손바닥에다 침을 뱉으
며 삽질을 한다. 장화 발로 고기를 끌어모으는 건 예사다. 하기야,

내가 이 나라에 들어오던 해의 일이긴 하다. 하도 말이 많으니까, 지금은 나아졌다고 하지만, 글쎄다. 어묵을 받아 파는 주인은 손님이 밀리면 정신이 없다. 소변은 마렵고, 잠깐 사이 화장실로 직행. 소변을 보고 손 씻을 사이도 없이 돌아와 어묵을 손질한다. 고추 잡아 털고 그러다 오줌이 묻은 그 손으로. 으아! 더욱이나 그렇게 만들어진 어묵을 사 먹는 사람들이 더 웃긴다. 요즘은 앞접시 문화가 퍼져 그런 일이 덜하지만, 내가 오던 해만 해도 오뎅을 간장에 찍어 먹을 때, 간장 종지가 하나뿐인 곳이 많았다. 입으로 들어 갔던 어묵이 수시로 간장 종지를 들락거린다. 그건 대중의 침 그릇이라 해도 무리가 없다. 위생 개념이 어쩌면 그리도 없는지, 이 나라 위생 관념 정말 끝내준다. 냄비에 찌개나 라면을 끓여도 마찬가지다. 타액이 묻은 젓가락이나 숟가락의 전쟁터 같다. 시어머니에게 손주를 봐달랬더니, 시어머니 애가 보채고 우니까 틀니 낀 이로 밥을 꼭꼭 씹어 먹인다. 한국인이 음성적인 간장병이 많은 것은 그때 전염된 바이러스 때문이라고 하니 기가 막힌다. 요즘 젊은이들이 그나마 나라 사정이 나아져 많이 발전했지만, 내가 들어오던 해만 해도 손주 밥 씹어 먹이는 건 예사였다. 요즘 손주에게 밥 씹어 먹이는 집이 어딨느냐고 할 테지만, 옆집 할머니는 요즘도 며느리 몰래 애가 보채면 밥을 꼭꼭 씹어 수저에 뱉어, "아, 해." 하고 먹인다. "냠냠, 맛있지? 맛있어? 오구오구, 내 새끼 이쁘기도 하지." 그러면서 엉덩이를 토닥이고 그러면 옆집 할머니가 놀러 와 애 고추를 만지며 고추 따는 시늉을 하며 오물오물 씹는다. "히야 맛있다!" 철없는 애는 할머니의 병이 고스란히 자기 몸으로 옮겨지는

지도 모르고 방긋방긋 웃고, 저녁이면 퇴근한 며느리가, "어머니, 애에게 또 밥 씹어 먹였어요?" 하고 의심하면 벼락 맞은 듯이 펄쩍 뛴다. 그러고는 돌아서서 헛주먹질한다. "너도 네 어미가 그렇게 키웠어! 이년아."

남의 나라 문화 가지고 뭐라 할 처지는 아니지만, 고춧가루 공장 사장이 중국산 고춧가루를 국산으로 둔갑시켜 팔아먹는 나라가 이 나라다.

내가 들어오던 해에 간장 공장의 간장통에 쥐가 빠져 죽었다는 뉴스가 보도되었다. 그래도 그러려니 하는 나라가 이 나라다. 썩은 고추로 고추장을 만들어 팔아도 그러려니 하는 나라……. 썩은 배추를 구정물에 씻어 썩은 고춧가루로 담는 중국 김치를 뉴스에서 연속으로 보여줘도, 그걸 수입해 중국산이라고 생산지를 알리고 버젓이 팔고 먹는 나라…….

그런데도 용서받을 수 있는 건 한국 남자들 때문이다. 우선 일본 남자들보다 잘생겼다. 키도 큰 편이고 아래 물건도 확실히 일본 남자들보다는 크다. 술을 촌스럽게 먹는 건 졸보들에게나 볼 수 있는 것이고, 대체로 평가해 그런 면에서 괜찮은 편이다. 첫째, 잘생겼는데, 우직한 점이 마음에 든다. 조금 촌스럽긴 하지만, 아직도 순수성을 간직하고 있다는 증거다. 내가 너무 이 나라를 깔봐서 그런지 몰라도 꼭 촌의 잘생긴 머슴 같다. 한국에 와서 머슴이라는 말을 처음 들었다. 영화를 보니까, 마님이 나오고 머슴들이 나왔다. 우직하고, 우람하고, 무식하고, 순진하고, 세월이 그때의 세월이 아니고 보면, 그런 머슴들이 있을까만 우리나라가 36년 동안, 이

나라를 지배할 때, 그런 남자들이 종질했을 것이다. 그래서 한국 남자들 요리하는 재미가 쏠쏠하다.

그런데 무식한 사람이 배워놓으면 말이 많듯이, 난체하는 남자들이 꽤 있다. 정이 생기다가도 온갖 정이 이때 뚝 떨어진다.

준 오빠를 만난 것은 그런 와중이었다. 우직하고 무식한 스타일은 아니었지만, 첫눈에 괜찮아 보였다. 그에게서 비누 냄새 같은 것을 맡을 수 있었는데, 묘하게 이끌렸다.

그를 처음 본 것은, 일본에서 건너와 술집을 개업하고 얼마 안되어서였다. 어느 날, 준 오빠가 술집 문을 열고 들어서는데, 모습이 꼭 메마른 갈대 같았다. 그는 자리에 앉기가 무섭게 나를 멀거니 건너다보더니, 일본말로 이렇게 물었다.

-이름이 뭐야?

어릴 때부터 게이샤(げいしゃ, 芸者) 물을 먹었지만, 그렇게 몰상식한 물음은 처음이었다. 나이보다 어려 보여서 그런가 싶었다.

이 사람 왜 이렇게 무례해?

이상하게 배알이 뒤틀렸다. 옛날에 우리 종이었던 한국 남자들을 겉으로 "하이, 하이." 하면서 무시해 왔지만, 그렇게 나오자 심기가 뒤틀렸다.

-와타시노 나마에와 게이코데스(私の名前はげいこです).

내 이름은 게이코라는 말을 한국말로 하려다가 일본말로 해버렸다.

-게이코?

말하고 알아듣는 걸 보니 일본말을 꽤 하는 게 분명했다.

한국에 와서 느낀 건, 이외로 아주 늙은 사람이 일본말을 잘한다는 것이다. 그에 비해 젊은이들은 일본말에 서툴다. 그저 배우는 수준 정도이고, 능통한 사람은 필요로 습득하여 쓰는 사람 정도다. 알고 보았더니 늙은이가 일본말에 능통한 건 우리나라의 속국이었을 때 배운 것이라고 했다.

그의 어투가 꽤 능숙해 보여서, 나는 일본말로 이었다.

-술이나 시키시죠?

-맥주나 줘.

-안주는요?

-과일로.

술을 먹는 내내 말이 없었다.

-뭐 하는 분이세요?

내가 그의 오른손 중지를 보다가 물었다.

-그거 알아서 뭐 하게?

여전히 그는 무례했다.

일본서 게이샤 교육받을 때 그 사람의 직업을 알려면 손부터 보라고 했다. 사람을 파악하려면 손부터 살펴야 한다는 것이다. 손님 직업의 특성을 찾아낼 수 있고 성격까지 알아챌 수가 있는 것은 손이라고 하였다.

그때 배운 것이지만, 손으로 화이트칼라와 블루칼라를 단박에 구분할 수 있다. 돈이 많아도 얼굴은 변장할 수도 있고, 허름한 옷을 입고 다닐 수도 있다. 하지만, 손은 속이지 못한다. 낫으로 일하는 농사꾼은 손이 투박하고, 낫(かま, 鎌)을 오른손에 쥐고 풀을 베

기 때문에 왼손 검지에 칼자국이 있고, 시장에서 생선을 팔거나, 소를 잡는 백정도 마찬가지다. 노름꾼은 엄지 끝에 굳은살이 박였으며, 재단사는 가위질로 인해 엄지와 검지에 굳은살이 박였고, 손톱 밑에 기름이 끼어 있거나 상처투성이라면 기계 수리공, 손등이나 손목에 상처가 있다면 요식업, 손톱에 세로줄이 있으면 영양상태가 고르지 못한 빈한한 사람, 게이샤가 제일 조심해야 할 인물이다. 공무원 사무직과 소설가는 오른손 중지에 굳은살이 박였고, 판별이 안 되면 그 사람의 모양을 보아야 한다. 등이 굽고, 어두운 밤 가스등 같은 분위기가 없으면, 공무원 사무직, 있으면 작가다.

어느 날, 아주 손이 고운 손님이 술집에 왔다. 손이 얼굴과는 딴판이었다. 그런데 오른쪽 중지가 이상했다. 중지에 굳은살이 대추씨처럼 박혀 있었다. 이상해 보였는데, 사람들이 그를 공사장에서 벽돌 쌓는 사람이라고 하여 "렌가쇼쿠닌(レンガしょくにん, 煉瓦職人) 상(さん, 樣), 렌가쇼쿠닌 상." 하고 불렀다. 그런데 도저히 막일하는 사람의 손이 아니었다. 나중에 알고 보았더니, 그는 소설을 쓰며 막일을 하는 사람이었다. 막노동도 예술가의 손은 뺏어가지 못하는 것이었다. 그때만 해도 컴퓨터가 지금처럼은 아니어서 손으로 원고 쓰는 사람들이 많았다. 그런데 원고를 손으로 쓰던 사람들은 자판 쓰기가 그리 쉽지 않다고 했다. 게이샤 바에서 작가 몇 분을 만나보았는데, 아직도 손으로 쓰는 원고가 편하다고 했다. 컴퓨터가 언제 자신의 원고를 날려버릴지 몰라 쓰지 않는다는 것이다.

-오른손 중지를 보니 만년필 굳은살이 박였네요. 글 쓰세요?

그가 자기 손가락을 내려다보다가 피식 웃었다.

-관상가신가? 아니, 수상가신가? 그래. 글 써.

-소설?

-아니. 시.

참, 말을 뽄도 없게 했다. 그런데 이상했다. 그런 그가 싫지 않았다. 일본말이 서툴러서 미사여구가 없나 싶었지만, 그렇지도 않은 것 같았다. 꾸밈이 없다고 할까? 이런 사람이 진국이다.

역시 그는 촌스러운 사람이 아니었다.

한국에 이런 남자가 있었다니.

그런 생각이 들 정도로 괜찮았다. 술 마시고 몸이나 요구하는 그런 남자가 아니었다. 한국 남자들, 실컷 먹어놓고는 술값 계산할 때 보면 구질구질하게 구는데, 뒤끝이 깨끗했다. 팁을 줘도 생색내지 않고, 슬며시 주인 몰래 주고 가는 사람이었다.

너무 자주 오길래, 어느 날 물었다.

-글 쓰신다면서 글 안 쓰세요?

그가 웃었다.

그때부터 그가 오지 않으면 기다려졌는데, 이상한 것은 그가 자꾸 생각이 난다는 것이었다.

-정말 왜 이렇게 자주 와요?

그날도 내가 묻자, 그가 싱글싱글 웃다가 툭 내뱉었다.

-네가 좋아서.

너무 놀라 과일 조각을 찌르려던 포크가 탁자 아래로 떨어졌다. 그걸 주우려고 머리를 숙였다가 드는데, 그의 턱 밑이 보였다. 수염 자국이 파르라니 했다. 가슴이 쿵 하고 무너졌다. 그의 턱 밑을 계속 보다가 그만 나자빠지고 말았다. 그가 나를 잡았다. 그때 그의 입술이 내 목덜미를 스쳤다. 전신이 전기를 맞은 것 같았다.

왜 이래?

나도 모르게 내게 그렇게 물었다.

그런데 그런 그가 조지 마이클이 부른 '경솔한 속삭임(Careless Whisper)'이라는 노래를 지금도 기억하고 있다는 것이다.

그래서 그 구닥다리 노래를 흘러간 팝송에서 찾아 들어보았는데, 그런대로 괜찮다는 생각이었다.

맞아. 이 노래 예전에 들어본 곡이었어.

노래를 처음 들었을 때의 충격이 새록새록 돋아났다. 그 감미로웠던 색소폰 소리, 그리고 미성이라고 할 수밖에 없던 목소리. 그 목소리에 온몸이 짜릿한 전율로 자지러질 정도였는데, 그 노래가 이 노래였구나.

준 오빠도 분명 그랬던 모양이었다.

그런데 기사를 찾아 읽어보니, 이 가수 동성연애자였다. 내게는 이제 옛날일 수밖에 없는 그 당시 세상 남자들의 로망이었다고 기록되어 있었다. 세기의 미녀 브룩 실즈의 프러포즈도 마다한. 알 수 없는 미스테리한 가수였다고 나와 있다. 노래도 잘하지만, 수염 투성이의 잘생긴 얼굴. 얼마나 여자가 많이 따랐으면 동성연애자라 소문났을까.

하기야, 그 당시 인기로 봐선 그럴 수도 있겠다 싶다. 그래서 생몰연대를 인터넷에서 다시 검색해 보았다. 2016년 12월 25일 죽었다고 나왔다.

그때 준 오빠는 고등학생이었다?

세상의 모든 것이 어둠 속으로 묻히던 날
저승의 입구에서
팔짱을 끼고 서서 지켜보던 사자들이
사나운 바람처럼 다가와
이승의 감옥에서 목숨을 빼앗는다

돌아올 수 없는 강 너머로
생명은 절대자의 손에 길러지고
절대자에 의하여 그 운명이 정해져
이 거친 혼돈 속으로

그 무엇도 보이지 않는
오직 어둠뿐인 물질들이
수태의 요인이 되어
자연의 자궁 속을 어지럽힐 때
세상 벽에 등불 걸려는
악령의 슬픔이

돌아보면 아무도 없다
돌아가고자
늘 싸워야 하는

일상이 있을 뿐

뭐야? 뭔 개소리래.

처음 준 오빠의 시를 보았을 때, 나는 그런 생각이었다. 알 것도 같고, 모를 것도 같고, 아주 이상한 낱말만 골라 염주 알처럼 엮어 놓은 것 같았다.

그런데 읽으면 읽을수록 내 마음속을 그려놓은 것 같아 묘하게 이끌렸다. 지옥이 느껴졌다. 가늠할 수 없는 무엄한 공간, 생성과 소멸의 엄청난 소용돌이, 지옥에 빠진 자들과 그곳을 지키는 사왕(死王), 수염을 날리며 지켜보는 현자들…….

그런데, 어느 날 그가 가지고 온 스케치북을 뒤져보다가 기겁하고 말았다. 그의 시를 읽어보고 떠오르던 환영이 거기 그려져 있었기 때문이다. 펜 형태로 된 에어브러시로 그린 그림이었다. 에어브러시는 부드럽고 균일한 색상과 패턴을 만들 수 있는 도구다.

본시 시를 쓰기 전에 그림을 그렸단다.

나는 단숨에 그에게 매료되고 말았다. 그의 그림. 그의 시.

아아, 어쩌면 좋아.

그래서 그에게 물었다.

-자궁 속 역사가 엄청나네요. 끔찍할 정도로.

그가 제법이라는 듯이 나를 바라보았다.

-나는 스위스 화가 한스 루디 기거(Hans Ruedi Giger)라는 사람의 작품이 좋아.

그에게 영향을 받았다는 말로 들렸다.

-에어브러시로 그렸어요?

내가 묻자 어떻게 아느냐는 듯이 그기 눈을 크게 떴다.

-왜, 술집 가시나는 그런 거 알면 안 돼요?

-아니, 그런 것이 아니고. 무슨 일이야? 에어브러시를 다 알고?

-학교 다닐 때 미술반이었거든요.

-그래?

-굉장히 다른 세계 같아요.

그가 고개를 끄덕였다.

-네 말대로 자궁 속 세상이야. 생성과 소멸의 공간이지. 모순이 풍광이 되는 현장이기도 해.

나는 눈부신 듯 실눈을 떴다.

-말이 좀 어렵네요. 모순? 풍광? 술집 가시나에게 그런 문자 써도 되는 거예요. 난체하고 싶으세요?

그가 내 말을 차버리듯 픽 웃었다.

-이 그림을 처음 대하는 애들의 반응은 한결같아. "여기가 어디예요? 동굴 속 같기도 하고.", "여자의 자궁 속인가요? 악마와 등불, 그리고 현자. 재밌네요." 그런 애들에게 꼭 한마디 하고 싶은 말이 있어.

-그게 뭔데요?

-재밌다? 무엇이? 가늠할 수 없는 생사의 공간이? 생성과 소멸의 엄청난 소용돌이가?

-모순이 풍광이 되는 이치를 알고 있는 게 아닐까요?

-하, 제법이네. 너 몇 살 먹어 보이지 않는데, 정체가 뭐냐?

-술집 가시나죠.

-거짓말!

-이렇게 술 팔고 있잖아요.

-묘하네.

도대체 이 사람의 눈높이는 얼마나 되는 것일까?

그를 볼 때마다 한없이 작아지는 나를 보았다. 비록 밑을 파는 계집이지만, 손님에게 쫄아본 적은 없었다.

그래서 그가 안 보이면 자꾸 눈길이 문으로 갔다. 올 것이라고 기다리면 오지 않고 기다리다 지쳐 돌아앉으면 왔다. 그의 속을 헤아릴 수가 없었다.

어쨌거나 한국에 나와서 한눈에 뻥 간 사람은 준 오빠가 처음이고 마지막이었다.

-오빠가 조지 마이클을 어떻게 알아요?

어느 날, 이상해서 내가 물었다.

-조지 마이클?

그는 기억에 없다는 듯이 그렇게 되물었다.

-나 처음 만나던 날 그 가수 물었잖아요. 그때 오빠가 이상하게 섹시해 보이더라.

-아, 그 전날 라디오에서 그 노래가 흘러나오는데, 다시 들어도 갑자기 행복하다는 생각이 드는 거야.

그 가수의 음성이 너무 좋고 색소폰 소리가 너무 좋아 미칠 것 같더라는 것이다.

내가 술 좀 천천히 마시라고 말하면 그는 소주잔을 높이 들어 올렸다.

  -아가야, 세성에서 가장 순수한 증류수야. 이 물이 내 피가 되고 살이 되지.

  -아이고, 그래서 그렇게 말라비틀어진 거예요? 그래요?

  말라비틀어져 가는 시인. 말라비틀어진 심상으로 이 어지러운 세상을 그리려던 준 오빠는 남원에 있다. 뒤에서 걸어가는 모습을 보고 있으면 꼭 마른 갈대 같던 그는 오늘도 세상과 타협하지 못하고 술에 취해 있을 것이다.

  We could have been so good together
  (우린 정말 서로 잘 지낼 수 있었어요)

  We could have lived this dance forever
  (영원히 함께 춤을 출 수도 있었어요)

  시를 쓰고 그림을 그리고 있을 준 오빠. 그 가수의 노래를 듣고 있을 준 오빠.

  술집으로 돌아와 조지 마이클의 노래를 새삼스레 들었다. 조지 마이클의 음성이 부드럽다. 흡사 마약같다. 음(音) 하나하나가 손을 잡고, 나를 안고 돈다. 준 오빠가 좋아하는 가수이기에 그의 음악에 젖을 수 있다는 것이 스스로 생각해도 행복하다.

  계속 그의 노래를 듣고 있자, 주인 언니가 청승맞다는 생각이 들었는지 성질을 냈다.

-하이고 이해를 못 하겠다니까. 왜 하필 꼬부랑 노래야? 요즘 노래 얼마나 좋아. 참 이상한 년이라니까.

-그래서 언니는 이 나라 노래에 미쳤어요?

내가 어머니뻘이나 되는 사람에게 언니라 하는 것은 위계질서 때문이 아니었다. 게이샤 동네에서는 여주인을 오카미(おかみ, 女將)라 부른다. 여기서는 어머니와 딸, 아니면 언니와 동생이다. 오카미가 모든 게이샤를 관리하는데, 어머니라 부르겠다고 하자, 그녀가 싫다고 했다.

내 나이 14살 때였다. 어머니가 18살에 나를 낳았고, 주인 언니가 어머니보다 한 살 밑이니, 그녀 나이 31살 나던 해였다. 화류계 여자 31살이면 이미 볼 장은 다 본 나이다. 더욱이 오카미 생활을 하다 보니 그녀는 노인네처럼 굴었다. 말투나 행동거지를 일부러 그렇게 하는 것 같기도 했다. "에구 에구, 내 새끼."라든지, "어여 먹어. 어여 먹어." 할 때면, 전통 오차야(おちゃや, お茶屋)의 늙은 여주인을 보는 것 같았다.

-나, 네 어미 될 자격 없는 사람이다.

무슨 이유에선지 그녀는 그렇게 말했다.

나는 알 수 없었다. 왜 그녀가 그런 말을 하는지.

-왜요?

내가 물었다.

-네 어미 생각도 나고…….

그녀는 그렇게 말하며 내 시선을 피했다. 이상하다는 생각이 들었지만, 그녀의 속내를 알 수가 없었다.

뒤늦게 위계질서고 뭐고, 그녀는 그렇게 어머니를 잊지 못하고 있다는 생각이 들었다.

-그럼? 이모라고 부를까요?

내가 묻자, 그녀는 여전히 시선을 피했다.

-슨시(ししょう, 師匠)라 하든지, 아니면 언니라고 불러. 네 어미가 날 언니라 불렀슨께.

정이 각별해 그 딸에서나마, 언니라는 소리를 듣고 싶어 하는 것 같아 그때부터 언니라 불렀다. 남들은 어린것이 오카미더러 언니, 언니 하니까 채신머리가 서지 않아, 위계질서 어쩌고 하지만, 그녀의 천성이 그랬다. 오차야 게이샤로서의 교육을 제대로 받지 못한 탓도 있겠지만, 매사 엄격함을 피부적으로 싫어했다. 그저 수더분하고, 오카미로서는 어울리지 않을 만큼 천박했다.

나중에야 알았다. 어머니가 주인 언니에게 언니라고 했지만, 사실은 어머니가 한 살 위였다는 것을.

-그건 소리잖냐. 소리.

내 말을 듣고 난 주인 언니가 뒤늦게 소리쳤다.

-소리는 노래가 아닌가.

이 언니 장사 수완 하나는 알아줘야 한다. 한국으로 나오기가 무섭게 이 나라 소리를 배우겠다며 오만 지랄을 있는 대로 떨고 다닌 사람이다. 이곳에서도 이곳 소리가 이제 사라져 가고 있다는데, 바다 건너온 술집 여자가 이 나라 소리를 배워 요정 문화를 되살려 보겠단다. 그건 분명 왕 삼촌의 영향이 컸을 텐데, 장사를 하기 위해 소리를 배우겠다는 것은 나름 이해하겠다. 그렇다고 술집 이름을 '밤에만 문을 여는 상점'이라고 짓고, 부를 줄도 모르는 '춘향가'를 부르다니. 정말 가관이 따로 없었다.

어쨌거나, 나는 그 후로 준 오빠가 생각나면 조지 마이클의 노래를 자주 듣고는 하였다. 그런데, 그 가수를 추모하기 위해 결성된 그룹이 서울에 온단다. 4인조 보컬 그룹인데 큰 인기는 없어도, 조지 마이클의 히트곡을 재해석해 부른단다.

내일이었다. 내일, 나는 그들을 볼 수 있을 테고 그들의 음성을 들을 수 있을 것이었다.

부디 날이 궂지 말아야 할 텐데…….

2

공원 한쪽에 마련된 야외무대는 사람들로 에워싸여 그 중앙부가 보이지 않았다. 해피클 밴드가 등장하기 전에 무대에 오른 여가수의 열창에 관중은 이미 하나가 되어 물결치고 있었다. 가수와 관중이 한목소리가 되어 고막을 찢어버릴 것 같았다.

마로니에 야외무대는 아테네 아크로폴리스 형태로 지어졌다는 것을 손님에게서 들었다. 며칠 후 공연을 보러 갈 것이라고 하자 손님이 아는 체를 했다.

-인기 없는 그룹인가 보다. 적어도 내한 공연이라면 번듯한 잠실 운동장 정도는 되어야 하는데…….

그러니까 마로니에 야외 공연장으로 오는 걸 보면 그렇게 인기가 없는 그룹이라는 것이다.

우리 인생의 길은 좁고도 길군요
눈길이 서로 마주치고 느낌이 강해질 때면
전 벽에서 등을 돌려
비틀거리고 넘어질지라도

나는 사람들 사이를 비집고 들어갔다. 밀리지 않으려고 사람들은 내게 신경질을 냈지만, 절대로 이 콘서트만은 놓칠 수 없었다.

사람들 사이를 비집고 의자가 놓인 곳까지 닿았는데, 더 나아갈 수 없었다. 어떻게 중심을 잡고 몸을 세웠다.

잠시 후 꼬챙이 같은 것이 볼기 부위에 느껴졌다. 나는 나도 모르게 뒤를 돌아보았다. 순간 뒤에 선 사람이 나를 밀었다. 나는 고개를 돌리려다가 몸의 중심을 잡느라 허우적거렸다. 어떻게 중심을 잡고 돌아보자, 나를 밀던 사내의 모습은 보이지 않았다. 사십 대의 아주머니가 내 시선을 의식했는지, 나를 마주 쳐다보았다. 나는 다시 앞을 바라보았다.

이상하네?

그러면서 앞을 계속 바라보았는데, 무대 앞에도 사람들이 빽빽이 들어차 있었다. 그들은 맨바닥에 그냥 퍼질러 앉아 손뼉을 치고 있었다. 그들 뒤로 주최 측에서 마련한 철제 의자들이 보였다. 꽤 많은 양의 의자를 실어 왔지만, 턱없이 모자랐던 모양이었다. 마침 휴일이다 보니, 자리를 차지하지 못한 사람들은 의자 옆 뒤로 들어차 무대를 향해 열광하고 있었다. 행여나 빈 의자가 어디 있을까 하고 찾아보았지만, 있을 리 없었다.

사람들이 더 몰려드는지, 내 몸이 서서히 밀리더니, 이윽고 철제 의자가 놓인 곳까지 밀렸다. 내 배가 의자 등받이에 닿았다. 의자 에는 하얀빛이 유난히 돋보이는 교복 비슷한 원피스를 입은 여학 생이 앉아 있었다. 사복을 하고 있었지만, 여고생이 분명했다.

그녀를 살피던 나는, 어느 한순간 사람들이 미는 바람에 "어마 나." 하면서 넘어지듯 그녀의 어깨 너머로 기울어졌다. 그녀가 얼 핏 돌아보다가 말했다. 아마 내가 사내였다면, 얼굴이라도 붉히거 나 아니면 "왜 이래요?" 하면서 짜증이라도 냈을 것이었다. 내가 사내가 아니라는 생각이 들자 그저 떠밀린 것으로 생각하는 모양 이었다. 별 신경을 쓰는 눈치가 아니었다. 그나마 자신은 운 좋게 자리를 차지한 것이 다행이라는 표정을 지으며, 소녀는 자세를 고 쳐 앉았다. 그때 보았다. 눈썹이 새까맣고 얼굴이 흰 아이였다. 그 녀의 얼굴은 무척 상기되어 있었다. 어떻게 몸을 세우면서, 그녀의 뒷덜미를 다시 보았더니, 목덜미가 보송보송했다. 한눈에 보아도 천한 느낌은 들지 않는 아이였다. 좋은 환경에서 온실 속의 화초처 럼 학교 공부에나 매달리는 범생이가 분명했다.

하여튼 한국 애들 싹수가 없다. 그런 상황만 아니었다면 당장, "너 일어나." 하고 한 대 쥐어박아 버리고 싶은 심정이었다.

그때 해피클 그룹의 등장이 없었다면, 정말 쥐어박았을지도 모 를 일이었다.

해피클의 등장이라는 사회자의 말에 정신이 번쩍 들었고, 내 시선이 무대로 달려갔다.

젊은 사람들이었다. 젊은이들 넷이 몸을 흔들며 무대로 나오고 있었는데, 역시 준 오빠가 죽고 못 살던 그 노래였다. 그 음색의 절절함이 가슴에 와닿았다.

I feel so unsure
(난 무척 불안해요)

As I take your hand and lead you to the dance floor
(당신의 손을 잡고 무대로 나가지만)

As the music dies, something in your eyes
(음악이 멈추면서 당신 두 눈에 비치는 뭔가가)

Calls to mind the silver screen and all its sad good-byes
(영화 장면을 떠올리게 해요, 슬픈 이별의 장면들을)

공연이 무르익어 갈수록 사람들이 더욱 밀려들었다. 범생이의 뒤에 서서 겨우 몸을 지탱하고 있던 나는 약간 옆으로 비켜섰다. 늙은 아저씨 한 사람이 흥미가 없는지 빠져버리는 바람에 공백이 생겼기 때문이었다. 사람들이 더 밀리기 전에 얼른 그쪽으로 들어섰다. 계속해서 사람들이 밀려들었다. 나는 떠밀리지 않으려고 의자를 잡고 버텼다. 다시 곡이 바뀌고 나서야 사람들이 얼추 제자리를 잡았고, 나는 약간 옆으로 떠밀린 채 서 있었다. 어떻게 자세를 바로잡으려고 하는데, 볼기 부위에 꼬챙이 같은 것이 닿는 느낌을 받았다. 더밀리면 넘어질 것 같다고 생각하며 나는 고개를 돌렸다.

Should've known better than to cheat a friend

(친구를 속이는 행동 따위는 하지 말았어야 했어요)

And waste the chance that I've been given

(내게 주어진 기회를 허비하는 행동 따위는)

뭐야 이거?

노래를 의식적으로 따라 부르면서 나는 고개를 돌려 주위를 살폈다.

내 뒤에는 여전히 중년 여인이 서 있었다. 그녀와 눈이 마주쳤다. 아니, 중년 여인이 아니었다. 자세히 보니 서구적으로 잘생긴 아가씨였다. 분명히 그녀는 이 나라 사람이 아니었다. 상당한 미모의 소유자였다. 코가 오뚝했고, 눈이 깊고 컸다. 서양 여자가 분명했다. 약간 동양적인 분위기가 느껴지긴 했지만, 엷은 입술의 음영이 매력적이었다. 그녀는 먼 곳에서 여행을 와 색다른 경험을 한다는 표정을 짓고 있었다. 갑자기 가슴이 쿵 하고 내려앉았다. 왜 외국인만 보면 이상한 호기심이 발동하는지 모를 일이었다. 그녀는 나와 눈이 마주치자 쌩긋 웃어 보이고는 시선을 피했다. 나는 반대편으로 고개를 돌렸다. 이번에는 삼십 대의 아주머니가 사람들에게 밀려 짜증스러운 얼굴을 하고 있었다. 이상했다. 내게 몸을 밀착시킨 외국 여인에게서 볼기 부위에 꼬챙이 같은 것이 닿는 느낌이 느껴졌다는 것이.

나는 다시 본래대로 고개를 돌렸다. 뒤에 섰던 외국 여인이 나를 향해 좀 더 다가들었다. 갑자기 모든 것이 아랫도리에 집중된 것 같은 느낌이 들었다. 여인의 늘씬한 아랫도리가 아래 볼기에 완전히 닿는 순간, 나는 다시 꼬챙이 같은 것이 볼기짝 사이를 찔러오는 느낌을 받았다. 나는 뒤를 돌아보려다가 조금 더 참아보자는 생각을 했다. 나의 전신은 아마도 석상처럼 굳어 있었을 것이다. 모든 촉수를 아래 볼기에 집중시킨 채 가만히 있었다.

잠시 후 여자의 하체가 내 볼기 부위에 다시 닿았다. 게이샤 할 때 받은 교육 때문에 꽤 민감한 편이긴 하지만, 남자라면 모른다. 여자가 아닌가. 정확히 말하자면 무엇인가 분명하지 않다는 느낌이었다. 아니, 아니라는 생각이었다. 내가 무엇인가 잘못 느낀 것일지도 모른다는 생각이었다. 나는 발끝에 힘을 주고 기다렸다. 꼬챙이 같은 것이 다시 스쳤다. 이상한 전류가 찌르르 꼬리뼈로부터 머리끝으로 치달았다. 전신이 감전된 것 같은 느낌이었다.

어? 이번에는 왼편 옆구리 사이로 손이 들어왔다. 나는 그 손길이 희미하다는 생각이 들었다.

잠시 후 여인의 나머지 한 손이 내 오른쪽 허리 속으로 들어왔다. 왜 이러는 것일까?

나는 순간 혼란스러웠다. 아래위로 침입해 들어오는 손길, 이상도 하지. 희미하다고 생각되는 손은 그림자처럼 조금씩 내 미니스커트

속으로 기어들어 왔다. 그러고는 슬금슬금 치부 쪽으로 올라왔다. 갑자기 머리카락이 곤두섰다. 등하굣길에 복잡한 버스 안에서나, 전철 안에서, 종종 당해보는 것이었지만, 이상하다는 생각이었다.

그러는 사이 다시 음악은 바뀌었고 공연장은 더 뜨거워진 것 같았다. 누가 비명을 지른다고 해서 신경 쓸 것 같지도 않았다.

더 많은 사람이 밀려들었다.

그녀는 기다렸다는 듯이 완전히 내게 몸을 밀착시켰다. 이미 내 치부는 그녀의 손아귀에 들어가 있었다. 하지만, 내 하반신은 코르셋으로 무장되어 있었으므로 코르셋 속을 기웃거리던 그녀의 손은 볼기짝 위에 얹힌 상태였다. 그 손이 말하는 것 같았다. '하필이면 그날이었군.' 잠시 생각하는 듯하던 손이 내 치부를 꽉 움켜쥐었다. 순식간이었다. 소리를 지를 수가 없었다. 소리를 지를 만한 상황이 아니었다. 내 뒤에는 남자가 없었다. 아니, 소리를 지른다고 해서 비명을 이해해 줄 사람도 없을 것 같았다. 그저 가수의 노래에 열광하는 열성팬의 비명쯤으로 생각하고 말 것이었다.

나는 본능적으로 부르르 떨며 몸을 흔들었다. 그와 동시에 뒤를 돌아보려고 고개를 돌렸다. 그녀는 밀리는 척하며 나를 밀었다. 뒤를 돌아보려던 나는 앞으로 밀리는 바람에 고개도 돌리지 못하고 비명을 질렀다.

그 순간 내 치부를 움켜쥔 그녀의 손이 빠져나갔다.

3

공원을 빠져나와 전철을 탔을 때는 저녁 7시가 넘어 있었다. 손잡이에 매달리듯이 하고 나는 외국 여인을 생각했다. 그 와중에도 조지 마이클의 노래가 생각나고는 하였다.

We could have been so good together

(우린 정말 서로 잘 지낼 수 있었어요)

We could have lived this dance forever

(영원히 함께 춤을 출 수도 있었어요)

But no one's gonna dance with me

(하지만 아무도 나와 함께 춤을 추지 않을 거예요)

Please stay

(제발 머물러 주세요)

노래를 생각하다 보니 그 여자가 생각났다. 외국 여자의 돌발적(?)인 행동. 생각할수록 어처구니없다는 생각이 들었다. 우리가 손가락질할 수밖에 없는 엄청난 일도 결국은 소소한 일상에서 시작되는 것이긴 하지만, 그래도 그렇다. 나를 더듬던 그 외국 여인. 아무리 생각해도 이해가 되지 않았다. 그녀가 동성애적인 성향이 있다고 하더라도, 여행객이 겁도 없이 성추행한다? 더욱이, 그녀의 손길은 그만큼 어설프지 않았었다. 뭔가 말하는 듯한 느낌을 느끼게 했다.

그랬다. 분명히 그랬다. 그녀가 만졌던 치부. 그곳에는 아직도 그 느낌이 그대로 남아 있다. 남자가 아닌 여자의 손길, 그것도 외국 여자의 손길. 그러고 보면 분명히 달랐다는 느낌이다. 여자에게 성추행당해 보기도 처음이었지만, 복잡한 버스나 전철 안에서 못된 사내들로부터 당해보았던 느낌과는 분명 다른 그 무엇. 거칠지도 않았던 것 같고, 그렇다고 무작스럽지도 끈질기지도 않았다. 분명히 끈적끈적한 욕정의 숨결 같은 것이 느껴지지 않았었다. 그 손길은 대담했지만, 창백했다는 느낌이었다. 창백하게 마른, 핏기 없는 손이 가냘프게 떨리며 다가오는 듯한 그런 느낌이었다. 내가 그 손길에서 말하고 있는 듯하다는 느낌을 받은 것은 아마 그 때문이었을 것이다. 맞아. 그랬을 것이다.

일본에서 학교 다닐 때였다. 여름 어느 날, 친구의 할머니 댁에 내려가 개울가에서 발가벗고 목욕하다가, 따뜻한 평 바위 위에 누워 처음으로 자위라는 것을 해보았었다. 그날 친구는 내게 물었었다.

-너 자위해 보았니?

아마도 내 얼굴은 홍당무가 되었을 것이다. 그런 나를 보며 친구는 킬킬 웃었다.

-하루는 학교에서 돌아와 언니 방문을 열려는데, 이상한 소리가 들리는 거야. 그래서 살며시 문을 열어보았더니, 언니가 근육이 울퉁불퉁한 남자의 사진을 앞에 놓고 자위하고 있지 뭐야. 그래 그날 밤 나도 밑을 만져보았는데, 기분이 정말 이상하더라.

그날 친구의 손길이 내 몸에 닿았을 때 나는 하늘에 둥그렇게 빛
나고 있는 해가 니무 눈부시다는 생각을 했었디. 얼굴이 확확 달아
올랐지만, 금세 나는 쌕쌕거렸다. 이상스러운 신음을 토해내며 친
구의 손길에 나를 맡겼다.

오늘 외국 여자의 손길은 분명 그때 그 친구의 손길과는 다른 느
낌이었다.

같은 여자의 손길인데도 그렇게 다를 수가 있다니.

나는 도대체 왜 그 여자의 손길과 친구의 손길이 다르다는 느낌
을 받았는지 알 수가 없었다.

이슬의 숨소리

1

　우리 술집에는 아가씨가 모두 11명 있다. 주인 언니가 일본서 데려온 애들이다. 나와 나이가 비슷한 애가 5명. 아래로 하나, 위로 언니가 다섯이다. 두 언니가 오카미급인데 서른이 넘은 사람들이다. 말하자면 원정 게이샤들이다.

　세상에. 게이샤가 원정을?

　아무튼 본시 12명이었는데, 아오이란 애가 강남 바닥으로 빠져버리는 바람에 11명이다.

　요네코와 무작정 밖으로 나갔다. 포장마차에 들어가 소주와 위스키를 섞어 돌아가며 나발을 불었다. 참 한국이란 나라 좋은 나라다. 이 맛있는 소주를 발명한 나라. 소주 맛이 그렇게 맛깔날 수가 없다. 무색에다 무맛? 아니다. 약간은 달콤하고 쌉싸름하고, 아니다, 콕 쏜다, 아주 목구멍을 할퀴어 버린다. 찌르르. 분명히 위스키나 배갈과는 다른 느낌이다. 훨씬 부드러우면서도 여우 같다.

소주를 두 병이나 나발 부는 바람에 구역질이 올라채 건물 귀퉁이에 쪼그리고 앉았다.

18살이나 된 계집아이가 희멀건 다리를 쩍 벌리고 앉아 담배를 손가락에 낀 채 왝왝 토를 하고 있으니까, 사람들이 지나가다가 이맛살을 찌푸렸다.

-원 세상이 어떻게 되려는지. 아무리 세상이 바뀌었기로서니 대가리 피똥도 안 마른 계집아이들이 대낮부터 오바이트야.

-놔둬라. 저런 것들이 시집은 잘 가니께.

-어이구 남자들이 불쌍하지. 저런 것들을 멕여 살리려고 이 고생이니.

-저 조센징(チョウセンジン), 뭐라는 거야?

듣고 있던 요네코가 사납게 눈을 치뜨며 중얼거렸다.

조센징이라는 말을 듣자, 일본에 있을 때 옆집 아이가 생각났다. 그의 부모가 조센징이었다. 골목시장에서 생선가게를 했는데, 아이 곁에만 가면 비린내가 났다.

일본인들, 여행을 온 한국인들에게는 잘하다가도, 같은 땅에 사는 이방인에게는 왜 그렇게 혹독한지 모를 일이었다.

조센징은 조선인(朝鮮人)을 낮춰 부르는 말이다. 조센징이라 놀리며 이지메(いじめ, 苛め)를 놓다가도 한편으로 쉬쉬했다.

-조센징이 언제 수돗물에 독을 풀지 몰라.

예전에 그랬다고 했다. 간토(カント_, 関東) 대지진 때 일본 자경단에 의해 조선인 수천 명이 학살되었는데, 그 앙갚음으로 조선인들이 수돗물에 독을 탔다는 유언비어가 돌았다는 것이다.

-조센징들이 우리 모두를 죽이고 나라를 빼앗을지 몰라.

그 후로 지진만 나면 그런 말들이 돌았다. 인터넷이 생기자, 트위터에 그런 글들이 올라왔다.

-이 부정한 조센징들아. 너희 나라로 돌아가. 너희들로 인해 하늘이 노한 것이야.

한마디로 너희들로 인해 부정을 타 지진이 일어났다는 말인데, 남 탓 잘하기로는 이 나라 사람도 보통은 아니지만, 내 나라 사람들 어떻게 말리랴.

그런데도 이 나라 사람들이 우리를 너그럽게 대하는 걸 보면, 본시 선한 민족성을 타고난 것 같기도 하고, 한편으로는 벨이 없는 것 같기도 하고.

바람에 날린 신문지 하나가 날아와 내 발등에 얹혔다.

-뭐야? 이건.

그러면서 신문지를 내려다보았더니, 돼지처럼 살이 찐 남자의 얼굴이 보이고, 옆에 그 사람이 썼다는 글이 보였다.

왝왝거리던 나는 그만 비시시 웃고 말았다.

이상하다. 살찐 사람을 보면 나는 거부감이 먼저 인다. 더욱이나 한국 사람이면. 하기야, 지금 세대가 억압받던 36년을 알 리 없다. 하이고 촌스런 것들. 그래도 너희, 준 오빠 때문에 귀여움받는 줄이나 알아라.

2

모처럼 쉬는 날이라 언니들과 대중탕으로 가기 위해 나섰다. 주인 언니는 술이 과했던지 우리끼리 가라고 했다. 날이 궂어 삭신이 쑤신다고 했다. 어찌 그렇지 않을까 싶었다. 아니, 날이 궂어 삭신이 쑤시는 것이 아니라 술병이었다.

언니가 이곳으로 현해탄을 건너온 것은, 사실 그림을 그리던 아들이 아스팔트 바닥에 머리를 처박고 죽었기 때문이었다. 아들이 죽은 그 땅에서 도저히 견딜 수 없었던 모양이었다. 그리고 지진이나 술집이 폭삭 무너져 버렸다. 거기다 물난리까지.

나라가 바뀌었다고 해도, 별로 변한 것은 없었다. 이곳에 와 차린 집은 기생집도 아니고, 그렇다고 현대식 룸살롱도 아니고, 이상하게 꾸며진 술집이었다. 술집 이름도 이상했다. 거금 오십만 원이나 주고 유명한 작명가를 찾아가 지었다는 술집 이름. 밤에만 문을 여는 상점. 왜 집이라고 하지 않았을까? 하는 생각이 처음에 들었다. 왜 상점이라고 했을까? 작명가가 그랬다. "술 팔고 몸 파는 계집아이들. 그것들이 상품이 아니고 뭐야?"

한국 사람들, 우리들이 일본에서 게이샤 생활을 했다고 하면 환장을 한다. 그들이 우리들의 실체를 알 리 없다.

나는 이왕 게이샤의 가무(歌舞)까지 덧붙이자고 했는데, 주인 언니는 그 말이 나오면 고개를 내저었다. 겨우 술을 팔 수 있는 일반 음식점 허가를 내고 변태영업을 하는 판에 무슨 소리냐는 것이다. 이곳 남자들에게 한옥에서 일본 여자를 품는다는 황홀감을 주겠다는 계산은 처음부터 그렇게 삐그러졌다. 한국인들은 일본의 속국이었으므로 그 상처가 아직도 남아 있을 것이라는 속셈이 무너진 것이다.

ㅡ한국 들어가서 그 상처를 채워준다면 대박이 날 거야. 그것이 진정한 만족감이지. 주인 여자를 안았을 때의 황홀감을 상상해 봐.

우리는 주인 언니의 상술에 손뼉을 쳤었다. 그 자리에서 특별 명령도 하달받았었다. 내 또래의 몇 명이 정예 부대였다. 한국 남자들은 숫처녀인 아타라시(あたらしい, 新しい)를 좋아하므로 처녀막 재생 작업에 돌입해야 한다고 했다. 그들에게 처녀성을 줌으로써, 그것이 한국 남자들의 억압된 민족성을 살리는 길이라고 하였다. 주인의 몸을 정복한 최초의 남자. 세상에 그것만큼 황홀한 것이 어딨느냐는 것이다. 우리는 또 손뼉을 쳤다. 그렇게 우리는 한국 남자에게 일본 여자의 첫 경험을 주기로 단결했다.

정말 장사엔 수완이 빼어난 여자였다. 웃음 팔고, 술 팔고, 몸 파는 것이 우리 일이니까 처녀 행세하는 거야 식은 죽 먹기다.

하지만, 그건 꿈이었다. 주인 언니는 샤미센(しゃみせん, 三味線) 한 곡조도 켜보지 못하고, 이곳 소리 귀신이 되어버렸다.

본시 가난한 집안의 외동딸로 태어난 사람이었다. 얼마나 가난했으면 아버지가 하나마치(はなまち, 花町) 찻집으로 딸을 팔아넘겼을까. 게이샤를 보호하는 법이 만들어지면서 소녀들이 찻집에 팔리는 일이 없어졌지만, 음성적으로는 사고팔 때였다. 그녀는 처음부터 무용과 연주가(演奏家)로 활동하는 오차야 게이샤가 아니었다. 유우카쿠(ゆうかく, 遊郭)에서 몸을 파는 매춘(賣春) 산차조로(さ

んざぞろ, 散茶女郎)였다. 요즘에는 산차조로라고 부르지 않고 유우카쿠에서 몸을 판다고 하여 유조(ゆうじょ, 遊女) 게이샤라고 부르지만, 산차조로의 진화라고 해서 아직도 산차라고 부르는 곳이 있다.

교토 게이샤와 타지방 게이샤와는 차등이 있다. 예전에 게이샤는 남자였다. 에도 시대에는 교토와 오사카에 호우칸(ほうかん, 幇間)이라는 남자 게이샤가 있었다. 여성 접대부를 게이코라 했는데, 남자 게이샤는 게이코를 도와 재주를 보여 손님을 즐겁게 했다.

게이샤가 여자로 대체된 것은 18세기부터였다. 게이샤가 여자로 대체된 후, 옛날 이곳의 기생들이 전문적으로 질 높은 교육을 받고 손님 접대에 나섰듯이, 게이샤들 역시 손님 접대에 있어 수준 높은 전통을 지키고 있었다. 절대로 몸을 팔지 못했으며, 처녀성이 지켜져야 했다. 사내들의 술자리를 지키면서도 정절을 지킨다는 사실. 그것은 게이샤의 대단한 긍지였다. 젊은 소녀들이 사춘기에 이르기 전에 교육받아 게이샤가 되었는데, 게이샤 그러면 아름다운 사람, 예술로 사는 사람, 예술을 행하는 사람으로 대접받았던 것도 그 때문이었다.

그래서 사람들은 그곳의 사람들을 고상한 세계의 사람들이라 하여, 카류카이(かりゅうかい, 花柳界)라고 불렀다.

그러므로 오차야 게이샤와 함께하고 싶은 남자들은 까다로운 의식과 예법에 따라야 했다. 그것도 아무나 할 수 없었다. 매우 부유하거나 귀족 계급의 사람만 가능했다.

게이샤는 교육 기간은 정식으로 하자면 10년이 걸린다. 지방마다 달라져 5년이 걸리기도 하고, 2~3년 걸리기도 하며, 1년에서 6

개월이 걸리기도 한다. 그나마 교토의 교육 기간이 5~10년으로 제일 길다. 교육 기간이 길수록 게이샤로서의 위엄이 서기 마련이다. 게이샤가 되기 전, 전통 무용이나 오하야시(おはやし, 祭囃子) 등을 배우는데, 이들을 마이코(まいこ, 舞妓)라 한다. 게이샤가 되기 위한 훈련 과정에 있는 애들이다. 나도 14살 전에는 교토 게이샤촌에 있었다. 훈련이 모질었다. 어떤 이는 게이샤 교육 6개월만 받으면 된다고 하지만, 천만의 말씀이다. 게이샤 교육은 만 6세 6개월 6일째 되는 날부터 시작하는 게 원칙이다. 그렇게 시작해 만 16세가 되어야 끝이 나는데, 10년 동안 시코미(しこみ, 見習)를 거쳐, 마이코 단계로 넘어가 게이코(げいこ, 芸妓)가 된다. TV를 봐도 안 되고, 친구와 사귈 수도 없으며, 이성 친구도 만날 수 없다. 선배에게는 무조건 복종해야 하며, 매일 벚꽃 춤 미야코오도리(みやこおどり, 都をどり)를 배워야 하고, 샤미센을 익혀야 한다. 샤미센이 서툴다고 하여 장사를 마치고 방으로 들어가지도 못하고, 밖에서 손가락에서 피가 터질 때까지 연습해야 했다.

샤미센을 가르치는 슨시가 그랬다.

-샤미센에 가죽을 바친 고양이의 영혼이 불쌍하구나.

나중에 알고 보았더니 샤미센 몸통 양면에 고양이의 뱃가죽을 붙인다고 한다. 그 바람에 고양이 신사가 있을 정도라는데, 그래도 오차야 게이샤가 되고 말겠다는 열망이 있었다. 신사의 잿날(えんにち, 縁日)을 맞아 흰 천에 감색(こんいろ, 紺色) 나팔꽃이 그려진 시원한 느낌의 유카타(ゆかた, 浴衣)를 입고 신사 참배 하러 단체로 가는 언니들을 보면, 그렇게 들뜰 수가 없었다. 나팔꽃 그림이 정말 아름다웠다.

그러나 결국은 마이코 생활을 이겨내지 못했다. 이때까지도 나는 기모노(きもの, 着物)를 입어도 히키즈리(ひきずり, 引きずり) 기모노를 입었다. 히키즈리는 성인의 날 입는 정식 기모노와 비슷하지만, 단을 덧대 바닥에 끌릴 정도로 매우 길었다. 반면에 게이샤의 기모노는 정식 길이이고 쓰메소데(つめそで, 詰袖)라고 하여 소매 겨드랑이 부분이 뚫려 있지 않았다.

머리 모양도 게이샤와 마이코는 다르다. 마이코의 머리 모양은 머리채를 좌우로 고리처럼 갈라붙여 뒤통수에 묶고, 살쩍 부분을 부풀리는 모모와레(ももわれ, 桃割れ)이지만, 게이샤는 머리를 정수리에 상투처럼 틀어 올리는 시마다마게(しまだまげ, 島田髷)를 한다.

게이샤와 마이코는 얼굴에 오시로이(おしろい, 白粉)를 칠하는데, 오시로이는 하얀 분가루다. 얼굴과 목 앞뒤에 바른다. 검은색 아이라인을 그리고, 눈꼬리에는 붉은색 아이섀도를 바른다. 입술은 붉게 칠하는데, 나이가 들면 오시로이를 칠하지 않는다.

예전에는 치아를 검게 칠했는데, 이것을 오하구로(おはぐろ, お歯黒)라고 한다. 게이샤뿐 아니라 일반 여성도 따랐던 관습이다. 요즘은 마이코를 졸업하는 샷코우 단계의 마이코들에게나 볼 수 있다.

이 과정에서 10명 중 8명 정도는 고된 훈련을 이겨내지 못하고 탈락한다. 샤미센을 잘 켜지 못해 손가락이 부어터지고, 춤과 노래가 그리 쉬운 것이 아니다. 목에서 피가 터지고, 관절 마디마디가 부어 삐걱댄다.

보다 못한 주인 언니가 자신의 게이샤 바(バ_, Bar) 오우곤(おうご

ん, 黃金)으로 끌어들였다. 말이 게이샤 바지, 옛날식 전통가옥에다 열 몇 개의 방이 딸린 집이었다. 게이샤 모양을 한 게이샤가 무려 16명이나 되었다. 게이샤는 게이샤였다. 오차야 게이샤가 아니라 유조 게이샤.

유조들에게도 그들만의 질서와 규칙이 있다. 유우카쿠의 주인 보우하치(ぼうはち, 忘八) 밑에 오이란(おいらん, 花魁)만 해도 2명이었다. 오이란은 수석 유조다. 주인도 오이란에게는 꼼짝하지 못한다. 엄청난 큰 손님들을 잡고 있기 때문이다. 아침마다 오이란에게 무릎을 꿇고 "오늘 하루 잘 부탁합니다." 하고 인사를 드릴 정도인데, 오우곤으로 들어가자, 주인 언니가 수석 오이란에게 데리고 갔다. 꼭 늙은 고양이 같았다. 문을 열고 주인 언니가 나를 소개하자, 옆눈으로 흘끗 쏘아보다가 한마디 했다. "무슨 냄새지?" 그러고는 손가락으로 나를 불렀다. 주인 언니가 가보라고 쿡 찔렀다. 내가 무릎걸음으로 다가가자, 그녀가 내 아랫도리 삼각부에 코를 갖다 대더니, 희미하게 웃었다. "고향 동산의 풀냄새가 이러했던가?" 하고 말했다. 그때는 그 말을 이해할 수 없었다.

그곳에 적을 두고 알게 된 것이지만, 처음부터 바로 오이란이 되는 유조는 없었다. 유우카쿠의 유조가 되려면 카무로(かむろ, 禿)에서 시작해야 했다. 카무로는 대머리를 말한다. 머리에 머리카락이 없다는 것은 유조 특유의 올림머리를 할 수 없다는 뜻이다. 어깨까지 자른 아동 머리를 하고 다녀야 한다.

나는 카무로 생활이 끝나자, 유조 재질이 있다고 하여 힛코미신조(ひっこみしんぞう, 引込新造)로 올라섰다. 얼마 후 가장 화대가 싼

츠보네죠로(つぼねじょろう, 局女郎)로 올라섰다. 그제야 올림머리를 할 수 있었고, 격자창이 있는 하리미세(はりみせ, 張見世)에 나갈 수 있었다. 그리고 향기 나는 기름을 밑에 바르는 언니들을 이해할 수 있었다. 그것부터가 거짓이라는 생각이 들었다. 유조들의 방은 하나같이 붉다. 이불도 붉고 요도 붉다. 그 속에서 거짓의 세계가 요동친다. 손님은 유조의 선심을 사기 위해 거짓말을, 유조는 손님의 환심을 사기 위해 거짓말을 한다. 사랑한다며 유조의 몸을 갖고 놀던 손님은, 막상 결혼하자고 하면 줄행랑치고 만다. 손님의 거짓말에 속아 몸을 팔아 번 돈과 모든 것을 바쳤던 유조는, 면도칼로 손님을 죽이고 스스로 죽기도 한다. 되려 손님이 유조의 거짓말 타령에 속아, 죽이는 수도 있다.

내가 그곳에서 처음 배운 말이 "추워요. 안아줘요."였다. 손님을 홀리기 위해 바르는 향수. 향수 냄새가 몸에 밸 때쯤, 중급 정도의 헤야모치(へやもち, 部屋持ち)가 되었고, 제일 비싼 자시키모치(ざしきもち, 座敷持ち). 그리고 오이란 바로 밑 코우시(こうし, 格子)로 올라섰다.

코우시로 올라서자, 대우가 달랐다. 방이 더 넓어졌고, 화대가 싼 애들과는 달리 오이란 밑에 앉을 수가 있었다.

그런데도 전통 게이샤가 되지 못했다는 생각에 가슴 아팠다. 오차야 게이샤가 되지 못하고 유우카쿠의 코우시가 되었다고 하자, 옛 가무를 가르치는 오도로키(おどろき, 驚き) 선생이 그랬다.

-에이구, 사람 되기는 틀렸네.

-코우시, 코우시, 넌 언제 사람 될래?

그렇게 사람들이 놀리는 것 같았다.

코우시는 사람 아닌가 뭐.

오차야에 있었다면, 마이꼬 과정을 밟을 나이.

그렇게 유우카쿠 유조 코우시가 되고 말았다. 지금은 없어졌다고 하지만, 예전에는 창부 허락서가 정부에서 떨어져야, 그때부터 정식으로 몸을 팔 수 있었다. 예기 게이샤가 되지 못하고, 몸 파는 게이샤가 되어버린 유조.

아무튼, 일본이란 내 나라는 이상한 나라였다. 제 자식을 오차야나 유우카쿠에 팔기 위해 부모가 앞장서 처녀막을 검사하던 나라. 딸을 팔아먹는 것은 죄가 되지 않던 나라. 그 딸에게 창부 허락증을 발행하던 나라. 삽입만 하지 않으면 무조건 합법인 나라. 매음을 자위행위라고 자위하는 나라…….

주인 언니의 게이샤 바 오우곤은 요시와라에 생겨나는 소프랜드(Soap land)나 신식 카페 같기도 해 전통과 현대식 술집이 공존하는 공간이었다. 그녀가 오우곤이라는 이름 뒤에 바(Bar)를 붙인 것은 매춘 단속 때문이었다. 외국 술집은 단속이 없었으므로 머리를 쓴 것이다. 하지만, 이것도 아니고 저것도 아닌, 한마디로 오차야를 흉내 낸 유우카쿠였다. 처음 술집을 차릴 때는 포부가 거창했다. 80년대 유명했던 긴자의 '게이샤의 정원'처럼 일어나 보겠다고 했지만, 그것이 그리 쉬운 것이 아니었다.

손님이 들면, 화장을 마친 유조들이 게이샤의 모습을 하고 기모노 자락을 잡고 손님 수에 맞춰 손님방 문 앞에 나란히 뒤로 돌아선다. 이윽고 문이 열리고, 유우카쿠의 총감독 격인 유수(遺手) 츠카이데(つかいで, 使い手)의 고함이 달려 나온다.

―에, 지금부터 대령한 이곳의 오이란들을 소개하겠습니다. 왼쪽 첫 번째가 이곳 수석 오이란 유키코. 그 옆이 시마치…….

그러면 자신의 이름이 호명되기가 무섭게, 기모노 자락을 잡고 있던 유조가 짠 하고 돌아선다.

그렇게도 팔리지 못한 유조들은 인하리미세의 희생물이 되어야 한다. 거리로 난 격자창 뒤에 앉아 손님들을 기다려야 하는 것이다.

그래서 더욱 정식 게이샤 과정을 밟지 못한 것이 나는 아쉬웠다. 내가 마이코 과정을 이겨낼 수만 있었다면 에리카에(えりかえ, 襟替え) 의식에 참가해 비로소 머리를 틀어 올리는 시마다마게를 하고 정식 기모노를 입었을 터인데. 게이샤 시험이 엄격하긴 하지만, 21살이 되면 내 마음에 드는 남자도 고를 수 있을 터인데.

오차야 게이샤가 되면 손님들이 마음대로 부를 수도 없다. 정식 게이샤를 부르려면 꽃마을 하나마치(はなまち, 花街)에 있는 오키야(おきや, 置屋)에 연락해야 한다.

전통 오차야 게이샤가 머무는 곳이 오키야다. 그리고 그들이 있는 술집을 오차야라고 부른다. 옛날 사무라이들이 홍등가를 드나들 수는 없고 찻집에 모여 유흥을 즐기던 곳이 오차야다. 이 전통을 지금껏 지키는 것이 전통 게이샤다. 문화적이고 예술적인 경험을 제공하는 사람들이지 몸을 파는 집단이 아니라는 것이다. 그렇게 그들은 유우카쿠의 매춘 게이샤 유조와 다르다고 항변한다. 그러므로 함부로 그녀들을 부를 수가 없다. 단골손님이라면 직접 게이샤를 부를 수도 있지만, 무례하게 게이샤를 직접 보고 선택할 수는 없다. 게이샤를 보려면 오키야에 연줄이 있는 사람을 알아

야 한다. 연회 장소인 료테이(りょうてい, 料亭)가 정해지면, 오키야에 알려야 하는데, 료테이는 대형 개별 공간을 갖춘 고급 레스토랑(Restaurants)이어야 한다. 료테이에서 손님의 의사에 맞춰 게이샤의 수를 조정한다.

게이샤를 부르는 비용은 오하나다이(おはなだい, お花代), 또는 교쿠다이(ぎょくだい, 玉代), 또는 센코우다이(せんこうだい, 線香代)라고 하는데, 게이샤에게는 단나(だんな, 旦那)라는 후원자가 있다. 게이샤가 되려면 많은 시간과 돈이 필요하므로 비용을 대주는 사람이 단나인 것이다.

일본 수상 '가쓰다 다로'가 게이샤를 아내로 둘 정도였고, '바론 무츠' 외무성 장관이 두 번이나 게이샤와 결혼했다면, 게이샤의 위치를 알 만하다. 사무라이와 정치인들에게는 교양 있고 멋지고 절대 비밀을 지키는 게이샤가 여염집 규수들보다 훨씬 나은 신붓감일 수 있었을 것이다. 권력의 비호 아래, 게이샤는 모두가 선망하는 삶을 누렸지만, 문제는 세월이었다. 빠르게 일본은 현대문명을 받아들여 증기 사회를 열었고, 남성들은 긴 머리를 자르고 중산모를 쓰기 시작했으며, 게이샤들은 유행의 첨단을 주도했다. 게이샤들은 여성들의 희망이었고, 그 수가 엄청나게 불어났다. 자연히 매춘 게이샤 유조들이 늘어나기 시작했다. 거기에다 재즈가 들어오고, 쇼걸들이 등장하자, 나이트클럽이 일본인의 최고 장소로 떠올랐다. 그중에서도 카페 걸들은 게이샤를 대신하기에 충분했다.

첨단을 주도하던 게이샤들은 점차 전통을 수호하는 집단으로 전락하기 시작했다. 히로히토 천황의 즉위와 함께 군사 대국이 되면서, 비호를 받은 게이샤들이 다시 득세하기 시작했지만, 전쟁이 일어나면서, 빈곤한 하층 계급들이 자기 자식을 게이샤로 파는 일들이 성행했다. 그것이 철퇴를 맞게 되고, 게이샤도 군수물자 공장에 차출되어 기모노를 잘라 작업복을 만들어 입는 상황에 직면했다. 더욱이 패전하면서 미군이 들어와 그녀들을 창녀 취급하기에 이르자, 게이샤 문화는 급격하게 사라져 갔다. 게이샤도 굶주린 짐승에 불과했다. 초콜릿 한 쪽에 몸을 파는 게이샤도 있었다. 미군들의 겁탈을 막기 위해 미군 부대 안에 게이샤 하우스를 지을 정도였다.

그러나 미군들은 젖이 작고 몸뚱이가 조그마한 동양인에게 곧 싫증을 내기 시작했다.

포주들은 미군들을 위해 서양 여자들처럼 젖이 큰 게이샤를 찾기 시작했다. 그러나 찾기가 힘들어지자, 염소젖을 주사하기 시작했다. 염소젖은 유방 안에서 썩기 마련이다. 다음으로 등장한 것이 파라핀. 파라핀의 독성에 의해 젖이 부어터지자, 대타로 나온 것이 실리콘이었다. 미국 병참 창고에는 실리콘이 산처럼 쌓여 있었다.

게이샤는 그저 상표였다. 진짜 게이샤들이 새로운 세상을 열기 위해 노력했지만, 이미 세상은 변할 대로 변해 있었다. 보급형 온천 게이샤들이 등장하면서, 유조 게이샤의 세상이 되었다. 머리에는 가발을 쓰고 게이샤의 상징인 기모노를 입고 있었지만, 공연이 끝나면 곧바로 매춘으로 이어졌다. 수백 명을 한꺼번에 받는 진풍경도 벌어졌다. 그러면서도, 남자들은 게이샤를 안았다고 자랑스러워했다.

이제는 바와 나이트클럽, 러브호텔, 소프랜드가 등장한 시대다. 처녀여야 한다는 다마고(たまご, 卵), 마이코의 시대가 아니다. 게이샤에 자부심을 느끼는 여자는 전통을 고집하는 오차야 게이샤밖에 없다. 그러나 이제 다도(茶道)를 지키는 게이샤도 드물고, 분을 바를 때 초승달처럼 그려야 하는 눈썹 화장에 크게 신경 쓰는 게이샤도 드물다. 잘 때 머리를 흐트러지지 않게 하기 위해 밀알을 채운 높은 베개를 베고 자는 게이샤도 보기 드물다. 주인에게 쫓겨나 손가락에 피가 맺히도록 샤미센을 켜는 달걀도 찾기 힘들다. 102살의 게이샤 원조 '쓰다키 요코마스 아사지'의 시대는 이미 아닌 것이다.

아직도 많은 남자의 기대를 저버리지 못하는 탓에, 오카미들에 의해 기예(技藝) 게이샤가 길러지고는 있다. 오차야의 원로 게이샤들이 목소리를 높이는 바람에 전통을 중시하는 오차야 게이샤들이 늘어나고 있고, 소수의 부유층이 게이샤들을 예우하기 시작하자 성매매가 사라지고는 있다.

그러나, 전통을 지키려는 게이샤촌의 숨결은 그만큼 숨 가쁘다.

등불 밑에 웅크린 오차야.

그 속에서 전통을 지키려는 게이샤들이 눈을 반짝이고 있다.

하지만, 일본 정, 재계의 실력자들이 드나들던 게이샤촌이 아니다. 어머니와 딸 그리고 고모, 이모가 함께하는 오차야 게이샤의 전통은 점차 사라져가고 있다. 그들의 자리에 기모노와 가발을 뒤집어쓴 매춘 게이샤 유조와 소프랜드 걸(Girl)이 들어앉고 있기 때문이다. 공식적으로 매춘은 사라졌다고 하지만, 여전히 핫바리(は

っぱり) 매춘 게이샤 유조들의 시대다. 성매매 단속령 때문에 유우
카쿠가 시라지고 있다고 하지만 그렇지 않다.

예를 들어, 요시와라 소프랜드. 거기가 어딘가?

그곳이 바로 유우카쿠이다. 예전에는 거의 만 명이나 되는 여자
들이 득실거리던 곳. 지금은 현대판 유우카쿠 소프랜드가 문을 열
고 손님을 기다리는 곳. 시대 조류에 따라 우후죽순처럼 생겨난 소
프랜드가 무려 백수십 곳이나 된다. 처음 터키탕이 문을 열었을
때, 지금의 소프랜드가 될 줄 누가 알았겠는가. 터키탕이 마사지
가게가 되고 성매매 업소로 변모하면서 유우카쿠의 유조들이 그
곳으로 흘러들어 가 새로운 성문화를 형성했다. 특이한 것은, 먼
곳에서 오는 손님은 역까지 모셔다드리고 모시고 가는 친절을 베
풀기도 한다. 생존하려는 그들의 고육지책을 느낄 수 있다.

그곳의 현대판 유조들은 오늘도 소프랜드로 변해버린 유우카쿠
에서 매춘을 하고 있다. 물론 소프랜드의 매춘부를 게이샤라 부를
수는 없다. 하지만, 역사적으로 연관 지어진 것은 분명하다. 그 숲
속에 아직도 전통 오차야 게이샤와 매춘 게이샤 유조가 존재하고
있다. 춤과 노래로 흥을 돋우는 전통 게이샤들은 오차야에서. 매춘
게이샤 유조들은 유우카쿠에서. 현대판 매춘부들은 소프랜드나
홍등가에서.

물론 오차야 게이샤와 유우카쿠의 유조 게이샤, 그리고 오늘의
소프랜드 여자들과 여타 매춘부들이 같을 수는 없다.

그래서 분류가 생겨난 것이다. 오차야 게이샤가 전통이고, 매춘
게이샤는 유우카쿠 게이샤이며, 소프랜드나 기타 유흥가의 매춘

부는 말 그대로 매춘부인 것이다.

　문제는, 유우카쿠의 유조들까지 게이샤가 아니라고는 말할 수 없다는 것이다. 그녀들 역시 게이샤의 전통에 기대고 있기 때문이다. 전통 게이샤와 똑같은 복장을 하고 있고 모양을 하고 있다. 더욱이 전통을 지키는 오차야 게이샤가 현실과 타협하지 않고 살 수는 없었다. 또 그래왔다. 그것이 게이샤. 오차야 전통 게이샤는 유우카쿠 게이샤와 구별되기를 바라지만, 오차야 게이샤가 몸을 팔 때도 있었다는 건 부정할 수 없는 사실이다. 그렇다면 유우카쿠 문화는 게이샤가 낳은 문화다. 그곳이 게이샤의 산실이었기 때문이다. 오늘에 와 전통 게이샤 문화와 유우카쿠 유조 문화를 구별하려고 해도, 문화와 사회의 변천은 불가피한 것이었고 그러므로 속임수에 지나지 않았다. 오로지 전통과 현실의 차이가 있을 뿐이다.

　전통 게이샤 무리에서 도태되어 몸을 파는 게이샤와 유우카쿠에서 게이샤 복장을 하고 몸을 파는 유조들을 매춘 게이샤라 부르는 것도 그 때문이다.

　일본에는 3대 유우카쿠가 있었다. 교토의 시마바라유우카쿠(し まばらゆうかく, 島原遊郭), 오사카의 신마치유우카쿠(しんまちゆうかく, 新町遊郭), 그리고 요시와라유우카쿠(よしわらゆうかく, 吉原遊廓).

　그중에서 제일 유명한 유우카쿠촌이 요시와라유우카쿠였다. 현대의 매춘부가 득실거리는 요시와라가 바로 그곳인데, 현재에 이르러 소프랜드가 된 곳이다.

　그런데도 연관이 없다?

　그런 면에서, 일본 여러 홍등가 중에서도 최대의 홍등가 오사카

의 토비타신치(とびたしんち, 飛田新地)도 예외는 아니다. 1900년대 초 다이쇼 시대부터 존재했던 유우카쿠촌이 토비타신치다. 아직도 낡은 건물은 전통적인 형태의 유우카쿠와 별 차별 없이 운영되고 있고, 토비타 사회복지협의회가 2008년에 세운 위령비에는 분명하게 유조들의 영혼을 공양하고 위로한다는 글이 새겨져 있다. 그와 함께 샤미센의 희생물인 고양이 신사가 있어, 여기가 샤미센을 켜던 유우카쿠촌이었음을 증명하고 있다.

매춘 방지법이 시행되면서 요리조합으로 운영되고 있는데, 주로 차를 판다. 찻집이나 마사지 업소로 허가를 내었기 때문에, 단속에 걸리면 차를 마시다가, 또는 마사지를 받다가, 두 사람이 눈이 맞아 그리된 것을 어쩌겠느냐며 단속을 피한다.

이는 그 옛날 사무라이들이 찻집에서 유흥을 즐기던 모습을 연상시킨다. 물론 사무라이들이 귀한 손님을 맞이하거나, 휴식을 취하던 찻집과는 거리가 있다. 그곳의 오차야 게이샤들이 춤과 음악으로 손님들을 대접하며, 중요한 교류와 문화를 이루어 내었다면, 토비타신치 여자들은 차를 팔며 몸을 팔던 산차의 후예들인 것이다.

전통과 현실의 간극. 옛날 찻집과 오늘의 찻집이 그렇게 다른 것이다. 하나같이 전통 오차야 게이샤의 영향을 받은 것은 분명하지만, 변한 것은 그것뿐만이 아니다. 이 시대에 이르러 신식 매춘녀들에게는 게이샤의 옷이나 머리는 헌신짝처럼 버려졌지만, 전통 오차야 게이샤와 유우카쿠의 유조 게이샤는 옷 입는 방식부터가 다르다. 다 같이 기모노를 입고 게이샤 복장을 하고 있지만, 오차야 게이샤는 기모노의 끈을 뒤로 맨다. 하지만, 매춘 게이샤 유조는 앞으로 맨다. 이유는 기모노를 벗었다 입었다 하기가 편하기 때문이다.

그리고 또 하나, 오차야 게이샤의 머리 모양이 단순한 데 반해 매춘 게이샤 유조는 대단히 화려하다. 가발을 쓰기 때문이다. 그렇게 머리 장식만 봐도 구별할 수 있다.

홍등가가 집장촌(集娼村)의 형태로 변했다고 해서, 기모노를 입고 유우카쿠에서 몸을 파는 매춘 게이샤 유조가 없어진 것이 아니고 보면, 유조들에게도 꿈이 없는 건 아니다. 성매매 금지법 때문에 운신이 자유롭지 못하지만, 전통 오차야 게이샤와 현대 매춘부 사이에 존재하는 유조는, 유우카쿠의 최고가 되면 수석 오이란이라는 영광을 얻는다.

오이란은 본시 전통 오차야 게이샤의 핵심이었다. 예술과 교양을 갖춘 여성으로서 높은 사회적 지위를 가지고 있었지만, 오이란이 유우카쿠로 빠지게 된 것은 사회적 변화와 경제적 압박 때문이었다. 그로 인해 그들의 역할이 변하게 된 것이다. 이미 유우카쿠는 매춘이 합법화된 지역이었으므로, 많은 오이란이 경제적 이유로 유우카쿠로 몰려갈 수밖에 없었다. 또한 유우카쿠는 오이란의 예술적 재능을 발휘하고 살릴 수 있는 최고의 장소이기도 했다. 오이란이 유우카쿠로 나아가자 그 아래 게이샤들도 유우카쿠로 몰리게 되었고, 그렇게 전통 게이샤 문화와 유우카쿠 유조 문화가 얼크러졌다.

오차야 게이샤와 유조 게이샤. 전자는 예술을 무기로, 후자는 육신을 무기로 그 역할을 다하면서 오늘에 이른 것이다.

유우카쿠에서 수석 오이란이 되어 최고가 되면 소위 개관식이라는 것이 예진에는 있었다. 지금은 지역의 피포먼스로 남았지만, 일부 유우카쿠에는 음성적으로 오이란이 존재한다. 유우카쿠 매상을 좌지우지할 수 있는 수석 오이란 정도 되어야 주인이 아침마다 무릎을 꿇고 문안 인사를 드린다. 유조의 희망이 바로 그것이다. 수석 오이란이 되어 주인이 무릎 꿇기를 희망하며 살아가는 것이다.

　주인 언니는 앞으로 매었던 기모노 매듭을 뒤로 돌리고 게이샤가 된 사람이다. 천신만고 끝에 신분을 속여 교토 게이샤촌으로 입성한 사람이 바로 그녀다. 코우시를 하며 어깨너머로 배운 것을 바탕 삼아 게이샤가 되었고, 나중에는 직접 게이샤 장사를 했다. 이 시대가 아니었다면 있을 수 없는 일이 벌어진 것이다. 그러면서도, 전통 게이샤 교육 과정을 제대로 이수한 양한다.

　하지만, 그가 연 집은 오차야 게이샤 집도 아니고, 그저 흔한 유우카쿠였으니, 현대식 소프랜드가 늘어나는 마당에 장사가 제대로 될 리 없었다. 그것마저도 지진으로 장삿집이 무너졌다. 그래, 문을 닫게 되자 거리의 게이샤가 되었다.

　그녀가 샤미센을 퉁기며 부르는 노랫소리를 아직도 기억하고 있다.

　맑은 개울가에서 우리 함께 몸을 씻었지요
　내 머리를 감겨주던 당신
　그런 당신을 어떻게 잊겠어요
　오늘도 나비처럼 그대를 찾아 헤매죠

게이샤 생활 다시 3년. 모질게 돈을 모아 게이샤 바(Geisha Bar)의 오카미가 되었는데, 장사가 될 만하니까 지진으로 또 폭삭.

더욱이 당국의 단속으로 유조 문화 자체가 거의 사라져 가는 마당이었다. 오차야의 게이샤들은 여전히 전통 예술을 이어가고 있지만, 유우카쿠의 유조들은 설 곳이 없어졌다.

주인 언니는 배운 것이 샤미센과 가무라, 집장촌 포주가 되는 것은 자존심이 허락지 않고, 그보다 약간 나아 보이는 요시와라에 소프랜드를 차려야 하는데, 돈이 문제였다. 소프랜드는 그냥 유우카쿠가 아니다. 전부 현대식으로 지어지고 관리된다. 그 규모가 기존의 유우카쿠에 비할 바가 아니다. 유조들도 기존의 유우카쿠 여자로는 되지 않는다. 무엇보다 손님과 전라(全裸)로 비누 놀이를 해도 흠잡을 수 없을 정도로 젊고 세련되고 아름다운 현대적 미모의 소유자들이다. 기모노 속에 몸을 감추지 않는다. 늘씬늘씬한 몸을 드러내고 사내들을 유혹한다. 샤미센이나 켜고 노래나 흥얼거리며 기분을 돋우다가 몸을 파는 차원이 아니다.

왜 유우카쿠 유조는 성매매방지법에 걸리고 소프랜드는 묵인되는가? 소프랜드에서는 모든 것이 놀이다. 비누로 손님의 몸을 씻겨도 비누 놀이, 매트 위에서 성행위를 하면 매트 놀이, 입으로 하는 행위는 소쿠샤쿠(そくしゃく遊び, 速尺遊び) 놀이, 성교는 자위행위…….

어이없어하다가, 주인 언니가 왕 삼촌의 청을 받아들여 한국을 생각한 것도 그 때문이었다.

그렇게 한국으로 나와 요정도 아니고, 룸살롱도 아니고, 휘바리

골목의 매미집을 차린 것이다. 장사수완은 뛰어나서, 술상 머리에
만 앉으면 이 나라 소리를 한 곡조를 뽑는데, 소위 '춘향가'라는 거
였다. 본시 가무를 배웠던 게이샤 출신이라, 이 나라 소리도 입에
붙는 모양이었다. 어떻게 보면 갈 곳 없던 사람이 길을 제대로 찾
은 것 같기도 했다.

이때는 3월이라 일렀으되 5월 단오일이었다. 천중지가절(天中之佳
節)이라. 이때 월매(月梅) 딸 춘향(春享)이도 또한 시서음률(音律詩書)
이 능통하니 천중절(天中節)을 모를쏘냐 …… "향단아, 밀어라." 한
번 굴러 힘을 주며 두 번 굴러 힘을 주니 발밑에 가는 티끌 바람 좇
아 펄펄 앞뒤 점점 멀어져 가니 머리 위에 나뭇잎은 몸을 따라 흐
늘흐늘 오고 갈 때, 살펴보니 녹음 속에 홍상(紅裳) 자락이 바람결에
내비치니…….

일본 여자가 이 나라 소리를 해대니 이상한 집이라고 금방 소문
이 안 날 리 없었다.

신기하기는 했다. 이 나라에 와 배운 소리가 제대로일까마는, 사
람들이 가끔 관심을 보였기 때문이다. 일본 게이샤 맛도 나고, 한
국 기생 맛도 나고. 그래서 더 환장을 하는 이도 있었다.

어제도 그 정도 되는 패거리들이 몰려와 아예 술집 문을 닫으라
고 하자, 떵까떵까 기름 냄새를 밤새도록 풍기고, 방으로 들어간
그녀의 입에서 18번 '춘향가'가 절로 쏟아졌다.

저 건너 화류중(花柳中)에 오락가락 희뜩희뜩 얼른얼른하는 게 무엇인지 자세히 보아라. 통인이 살펴보고 여쭈오되, "다른 무엇 아니오라, 이 골 기생 월매 딸 춘향이란 계집아이로소이다." 도령님이 엉겁결에 하는 말이, "장히 좋다. 훌륭하다." 통인이 아뢰되, "제 어미는 기생이오나 춘향이는 도도하여 기생 구실 마다하고 백화초엽(百花草葉)에 글자도 생각하고 여공재질(女工才質)이며 문장을 겸전하여 여염 처자(閭閻處子)와 다름이 없나이다."

―오늘도 날 새게 생겼네. 에효.

그 바람에 일찍 퇴근하기 글러버린 주방 아주머니들이 투덜대었다. 이곳에 들어오기 전에 안 해본 장사가 없다고 자신의 전력을 훈장처럼 자랑해 대는 주방 아주머니들이 바로 그들이었다. 일본 유우카쿠에서는 이런 아주머니를 조리반(りょうりばん, 料理番)이라고 한다. 일본 음식을 만들려면 한국으로 데리고 나와야 하는데, 여건이 여의치 않아 데리고 나오지 못했다. 그래서 한국 주방 아주머니들을 썼다. 그런데 일본의 조리반들처럼 충성심이 없었다. 주인 눈치나 살피며 무엇이든 대충대충이었다.

―이 나라가 어떤 나라여. 요정 정치의 표준이야. 왜 그 좋은 요정 문화가 사라졌는지 모르겠당게.

―뭐락 해? 대한민국에 요정이 없다고?

하기야, 요즘 요정이 어디 있느냐고 더러 묻는 사람들이 있다. 하지만, 고관대작들은 아직도 그런 곳을 드나든다는 것 정도는 주인 언니는 영악하게 알고 있는 것이다.

-이 나라 사람들 제일 무서운 거이 뭔 줄 아네? 바로 무작스러움이어. 무식하거든. 양반 상놈이 한순간에 사라진 나라가 이 나라여. 그래서 전쟁이 난 거야. 왕실 없어진 거 봐. 우리와는 질적으로 다른 종자들이라고. 그게 뭐겠어? 머슴 심보여. 머슴이 핍박을 너무 당하다 보니까 불뚝 성질이 생긴 거라고. 주인도 작살내 버린다, 그 말이여. 그게 반골 피여. 그래서 동학란이 났고 우리 할배가 여그서 죽은 기여. 그 피가 어디 가것어. 유전이다, 그 말이여.

이곳 사람들 모진 것이야 알 만하지만, 그래서 요정이 사라졌다? 한국 사람들, 싫증 잘 내고 변덕 심한 것이야 그렇다고 해도, 게이샤 술집을 차리겠다고 일본에서 나온 사람이 이제 사라져 가는 한국의 요정 문화를 살리겠다고? 그것도 물 건너온 사람이?

참 어이없는 사람이었다. 옛날 요정이 판을 칠 때라면 모른다. 그런데 주인 언니는 바로 그래서, 라고 말을 바꾸니 환장할 일이었다.

어느 날, 일본 관광객들이 밀어닥쳤다. 그러자 주인 언니의 역설. 기가 막혔다. 본시 한국의 요정 문화가 일본의 것이라고 일장 연설을 했다. 일본의 게이샤 문화가 바로 그것이라는 것이다. 일본의 게이샤 문화가 국권 피탈 때 한국으로 흘러들어 온 것이라는 거였다.

그러고 보니 그런 것 같았다. 옛날 한국에서도 기생이라고 해서 소리나 팔고 몸을 파는 것이 아니었다고 하였다. 예기와 매기는 엄격히 구분되었다고 하니 말이다. 그것은 일본 게이샤 문화에서도 마찬가지가 아닌가.

문득 게이샤로 입문하고 게이샤 교육을 받을 때가 생각났다. 그

때, 주인 언니는 교토 게이샤촌에서 14명의 유조 게이샤를 거느리고 있었다. 오카미라고 부르는 게이샤 대모 급이 2명, 날계란으로 통하는 다마고 어린 소녀 3명, 그 3명 속에 다이꼬(お酌)인 내가 있었다. 12살 난 애가 2명, 14살 난 애가 1명, 그 1명이 바로 나였다. 그리고 기예 게이샤 9명이 초급, 중급으로 나누어져 있었다. 그녀들은 말이 기모노를 입은 게이샤지, 화려한 가발을 뒤집어쓰는 매춘부였다.

게이샤가 되려다 전통 게이샤가 되지 못하고 유우카쿠로 들어가 유조로 진로가 정해지면, 성행위의 예절과 체위를 배운다. 정상 체위는 물론이고, CAT 자세 등 무려 백 가지가 넘는 체위를 배운다. 주를 이루는 것이 여자의 다리가 남자의 허벅지를 감는 정상 체위이지만, 가장 인기 있는 것이 여자의 엉덩이를 바닥에 대지 않고 들어 자신의 허리를 감게 하는 브이라인 자세와 남자가 뒤에서 하는 배후 자세다. 남자들은 여자가 아래로 가고 남자가 엎어지는 체위를 정상 체위라고 생각하지만, 사실은 그렇지 않다는 것이 브이라인이나 배후 자세의 특징이다. 여자가 누우면 볼기 살이 바닥에 닿기 때문에 긴장도가 떨어진다. 볼기 근육은 넓적다리의 폄과 벌림을 주도하는데, 이 긴장성이 사라져 버린다는 것이다. 그러므로 여자가 엎드려서 하는 짐승들의 체위는 거의 본능적인 것이며, 그 원시적 체위가 성감을 높인다. 그러므로 엎드린 자세의 성행위 교육을 받는다. 주로 볼기 근육을 개발하는 운동이다. 엎드린 자세에서 다리를 뒤로 차듯이 하고, 끝까지 번갈아 가며 들어 올린다. 이때 넓적다리 근육이 최대한 당겨진다.

그런 다음, 치골과 꼬리뼈 쪽을 잇는 막 같은 근육을 단련하기 시작한다. 평소에 잘 쓰지 않는 근육이다. 이걸 움직여야 한다. 이 근육이 어디 있느냐 하면, 소변을 보다가 딱 멈추었을 때 그 근육이다. 이 근육을 집중적으로 단련해야 한다. 그래야 남성 성기가 들어왔을 때 조였다 풀었다 할 수 있다. 이는 질 내의 압력을 주도하는데, 무작정 조이는 것이 아니라 오르가슴 코칭이 따로 있었다. 일일이 성(性) 선생이 질에 손을 넣어 압력을 체크한다. 그러면서 회음부 쪽에 손을 대고 근육이 잘 움직이는지를 살핀다.

종일 이 운동으로 하루를 보내고는 했다. 혼자서도 할 수 있는 것이었다. 내 손가락을 질에 넣고 압력을 체크하며 할 수 있었다. 질 입구 양쪽에 있는 길쭉한 두 개의 발기 조직 덩어리인 전정구가 풍선처럼 부풀어 올라, 맥이 뛰는 소리까지 들릴 정도로 팽창되는 것을 직접 느낄 수 있었다. 바로 이것이 남자의 밑 등걸을 조여 놓아주지 않는 것이다.

그렇게 긴쟈쿠(きんじゃく, 荷包)가 되는 길을 걸었다. 성 선생은 이런 뜻도 있다고 하였다. '굳게 얽어 감는 도구'라는 뜻에서 예로부터 긴작구(緊作具)라 부르기도 했다는데 정확하지는 않다고 했다.

오카미라고 불리는 대모급 언니가, 어느 날 그런 나를 보며 허망하게 웃었다.

-내가 이곳 20년 오늘에 이르렀다. 긴쟈쿠가 되기 위해 20년을 흘려버렸어. 저 붉은 이불 속에서 거짓을 짜며 살았지. 진실은 없었어. 여기에 오는 손님도 그를 맞이하는 유조들도. 진실이 없는데, 긴쟈쿠가 무슨 소용이야. 그래. 긴쟈쿠는 거짓의 산물이지. 나

는 아직도 긴쟈쿠가 아니야. 남성의 성기가 들어오면 그냥 흘러버려. 씹지를 못해. 진심이 아니니까.

-아무 소용 없다는 말이에요?

-긴쟈쿠는 그렇게 얻어지는 게 아니야. 게이샤 최고의 명기 그것이 지금도 알코올에 저려 박물관에 있지만, 운동을 얼마나 해야할까? 사카리 봐라. 남자들이 죽고 못 살잖냐. 걔가 나랑 동기야. 오차야에서 게이샤 교육 같이 받고 이곳에 떨어졌어. 근데 그것이 긴쟈쿠거든. 남자 것이 들어가면 잘근잘근 씹는다 이거야. 그런데 그 애 운동은 질색하잖냐.

-그런데도 효과가 있다고 하던데요?

-그럴까? 그래서 나는 20년을 망쳐버렸고. 진심으로 사랑해야하지. 상대를 사랑해야 씹는 거야. 그래야 소화가 돼.

이곳에 와 놀란 것은 주인 언니를 따라 소리인가 뭔가를 알게 되면서 기생 문화를 접했는데, 이곳의 기생들이 대단했던 모양이었다. 어지간한 선비들은 그녀들의 발뒤축도 못 따라갈 정도로 유식하고, 예술에 천착했다고 하니, 기생질도 품위 있고 고급스럽게 했던 모양이었다. 우리나라에도 예기 게이샤가 있고, 소리 게이샤가 있고, 창기 게이샤가 있다. 나야 풀릴 때부터 창기로 풀렸으니, 고상을 따질 처지가 아니다. 하지만, 그렇다고 고고한 절기가 되고 싶은 마음은 없다.

주인 언니를 따라가 보았던 서울의 삼청각.

정말 특이했다. 주인 언니의 소리 스승이라고 하는 윤방자 여사.

이 나라에 제대로 된 요정은 그곳뿐이라고 하였다. 요즘도 정치인들이 드나든다고 하는데, 삼청각은 제대로 옛 요정이 맞았다. 정말 제대로 지어진 한옥이 장난이 아니었다. 우리가 가던 날 그곳 언니란 사람이 지리산 소리장으로 기생들을 데리고 산 공부를 갔다 왔다고 했다.

여기저기 등이 걸린 늙은 요정을 둘러보았는데, 정말 고풍스럽다는 생각이 들었다. 낡고 찌든 나무 간판. 그 모양새가 절로 그곳의 역사를 말해주고 있었다. 풍상에 찌든 모양새가 찌들고 멍든 늙은이의 얼굴처럼 남루한데 들려오는 장구 소리와 가야금 소리가 그윽했다.

주인 윤방자란 사람은 소리만이 아니라 가야금에도 일가견이 있었다. 주인 언니는 소리를 배우면서 그녀를 알았다고 했다.

그녀의 가야금 소리를 듣고 있으니까, 주인 언니와는 그 수준이 다르다는 생각이 들었다.

시시한 '춘향가'가 아니었다. 그저 소리나 지르는 주인 언니와는 다르게 '심청가'와 '적벽가'를 뽑는데, 기가 막혔다. 가야금 위에서 폭풍우가 몰아쳤다. 군마가 내달렸다. 백만 대군이 타 죽는 장면이 어찌나 살벌한지 숨을 멈추지 않을 수가 없었다.

한 놈을 선두로 뒤지는 모습을 보니 …… 앉아 죽고, 서서 죽고, 울다 죽고, 웃다 죽고, 밟혀 죽고, 맞아 죽고, 원통히 죽고 …… 아이고 어머니 나 죽습니다

'심청가'로 넘어가니 효녀가 제 아비를 위해 인당수에 퐁당 빠지는 모습에 기가 막혔다.

주인 언니가 늘 입에 발린 듯 불러대는 춘향이 이 도령을 안고 길길거리기나 하는 소리와는 그 차원이 달랐다. 철없는 심 봉사, 심청이 팔아먹고, 뺑덕어멈에게 미쳐서는 남은 재산 탕진하는 대목에 이르렀을 때, 나는 그만 눈물을 글썽이고 말았다.

어이 가리 너허, 어이 가리 너허. 24명 동무들아, 구산(舊山) 찾아가려는가 신산(新山) 찾아가려는가 워너허 워너허 불쌍하다 곽씨 부인 앞 못 보는 가장(家長)에게 어린 자식 곁에 두고, 영결(永訣) 종천(終天) 돌아가니 어찌 아니 불쌍하리 워너허 워너허⋯⋯.

세이잔류스이(せいざんりゅうすい, 青山流水)가 따로 없었다. 어설프기만 한 주인 언니 소리와는 달랐다. 특유의 리듬과 운율이, 쉬는 곳도 없고 마치는 곳도 없이 소리 특유의 구어적 흐름에 묻혀 굽이쳤다. 가부키(カブキ, 歌舞伎)처럼, 과장되거나 화려하지도 않았다. 소리가락을 이 나라에선 성조(聲調)라고 한다던가? 아무튼 쉼표도 없고 마침표도 없는 문장 같았다. 그러다가 적시 적소에 문장부호를 찍듯 찍어댄다. 앉아 죽고, 서서 죽고, 울다 죽고, 웃다 죽고⋯⋯. 또 그러다가 쉬어가야 할 곳에서 쉬어가지 않아 당황스럽다. ⋯⋯이 몸 가옵네다 가옵네다 부디 살피시와요⋯⋯. 그렇게 숨 쉴 사이 없이 몰아치다가, 끝났다 싶으면 마침표도 없는 문장처럼 종잡을 수가 없다. 그런데도 불덩이 같은 것이 치밀어올라 가슴이

먹먹하게 아파지니 모를 일이었다. 무슨 조화인지?

비로소 알 것 같았다. 서울 한복판에 가짜 게이샤 술집을 치려 대박 날 것을 꿈꾸던 그녀가 왜 변해버렸는지. 생각해 보면 그녀의 꿈을 허락할 대한민국이 아니었다. 서울 한복판에서 샤미센 소리와 게이샤 노래 '나가우타(長唄)'가 흘러나온다면 어떻게 되겠는가,

그녀는 차라리 게이샤 술집을 차리지 못할 바에야 요정을 차리는 게 낫다고 생각한 것이다. 그러면서 게이샤 장사를 하는 것이다. 그러다 윤방자 여사를 만났고, 그녀의 소리에 미쳐버렸다. 주인 언니가 한국의 요정 문화에 미쳐버린 것은 그 때문이었다.

그래서인가?

그날 술집으로 돌아와 나는 한숨을 쉬었다. 술집 계집질해도 그런 곳에서 제대로 된 대우를 받으며 했으면 싶었다. 이건 뭐 요정도 아니고, 룸살롱도 아니고. 단속에 걸린다며 기모노도 입지 못하고, 샤미센 가락에 맞춰 춤추고 노래도 부를 수 없으니, 오차야도 아니고, 유우카쿠도 아니고, 커피숍도 아니고. 한마디로 요정을 흉내 낸 매미집이었다. 흔히 말하는, 술 팔고 몸 파는 한국식 창녀집.

주인 언니의 방에는 그 흔한 고려청자 하나 없다. 방마다 술 냄새가 찌들었고, 홀을 지나 방문을 열면 윗목에 병풍이 처지긴 했지만, 그 아래 두툼한 보료 하나 깔려 있지 않다. 제대로 된 방이라면 그래도 필가, 장롱, 앉은뱅이책상, 거문고, 장고, 징, 해금, 대금, 피리, 단소, 아쟁이, 가야금 등 정도는 놓여 있어야 할 텐데, 넓적한 상 두어 개가 놓여 있을 뿐이었다. 손님이 들면, 부엌 아줌마가 쪼르르 달려 들어가 흰 창호지를 상 위에다 까는 바로 그 상이다.

방구석 꽃병에 꽂힌 꽃도 생화가 아니라 먼지가 잔뜩 내려앉은 장미 송이다. 조화가 아니라는 게 그나마 다행이었다. 못 쓰는 장구를 세워서, 생화를 꽂아놓았으니 말이다. 그러니 마음이 심란하지 않을 리 없다.

그래서인지 손님 질이 달랐다. 윤방자 여사의 손님들은 이 나라를 좌지우지하는 사람들이어서 화초기생들이 즐비하게 지분 냄새를 풍기고 좋은 음식에 학처럼 날아갈 듯 춤을 춰대지만, 주인 언니의 술집은 현대식 건물에다 약간 요정 분위기를 낸 주막에 불과했다. 오는 손님이라고는 겨우 동네 유지, 아니, 아니다. 유지들이라도 오면 괜찮다. 겨우 괜찮다고 하는 축이 졸부급들이다. 내가 이곳으로 와 받아본 손님 중 최고는 경찰 서장이었다. 일본에서 어머니에게 드나들던 사람이었다. 그는 어느새 서장이 되어 있었다.

이 사람이 찾아오자, 그날 난리가 났다. 지금 생각해도 경찰 서장? 정말 하늘 같은 손님이었다. 술집 문을 아예 닫아걸었으니 말이다.

술판이 익자 주인 여자의 속이 드러났다.

-내 아주 아끼고 아낀 춘향이가 하나 있습니다.

그 말에 경찰 서장이 물었다.

-그럼, 딸이야?

-딸이지요.

"춘향전"을 보면 춘향이 어머니는 제 딸 술청에 내보내지 않으려고 온갖 애를 쓰더라만 주인 언니는 아주 자랑스럽게 제 딸이라고 하고 있었다.

그날 주인 언니의 엄명으로 새끼 기생 차림을 하는 데, 꼬박 한 시간이 걸렸다. 18살이 되었어도 보기에는 열댓 살밖에 보지 않는 어린것에게 한복을 입히고 머리를 올리고 화장해 놓으니, 기가 막혔다. 부엌에서 일하는 부엌데기들이 킥킥 웃어댈 정도였다. 어떤 사람은 웃어대다가 못해, 옷고름으로 눈물을 찍는 여자도 있었다.

-에에고 팔자 더럽다. 어미도 기생이라더만, 이제 그 딸년이 뒤를 이어 동기가 되는구나! 그 어미 구천에서 통곡하겠다. 언니, 동생 했다더만.

술상이 들어가고 언니들을 따라 기방으로 들어가 절을 올리는 데, 절을 받는 사람들이 입을 벌렸다.

-네 나이가 몇 살이냐?

경찰 서장이 내게 물었다.

-열아홉입니다.

주인 언니가 18살이라고 하지 말라고 해 그렇게 대답했다. 열여덟이면 미성년자가 아닌가. 그러나 오히려 서장 같은 이들이 이곳 생리를 잘 알고 있다는 것을 주인 언니는 영악하게 알고 있었다. 그는 이제 곧 특별이란 말을 쓸 것이고, 그 말에다 점을 찍듯 엑센트를 줄 것이었다.

-아시잖아요. 서장님께서 일본에 오실 때마다 은혜를 베푸시던 유미꼬 말이에요.

-유미꼬?

-그것이 갑자기 병이 들어 요양소에서 죽었는데, 저거 하나 달랑 남겼지 뭡니까. 어디 보낼 곳도 없고 해서 내가 데리고 이곳으

로 나왔답니다. 서장님이 오신다기에 오늘 처음 술청에 특별히 데리고 나온 것이랍니다.

-허허허 그래. 나를 위해 특별히?

특별이란 말이 언제 나올까, 했는데, 너무 이른 게 아닌가 싶었다. 그래도 서장은 여느 사내들처럼 그 말에 무지 기분이 좋다는 표정을 지었다.

하기야, 지금이 어떤 세상인가. 기생들이 판치는 세상인가. 기생들이 판치던 요정 세상이 아니다. 룸살롱이 판을 치는 세상. 그런 세상에 옛날 사대부들이 판을 치던 기생방의 기운이 묘했을 테니 자신이 그때의 대감마님이 된 것 같은 착각이 들 만도 했다. 요정이 귀하다 보니, 오히려 돈 있고 권력 있는 이들에게는 더욱이 인기가 있는 이유가 바로 그 때문이리라.

그날 서장은 이제 기생 생활을 시작할 동기의 머리를 얹어주겠다며 호기를 부렸다.

일본에서 어린 게이샤로 놀아먹던 술집 가시나를, 주인 언니가 서장의 방으로 밀어 넣으며 신신당부했다.

-절대 오른쪽 젖을 보이지 말아라. 그럼, 끝이니께.

나는 왜 주인 언니가 오른쪽 젖을 보이지 말라는지 알고 있었다.

-알아요.

-젖을 보자고 지랄하면 젖앓이를 해서 그렇다고 해.

-알았다니까요.

그래도 만일을 위해, 주인 여자가 오른쪽 유방을 면포로 감았다. 오른쪽 겨드랑이로 감아놓으니 감쪽같았다.

주인 언니에게 떠밀려 방으로 들어가니, 서장은 술에 취해 엎어져 코를 골고 있었다. 그때 어떻게 알았을까. 그 사람이 준 오빠의 아버지라는 걸.

코를 골던 경찰 서장이 나를 덮쳤을 때, 왜 갑자기 어디선가 들려오는 소리가락이 그렇게 선명하게 들렸는지 모를 일이었다.

만첩청산 늙은 범이 살진 암캐를 물어다 놓고,
이는 다 덥쑥 빠져 먹든 못 허고, 으르르르르르르르렁 어헝 넘노난 듯,
단산 봉황이 죽실을 물고 오동 속을 넘노난 듯,
북해 흑룡이 여의주를 물고 채운간으 넘노난 듯,
구곡 청학이 난초를 물고 세류 간의 넘노난 듯,
내 사랑 내 알뜰 내 간간이지야, 오호 둥둥 니가 내 사랑이지야

그날 그놈의 서장과 자고 이곳의 기생이 되고 말았다. 몸을 팔던 게이샤에서 이곳의 기생, 엄청난 발전이었다. 요즘 세상에 예기 기생 따로 있고, 몸을 파는 매기가 어디 따로 있다면, 그게 웃기는 소리일 것이다. 언젠가 우리나라가 이곳을 점령했을 때, 일본인의 권번은 예기 중심의 기생 권번이 아니라, 유우카쿠의 공창(公娼)인 예창기(藝娼妓)라고 한 말을 들은 적이 있었다. 이제 그 속으로 내가 들어앉았다.

어쨌거나 그날 이후로 사람들은 나를 춘향이라 불렀다. 주인 언니가 우리 춘향이, 우리 춘향이 그래서 더 그랬는지 모른다. 주인 언니는 정말 무서운 여자였다. 그날 이후 이것 봐라 싶었던지 손님

방으로 밀어 넣을 때마다 나를 우리 춘향이란다. 아끼고 아끼던 이 집에서 제일 어린 숫처녀 내 딸 춘향이란다. 그럼, 그날 밤에는 숫처녀처럼 굴어야 한다. 밑이 아프지 않아도 아프다고 엄살을 떨어야 한다. 그러다 보니 어느 사이에 게이코 보송이란 별명이 날아가 버렸다. 춘향이가 되어버린 것이다.

　-에고, 오늘 또 춘향이 출격하게 생겼네. 우리 춘향이 오른쪽 호다이(ほうたい, 包帶) 또 감고 밀어 부레 넣어야 되겠다.

　주방 아주머니들이 그런 말을 할 때쯤이면, 주인 언니는 이미 붕어 몇 마리 사다가 대가리를 몽당몽당 자르고 있다. 그러고는 배를 갈라 내장 속에서 붕어 부레를 소중하게 솎아낸다. 그런 다음 부레에다가 돼지 피를 주사기로 집어넣는다. 끝을 실로 묶고 나를 향해 정중하고 진지하게 명령한다.

　-자빠져 다리 벌려.

　내가 누워 다리를 벌리면 질 속으로 돼지 피를 넣은 붕어 부레를 밀어 넣는다. 붕어 부레가 안 빠지도록, 코르셋으로 무장시킨다.

　이건 게이샤의 처녀성(處女性)을 사는 경매의식(競買意識)인 '미즈아게(みずあげ, 水揚)'의 산물인 것 같지만, 아니다. 돈 많은 호색가들이 게이샤의 처녀성을 살 때 이미 처녀막 검사는 검증된 상태다. 주인 언니는 그것을 간악하게 활용하는 것이다.

　오른쪽 젖을 호다이로 감고 춘향이가 되어 방으로 들어가면 손님은 정말 춘향이 다루듯이 나를 다룬다. 젖도 아파요. 밑은 더 아프네. 아파요. 아프다니까요. 그렇게 엄살을 떨어대다 보면, 붕어 부레의 피가 터지고, 남자들은 대단히 만족한 얼굴로 수표 몇 장은 더 얹어준다. 벌써 그렇게 내 머리를 얹어준 사람이 수두룩하다.

하기야, 변 사또의 청을 마다하고 칼을 쓰고 갇혀 있다가 이몽룡이에게 구출되어 잘 먹고 잘 살았으니, 분명히 춘향이 절개의 화신이 될 만도 하다. 남자들은 그런 춘향이처럼 정절을 지키다가 몸을 바친 것 같으니 얼마나 황홀하랴. 어리석은 종자들. 그래서 사람들이 요즘 숫처녀 춘향이라고 하면 믿을 사람이 어딨냐며 좀 신식으로 놀아보라고 충고해도, 주인 언니는 춘향이인 내가 있고, 젖을 감출 호다이가 있고, 붕어 부레가 있는데, 뭘 걱정이냐는 식이다. 그러니 내게 '춘향가'를 배우라고 지랄하지 않을 리 없다.

만약 내가 이 집을 나가버려도, 주인 언니는 나 같은 영계를 어디서 구해와 붕어 부레 장난을 계속할 것이다. 사내들은 옛날 향수에 젖어 주머니를 털리면서도 숫처녀 춘향이를 품었다고 평생 흐뭇해할 것이고. ㅋㅋㅋ.

2장

가시 꽃 정원

1

목욕탕이 가까워지자 아직도 어제저녁의 숙취에서 깨어나지 못한 유키 언니가 슬리퍼를 질질 끌면서 노래를 흥얼거렸다.

—아나타와 모우 와수레타카시라 이카이 데누구이 마후라아나 시데 후타리네 있타 요코죠나 후로야…….

혓바닥이 돌아가지 않는 노래를 잘도 불러댄다. 이쯤 해서 그 잘하는 푸념 소리가 들려올 거야. 그러면 틀림없다.

—에이고, 한창때는 정말 아무것도 무서운 게 없었는데……. 아주 더러운 조센징 새끼들에게까지 신세 조지누나.

어제 일본 남자 손님에게 어지간히 시달렸던 모양이었다. 하기야, 기생 관광은 어제오늘 일이 아니었다. 대부분 이 나라에 기생 관광

오는 이들을 보면 일본에서 농사나 짓는 농부들이다. 그들은 어리석게도 아직도 한국에 가면 기생이 있다고 착각하고 있는 것이다.

듣고 있던 리코 언니가 노래 뒷말을 부르듯 맞장구를 쳤다.

-호호호, 다만 당신의 그 다정함만이 무서웠어요.

이제 일 막이 끝날 차례. 유키 언니가 덜 풀린 눈을 새하얗게 뜨고 그녀를 흘긴다.

-썩을 년.

나도 그 노래를 알고 있었다. 유키 언니가 기생 관광 오는 일본 손님들 앞에서 술만 취하면 잘 부르는 '칸다가와(かんだがわ, 神田川)'라는 일본 노래였다. 처음에는 무슨 노래인지 몰랐는데, 나중에 우연히 노랫말을 컴퓨터에서 보고는 알았다. 두 가난한 여인의 모습이 눈앞에 선했다. 가난한 여인들이 목욕탕에서 나와 돌아가는 모습이 아름다워, 나도 술에 취하면 한 번씩 흥얼거렸다.

아나타와 모오 와스레타카시라
아카이 테누구이 마후라-니시테
후타리데 잇타 요코쵸-노 후로야
(당신은 이제 잊었을지 몰라
빨간 수건을 마후라 삼아 두르고
같이 간 골목 목욕탕)

잇쇼니 데요-넷테 잇타노니
이츠모 와타시가 마타사레타

아라이 카미가 심마데 히에테
(함께 나오기로 해놓고선
언제나 내가 먼저 나와 기다렸지
감은 머리가 속까지 차가워지고)

언젠가 일본 관광객들이 술을 마시러 와, 유키 언니와 내가 부르는 노래를 들어보고는 어이가 없는지 웃어댔다. 그러고는 쫑코를 있는 대로 놓았다.

 -무슨 노래가 그래? 이놈의 나라, 애들 노래까지 버려놓는다니까.

한국말을 배우느라 본토 발음이 꼬인 것을 그렇게 나무랐다.

 -야 이년아, 가오(かお, 顔)가 있지. 부르려면 제대로 불러. 갓난아이 옹알이하는 것도 아니고. 갓푸쿠(かっぷく, 割腹) 정신을 잊은 거야?

그렇게 모욕적인 무안을 당해놓고도 유키 언니는 지금도 불러댄다.

 -저 언니 아직도 술이 덜 깼나 보네.

못 말리겠다는 듯이 리코 언니가 고개를 내저으며 말했다.

 -고향 생각 디럽게 나는 갑다.

 -놔둬라. 그렇게 당하고도 아직도 기다리나 부다. 어이구, 죽일 놈. 벗겨 먹을 걸 벗겨 먹지. 개같이 번 돈. 아직도 둘이서 대중탕 함께 가던 생각이 가시지 않나 부다.

 -술 팔아서 제비 새끼 먹여 살린 꼴 좀 봐라. 저러다 데질까 겁난다.

 -그 자식 눈웃음 살살 치면서 설레발칠 때부터 내 알아봤다. 아

주 목을 그어놔야 하는 건데.

이곳 언니들은, 나보다 먼저 술집에 들어왔다.

유키 언니, 일본에서 생활을 할 때, 주인 언니 밑에서 춤쟁이 제비와 살림을 차렸다. 어느 날, 그 제비가 다른 여자와 결혼한다고 했다. 유키 언니, 며칠을 울고불고 술로 살다가 칼로 자기 손목을 그었다. 마침 주인 언니가 문을 열어보는 바람에 생명을 구했다.

병원에서 정신을 차린 유키 언니는 남자의 결혼식장으로 갔다. 뒷자리에 앉아 하염없이 그녀는 눈물을 흘리다가 신랑·신부가 나란히 곁을 지나가자, 일어나 마지막으로 손이나 한번 잡아달라고 했다.

신랑이 엉겁결에 유키 언니의 손을 잡았다.

잠시 후, 신랑의 손에서 피가 뚝뚝 떨어졌다. 깔아놓은 붉은 카펫이 더욱 붉었다. 신랑은 그래도 몰랐다. 사람들 역시 눈치채지 못했다. 카펫의 색이 붉은 탓도 있었다. 밖으로 나간 신랑은 비 오듯 쏟아지는 땀을 닦느라 손으로 얼굴을 닦았다. 그제야 사람들이 기겁했다. 신랑의 흰 장갑에서 피가 뚝뚝 떨어지고 있었고 얼굴 역시 피범벅이었기 때문이었다.

그런 신랑을 멀리서 차갑게 노려보는 사람이 있었다. 유키 언니였다. 유키 언니의 눈과 그녀를 찾는 신랑의 눈이 딱 마주쳤다.

그제야 신랑은 유키 언니의 손가락 사이에 면도칼이 끼워져 있었다는 것을 알았다. 그러나 신랑은 저 여자다, 하는 소리를 지르지 못했다.

돌아온 유키 언니는, 뽀드득 이를 갈며 신랑에게 마지막 전화를 했다.

　―잘 살아라! 개놈아. 만약 그 여자마저 울린다면 이번엔 목을 그어놓을 거야.

　신랑은 그래도, 술집 여자에게 얹혀살던 사실이 탄로 날까 봐, 자신의 결혼식을 망친 사람이 누구라는 걸 말하지 않았다.

　그 길로 그녀는 몸을 되는대로 굴렸다. 손님이 돈이 있든 없든 상관하지 않았다. 손님 자리에 들어갈 때, 아예 팬티를 벗고 들어갔다. 술을 먹다가 그 자리에서 그 짓을 하기가 예사였다. 그녀는 언제나 술에 취해 있었다. 사람의 몰골이 아니었다. 모두가 죽는다고 술을 뺏으면, 홀랑 벗고 돌아다녔다. 어떤 날은 홀랑 벗고 교회 정문 앞으로 가, 정문에 달라붙어 고래고래 고함을 질러댔다.

　―코히츠지오 츠카사도루 누시요 오나카잇파이노 진슈다케 이카사즈니 코노 하다카노 히츠지모 타스케테쿠레(어린양을 주관하시는 주님아, 배부른 인종들만 살리지 말고, 이 벌거벗은 양도 좀 살려주라)!

　지나가는 남자들이 침을 뱉으며 느물거렸다.

　―저거, 저거 왜년 아녀. 어이구, 저 더블유 씨(W.C)!

　주인 언니가 그녀를 내쫓아 버렸다. 그런데 어느 날, 술에 취해 개골창에 처박혀 있었다. 순찰차가 그녀를 실어 왔다.

　주인 언니가 닷새 동안 꽁꽁 묶어놓고, 죽만 먹였다. 술 내놓으라고 이를 갈아 대자, 입에다 재갈을 물렸다.

　5일이 지나자 눈이 제대로 돌아왔다. 입술이 검불처럼 타 갈라진 곳이 아물기 시작했다. 황달기까지 보이던 눈동자에 점차 푸른색이 돌았다.

그 후 주인 언니는 현해탄을 건너와 술집을 차렸다. 그녀가 살려 달라며 졸라대자, 한국으로 들어오라고 했다.

그런데 술장사를 잘하다가 살 만하니까, 또 술이었다. 돈이 무엇인지. 술로 죽어가는 사람 죽으로 살려놓고, 다시 술로 죽이는 세상이 여기였다. 정 하나로 사는 게 술집 여자인데, 세월이 이번에는 문제였다. 저러다 본국에 돌아가도 유우카쿠에 들어가지도 못하고 오사카의 토비타신치 같은 곳에 기어들거나, 소속 없이 개인 소유 사창에서 매춘을 하게 될 것이었다. 요즘 요시와라에 늘어나는 소프랜드 같은 곳에는 갈 생각도 말아야 한다. 그곳의 매춘부들은 젊기도 하지만, 영화배우 뺨치는 용모를 가지고 있다. 받아주지도 않을뿐더러, 엄두도 내지 말아야 한다. 그러므로 천생 유우카쿠나 기웃거려야 하는데, 목욕탕에 소속된 매춘부를 유나(ゆな, 湯女)라고 한다. 여관 등에서 매춘 및 접객을 하는 매춘부를 메시모노리온나(めしもりおんな, 飯盛女)라고 한다. 길거리에서 돗자리를 깔고 몸을 파는 40대에서 70대 여성들을 요타카(よたか, 夜鷹)라고 한다.

스물다섯 살만 되어도 고개를 내젓는 세상에서 어떻게 살아남을 것인가.

술집에 와 노계(老鷄)는 노(NO), 영계도 노. 차라리 날계란으로 데려오라는 세상이다. 이곳에서 처녀 맛을 보겠다는 어이없는 놈들. 꼭 술 주문하듯이 그렇게 주문해 댄다. 날계란들(미성년자)을 건드려서는 안 된다는 것을 모를 리 없다. 뭔가 잘못되어 이런 바닥에 끌려왔다는 걸 모를 리 없다. 그래도 날계란 정도가 되어야 오케이다. 왜 남자들은 여자의 피에 그렇게 환장을 하는지 모를 일이다. 처녀의 순결? 제 딸년 같은 것에게 피를 봐야 직성이 풀린다는 식이다.

하기야, 그러고 보면 그들이 노계를 쳐다보지 않는 건 당연하다. 하지만, 이런 곳에 있는 애들에게, 처녀가 아니어서 욕을 해대는 몰상식함은 참을 수가 없다. 생활에 충실하려고 열심히 몸을 파는 데, 열심히 한다고 손가락질이니 말이다. 한마디로 웃기는 종자들이었다. 우리가 못된 짓을 할 때마다 그들은?

우리나라 남자나 이곳 남자들. 그 남자들의 위선기. 기가 질릴 정도가 아니다. 비명이라도 질러야 할 정도다. 이곳에 드나드는 인간들. 그러니까 애들이나 어른들이나 다 똑같다. 한국 놈이나, 일본 놈이나, 잘생긴 것이나, 못 배운 것이나, 돈 많은 것이나, 가난한 것이나 다 똑같다. 그런데도 저들처럼 살지 못한다고 괄시한다. 하기야, 불완전한 것이 인간이라면, 완전함을 바라는 내가 바보일지도 모른다. 한국인도 그렇고, 일본인도 그렇다. 잘 배웠다는 사람들, 다 똑같다. 클래식이니 뭐니 하면서 난체하기에 여념이 없다.

그런데 이 바닥에 기어드는 인간 치고 제대로 된 사람을 한 번도 보지 못했다. 우리가 조금만 치마를 짧게 입어도 눈길이 틀리다. 한국 사내도 그랬고 일본 사내도 그랬다. 점잔을 있는 대로 떨다가도 기회만 있으면 밑으로 손이 들어온다. 이런 놈들이 날계란 찾는 놈들보다 더 더럽다. 어떻하든 제 딸 같은 우리들의 치마를 벗기려 하고 갖은 추대를 다 부린다. 병균이 득실거리는 우리들의 밑을 못 만져서 환장한다. 그래도 한국의 술 문화가 점잖다고 한다. 일본 남자들, 술에 취하면 볼 만하다. 여자의 삼각부에서 고기를 꺼내 먹는 놈도 있다. 개잡놈들.

하기야, 섹스하면 일본이다. 그런 면에서는 할 말이 없다.

그러고 보면, 한국이란 나라 참 어리숙하다. 남자들이 붐비는 지하철을 꺼릴 만하다. 지하철에서 내렸는데, 여자가 그냥 남자의 뺨을 후려갈긴다.

-너 내 엉덩이 주물렀잖아.

-언제?

그래서 파출소 가고 고소하고.

일본에서도 그런 일들이 없는 건 아니다. 아니, 그곳이 원조 격이다. 여자를 더듬다가 대법원까지 가는 예도 있다. 억울하게 징역살이하는 남자도 있고 여자가 이겼다고 하더라도 남는 것이 없다. 성에 관한 법의 함정은 여기나 거기나 마찬가지다.

하기야, 옛날부터 여자의 잠자리로 몰래 들어가는 요바이(よばい, 夜這い)란 풍습이 있던 나라에서 그런 일들이 있다는 건 대단한 변화임에 분명하다. 이곳에서는 성추행 바람이 불어 노벨상감의 수준급 시인이 여제자의 덫에 걸려 넘어지기도 하지만, 일본에서는 성추행당했다고 신고하면 신고하는 사람을 더 의심한다. 아직도 혼탕이 존재하는 지방이 있고, 일부 지역에서는 맞선을 목욕탕에서 보는 곳도 있다. 부모와 자식이 탕에서 모두 벗고 맞선을 보는 것이다. 내 딸을 결혼시켜도 괜찮은지, 내 아들을 결혼시켜도 괜찮은지, 부모들이 확인하는 것이다. 더욱이, 후데오로시(ふでおろし, 筆下ろし)라고 하여 유부녀나 과부, 나이 찬 처녀들이 소년들과 신사에서 혼음하는 것을 보았다. 옛말이 아니었다. 지금은 없어졌다고

하는 사람들이 누구일까, 싶었다. 이 시대가 어떤 시댄데 그런 소리 하느냐는 사람들이 있다. 그런 사람이 은밀히 여자의 집에서 첫 경험으로 동정을 떼는 성인식을 치른 사람일지도 모른다.

더욱이, 컴퓨터가 발전하면서 성 쪽의 발전은 눈부실 정도다. 한국이 촌스러운 에로 비디오를 찍을 때, 일본은 한마디로 날아다녔다. 어느 날, 포르노를 하나 보았는데, 아무리 그쪽으로는 개방된 곳이라고 해도, 그 정도일 줄은 몰랐다. 일본은 남성 중심의 사회다. 요즘은 문화가 달라졌다고 하지만, 여성들 대부분이 짓눌려 있다. 또 일본문화 자체가 그렇다. 남에게 피해를 줄까 전전긍긍하다 보니, 엿보는 문화가 생길 수밖에 없다. 그런 것이 에로 비디오를 양산하게 됐을 것이다. 엿보는 문화. 이곳에 와 한옥을 자세히 살펴본 적이 있다. 큰방과 작은방 사이에 마루가 있었다. 하지만, 일본은 방과 방이 붙어 있다. 소리가 들릴 정도로. 그러니 엿보기 문화가 성행하지 않을 리 없다. 카메라 문화가 발달하면서 비디오 문화가 성행한 것도 그 때문일 것이다.

그러나 그렇다고 하더라도, 한국이나 일본이나, 사내들, 어이가 없다. 술집에 와 온갖 추태 다 부리고, 집으로 돌아가 아무 일 없었다는 듯 목욕하고, 아내와 저녁을 먹고, 아이들을 재우고, 클래식을 듣는다? 그들과 마주 술을 먹다가 그런 모습을 상상하면, 내 밑 씻은 물이라도 한 그릇 퍼먹이고 싶다. 그럼, 그의 음험한 속이 내 밑 씻은 물에 의해 좀은 씻길 것 같기 때문이다.

위안부. 성노예 할머니들이 정부 청사로 몰려가 시위를 한 적이 있었다.

그날 제법 잘 배운 지식인이 술을 마시러 왔다.

우리가 매상을 올리려고 바가지를 씌우자, 화를 내다가 고함을 질렀다.

-에이 더러운 종자들. 제발로 몸 팔려 와 몸 팔아놓고 이제 와 배상하라고. 그러는 위안부 할망구들과 너희들이 뭐가 달라. 왜 우리가 위안부 배상을 안 하는지 알아? 그건 지금의 너희들을 보면 알 거 아니야. 너희들. 왜 몰려왔어? 몸 팔겠다는 거지? 그때도 이 나라 여자들 그랬다, 이거야.

이게 일본 사람 특기다. 닭을 찾는데, 오리발을 내놓는 것. 우리가 맞아! 맞아! 그러니까 잠시 멍하니 바라보다가 입을 다물었다.

알고 보니 한국에 오래 살았던 일본인이었다. 정말 할 말이 없었다. 예전에 한국에서 몸 팔려 가는 아가씨들이 있었다. 아니, 지금도 몸 팔려 가는 아가씨들이 한둘이 아니다. 우리가 이곳으로 원정 온 것처럼, 한국의 원정 창녀들도 일본으로 한없이 건너간다. 술집 생활하면서 알았지만, 창녀들이 한국에 그렇게 많은 줄 몰랐다. 강남 바닥의 텐프로들이 바로 그들이다. 한국 창녀가 엄청나게 많아, 일본 정부는 감당이 안 되자 워킹홀리데이 금지까지 때려버렸다. 그러고는 너희 나라 여성부는 도대체 뭐 하는 곳이냐고 느물거렸다. 원정 창녀 보내는 여성부라는 말까지 나왔다. 지금은 전쟁 통도 아닌데 해도 너무 한다는 것이다. 한국이 살 만한데도 이렇게 원청 창녀들이 들끓는 걸 보면 전쟁 통에는 오죽했겠느냐는 것이다. 먹고 살기 위해 위안부 짓을 해놓고 이제 와 생떼를 쓰고 있다는 것이다.

하지만, 내 나라가 그 시절 생때같은 처녀들을 잡아가 성노예를 시켰다고는 생각지 않는다. 그러면서도, 전쟁터에 스스로 몸을 팔려 갔다는 것도 이해가 되지 않는다.

더욱이 원정 창녀의 본고장이 어디인가. 창피하게도 우리나라 일본이다. 가라유키(からゆき, 唐行き)라고 해서 19세기 말, 20세기 초에 동남아시아나 다른 해외 지역으로 이주해 일하던 여성들이 있었다. 그들 대부분이 원정 창녀였다. 그 수가 무려 50만 명이 넘었다고 하니, 할 말이 없다.

우르르 옷을 벗고 탕으로 들어가서야 노계와 영계의 차이가 확연히 드러난다. 특히 유키 언니의 몸이 그랬다. 골짜기처럼 머리를 틀어 올리다 보면 게이샤의 본전이 어느 정돈지 알 수 있다. 머리카락이 뽑혀 머릿밑이 훤해지는 것이다. 술에 절어버린 몸은 추하다 못해 구역질이 날 정도다. 살에 화색이 돌아야 할 터인데 시퍼런 사기가 떠돈다. 꼭 뼈에다 도배한 것 같다.

그동안 남자들이 드라큘라처럼 언니의 살 기름을 얼마나 쪽쪽 빼 먹었는지 보기조차 민망하다. 얼마나 핥아먹었기에 저렇게 쪼글쪼글하고 마른 갈대처럼 기름기라고는 없어 보일까.

몸을 씻으면서도 자꾸 유키 언니의 몸으로 시선이 갔다. 여자의 육체라는 게 뭘까 싶었다. 한창 잘나갈 때는 어머니, 언니, 고모, 동생, 한 식구가 모여 하는 전설의 게이샤 집 에이스였다. 정, 재계의 거물들이 드나들었다. 하룻저녁 술값이 수천만 원씩 올라오던 집의 마이코였다. 그 여리디여린 몸이 오차야 게이샤를 꿈꾸다가 술에 중독되어 유우카쿠의 유조로 팔렸다. 핏줄이라도 쓸모가 없어지면 팔아치우는 게 그곳의 법이었다. 유우카쿠로 팔려 저렇게 늙어버렸다. 노창의 몸이 늙었다면, 나 같은 아이의 몸은 아직 여물지도 않았다. 노창은 육체가 늙었지만, 정신은 더 성숙해져 있을 텐데, 그렇지도 않다. 남자들이란 동물, 그러고 보면 참 이상한 동물들이다. 왜 술집에서 몸이나 파는 여자와는 정신적인 교감 같은 것은 나누어 보려고 시도조차 안 하는 것일까. 한국 사람이나, 이곳 사람이나, 그런 것은 자기 아내와 하는 것으로 생각한다. 그렇다면 우리는 육체의 변소라는 말은 증명되는 셈인데, 주인 언니가 어느 날 그랬다.

—이년들아, 육체의 변기통이 된 것만 해도 다행으로 알아라. 정신의 변기통은 되지 말란 말이다. 데지는 수가 있으니께.

이건 분명 모순이다. 뭔가 아귀가 맞지 않다.

손님과 눈이 맞아, 그동안에 몸 팔아 벌어놓은 돈 다 빼앗기고 자살한 언니가 있었다. 얼마 안 가 유키 언니도 저러다 그렇게 죽어갈 것이다.

그러고 보니 어제 언니들에게 내가 한 말이 생각난다.

—난 언니들하고는 달라. 나는 시인의 아내가 될 것이니까.

분명 술에 취해 있었다. 경찰 서장을 받은 후로 언감생심 준 오빠 생각은 될 수 있으면 안 하려고 하는데, 또 발동이 걸려버린 것이다.

하기야, 준 오빠, 보고 싶다. 이제 다시 만나기는 틀렸다는 생각이 들면서도 보고 싶다. 물론 나는 그의 아버지나 받던 그 철모르는 술집 기생이 아니다. 하루에도 몇 명인지도 모를 남자들이 내 몸을 유린하고 있으니까.

그래서일까.

내 말을 들은 언니들이 킬킬거렸다. 어떤 언니는 어 그래, 하는 표정을 짓기도 하지만, 어떤 언니는 내 머리를 손가락으로 민다.

내 나이 꼭 16살 때. 일본에서 굴러먹을 때.

－너 몇 살이야?

어떤 언니가 내게 물었다.

－192개월 하고 석 달 13일요.

－뭐? 아니, 뭐 이런 개뼈다구 같은 년이 다 있어?

－열여섯 하고 석 달 13일째라고요.

－밸난 년 다 보겠네.

그러자, 곁에 있던 언니가 담뱃불을 끄며 혀를 찼다.

－좋을 때다. 너 아내가 뭔지나 알아?

왜 그럴 때 생각 없이 오기가 발동하는지 모를 일이다. 술에 취했다는 증거였다.

－왜 이래요. 나 이래 봬도 산전수전 다 겪었어요.

－얼씨구. 이년 이거 보통이 아니네. 머리가 너무 좋아도 팔자가 사납다는 거 몰라? 니가 산전수전 다 겪었다면, 난 공중전까지 치렀다!

하기야, 집장촌이라면 안 가본 곳이 없다고 하는 언니다.

이 나라에 와 공창이 많은 걸 보고 놀란 적이 있다. 청량리 588부터 시작해서 대구 자갈마당, 부산 완월동, 인천 옐로하우스……. 지금은 없어졌다고 하지만, 그게 다 우리나라 사람들이 이곳에 들어와 만들어 놓은 것이란다. 좋은 일도 많이 했지만, 씻을 수 없는 오점도 많이 남긴 모양이다.

물론 일본 역시 공창 제도가 폐지됐다고 하지만, 매춘부가 득실거리는 요시와라의 소프랜드는 뭔가. 아직도 변형되지 않은 유우카쿠는 여전히 존재하고 있다. 그곳에서 호객 행위를 하는 여자는 매춘부가 아닌가? 집창촌이나 다름없는 유우카쿠가 존재하고 있는데, 곳곳에 독버섯처럼 피어나는 야화는 한국 창녀인 모양이다. 법망을 피한다고 창녀가 아니라면, 동남아 애들 데려와 일본어 연습시켜 피 빨아먹는 포주는 누구인가? 일본인이 아니고, 한국 사람인가? 일본 사람이라고 편들 마음 1도 없다. 그들이 날 요렇게 만든 사람들이다. 14살에 무엇을 알 것인가? 듣기 좋은 말로 게이샤지 창녀였다. 정확히 말해 전통 게이샤가 되지 못한 유조 게이샤. 어쩌다 에로 비디오 찍는 꾼들이 떴다, 하면 기모노 입혀놓고 생난리를 쳤다. 어린 얼굴이 정액 통이었다. 결정적인 순간에 왜 얼굴에다 사정을 하거나, 입에다 쑤셔 박는지 모를 일이었다. 눈으로도 들어가고, 목으로도 넘어가고, 그 비릿함에 밥을 먹지 못했다. 울기도 많이 울었다. 재재거리며 학교에 가는 애들을 바라보면 저들은 무슨 복으로 싶었다. 학교 종소리만 들려도, 사이렌 소리만 들려도, 심장이 벌렁거렸다.

그 많은 유우카쿠 안 돌아다닌 데가 없다고 하는 언니. 정말 엄청나지 않은가.

그런데 이상하다. 그렇게 전력이 좋은 언니가 손님들에게는 인기가 없다. 노창이라서? 술 먹기 싫으면 온천장이나 돌며 몸을 팔다가 생각나면 다시 유우카쿠로 기어든다. 이제 이곳에서 술을 팔고 있지만, 주인 언니 눈치를 살피다가, 사내들 밑을 기가 막히게 빨아 화대깨나 챙긴다고 알고 있다. 그런 모습을 볼 때마다 아직 유키 언니만큼 몸이 쪼글쪼글하지는 않지만, 술집 여자로 인생 종칠 날이 얼마 남지 않았다는 생각이 들고는 한다.

구겨 신은 신발을 흔들어 대며 손님 오기를 기다리며 맞은편에 앉아 있던 하루코 언니가 한마디 했다.

-에효, 넨장할 잡놈들. 우리 동포 백수님은 왜 안 오시나?

-그 자식 인물 하나는 끝내주더라.

가랑이를 있는 대로 벌리고 술을 입속으로 털어 넣고 난 곁의 언니가 맞장구를 쳤다.

-이년아, 그래서 내가 뿅 간 거 아니냐. 백수가 최고라니까.

-어이구, 저것들이 아직 정신을 덜 차렸다니까. 그렇게 사내한테 당하고도 백수 타령이다. 이년들아, 신세가 훤하다. 그런데 넌 어떻게 입만 열었다, 하면 구질구질하게 백수 타령이냐? 지금이 어떤 세상인데……. 머리가 좋음 뭐 해.

그렇게 말하고 있는데, 유키 언니가 들어왔다. 그녀는 들어오기가 무섭게, 쌩하게 냉장고에서 맥주 몇 병을 꺼내 들고, 자기를 기다리고 있는 손님 테이블로 향했다.

하루코 언니가 게슴츠레한 눈으로 비틀거리며 일어나, 유키 언니가 들어간 칸막이 앞으로 갔다.

-저년 또 꼽사리 붙을랑 갔다.

앞자리의 사쿠라 언니가 담배를 비벼 끄며 말했다.

아니나 다를까. 이내 칸막이 속의 유키 언니를 향해 말을 꺼내는 하루코 언니의 음성이 들려왔다.

-유키야. 나 들어가면 안 돼?

-니가 왜?

유키 언니의 술에 취한 음성이 흘러나왔다.

-에이 쌍으로 한번 뛰자고. 나 내일 돈 부쳐야 해. 미끼오 가방 사줄 돈.

-가방? 그렇지. 학교 들어간다고 했지?

-그래.

-들어와.

하루코 언니가 비틀거리며 칸막이 안으로 사라졌다.

저러다 바가지 씌웠다고 경찰서 들락거리는 거 아닌지 모를 일이었다.

아이고, 모르겠다.

그러는데, 방에서 손님을 받고 있는 주인 언니의 타령 소리가 들려왔다. 손님이 한 곡조 시킨 것 같았다.

광한루 구경처(求景處)에 그네를 매고 네가 뛸 때 외씨 같은 두 발길로 백운간에 노닐 적에 홍상 자락이 펄펄 백방사 속곳 가래 동남풍에 펄렁펄렁, 박속 같은 네 살결이 백운가에 희뜩희뜩, 도령님이 보시고 너를 부르시지 내가 무슨 말을 한단 말인가 잔말 말고 건너가자

2

　그녀의 욕지기 나는 노래를 듣다 보면 어떻게 저렇게 천한 노래를 어디서 배웠을까 싶다.

　하나같이 저렇게 시들어 가는데, 그녀들처럼 시들면 나는 안 된다는 생각이 들었다.

　동백꽃 대궁이 떨어지듯 그렇게 한순간에 져야 할 것이다.

　갑자기 준 오빠와 만나던 날이 생각났다.

　무족새. 그래. 무족새!

　내가 언니들에게 무족새에 관해서 물었던 것도 열여섯 일본 게이샤 바에 있을 때였을 것이다.

　-언니들 혹시 무족녀 알아요?

　내가 문득 언니들에게 물었었다. 무족새 이야기는 준 오빠에게 들어 기억하고 있던 말이었다.

　-무, 뭐?

　곁의 언니가 무슨 말이냐는 표정을 지으며 되물었다.

　-그게 뭔데?

　되묻던 언니가 다시 물었다.

　-무족녀도 몰라요?

　-무족녀는 또 뭐야? 그게 뭐냐니까?

　-없을 무, 다리 족, 계집 녀. 몰라요?

　-하 요거 또 문자 쓰고 있네.

　-아하, 그러니까 다리가 없다, 뭐 그런 말이구나?

-맞아요.

-다리 없는 여자? 장사 시작도 안 했는데, 재수 없게스리.

언니 하나가 손님이 오나 하고 입구를 살피다가 눈을 흘겼다.

-치, 뭐가 어떻다고.

내가 뾰로통하자, 곁에 있는 언니가 나섰다.

-야, 거 흥부 자식이 박씨 얻으려고 제비 새끼 다리 부러뜨리듯
이 똑 부러뜨려 버린 거 아니냐?

-근데, 그 다리 없는 애가 왜?

그래도 궁금한지 곁의 언니가 물었다.

-다리가 없으니까 앉을 수가 없잖아요.

-못 앉으믄? 왜 못 앉아? 푹신한 곳에 앉으면 되지.

나는 히히 웃다가 말을 받았다.

-세상천지가 가시덤불이거든요.

-뭐?

-어차피 이 세상살이가 가시덤불이잖아요.

-이런 나쁜 년.

-히히히. 그래서 사랑이 필요한 거라구요. 사랑하는 사람이 안
아주면 되니까.

-야 그렇다. 맞다.

곁의 언니가 맞장구를 쳤다.

-날구지들 떨고 앉았네. 치아라, 고마. 야, 너 저리 못 가? 에미
곁에서 젖이나 빨 나이에……. 그리고 언니 방금 뭐락 했능교? 뭐
어? 사라앙, 언니가 사랑이 뭔지나 알아요?

곁의 언니가 듣기 싫다는 듯이 타박 조로 나오자, 그 곁의 언니가 눈을 흘겼다.

-허이구. 사랑은 저만 해본 것처럼 구네. 야, 이년아, 제가 네 눈에는 애송이로 보이냐? 왜 몰라. 사랑을 모르는 사람이 어딧어. 그거야 3살 먹은 애도 아는 것을. 사랑 타령하는 저년한테 물어봐라. 사랑을 모르는가. 아니까 하는 소리 아니냐.

-저게 말이사 번지르르하지만, 제까짓 게 무슨 사랑을 알아.

-왜 몰라요.

내가 대들 듯 말했다.

-기가 막혀. 저게 정말 사람 죽인다니까. 아주 어른 흉내를 제대로 내요. 내.

-아니, 16살이나 먹은 어린애 봤어요?

-하긴 좋을 때다. 영계 찾는 세상이 아니라 계란 찾는 세상이니 열여덟도 노창이지. 암!

-몸 좀 봐라. 누가 16살로 보겠냐. 얼굴은 주먹만 한데, 뽀얀 것이 반듯반듯하잖냐. 저 늘씬한 다리하며, 저 푸짐한 방댕이 봐라. 안젤리나 졸리가 울고 갈 몸이잖냐. 젖이 한쪽 지랄 나서 그렇지. 소프랜드에 풀렸어도 가오(かお, 顔) 잡았을 거다.

-그래서 놈들이 저것에 미치는 거다.

내가 생각해도 내 몸이 무기라는 생각이 들 때가 있다. 어머니도 몸이 왜소했었는데, 나는 얼굴만 작았지 모든 것이 큼직큼직 잘 빠진 편이었다. 대중탕에 가도 여자들이 돌아볼 정도였다. 그래서 그때 우스웠는지 몰랐다. 그런 나와 사랑이 무슨 관계가 있단 말인가?

그랬다. 난 사랑이 뭔지 확실히 몰랐다. 분간이 가지 않았기 때문이다. 하지만, 잡지 책만 뒤져도 짐작할 수 있는 것이 사랑이었다. 아니, 책이 아니더라도 느낌으로 알 수 있는 것이 사랑이었다. 그들은 사랑이라는 것을 내가 너무 어려 모른다고 생각하는데, 그게 누군가 가르쳐 주어야 알 수 있는 것일까? 눈물 나게 더 큰 사랑을 그들은 알고 있는 것 같긴 한데, 그 크기를 알 수가 없었다. 언니들은 그냥 내가 사랑을 알 나이가 안 되었다고 무시하는데, 어리면 사랑을 모르나? 정말 16살도 어리나?

이제 내 나이 18살. 여기까지 와 그의 아버지에게 몸을 바쳤고 그래도 준 오빠를 만나야 할 텐데, 나의 실체를 어떻게 알려야 할지 도통 알 수가 없다. 또 그래서 그렇게 더욱더 앞은 캄캄하고 시린 가슴속으로 황량한 바람만 부는 것인지 모른다. 제 아버지와 잔 걸 알면 날 받아주지도 않을 터인데, 그러고 보면 나란 년도 참 미련하기는 한 년이다.

지금도 그 자식을 이렇게 마음속에 넣고 있으니 말이다.

그래, 어쩌면 나는 사랑하는 준 오빠의 어깨에 앉지 못할지도 모른다.

3
—

목욕탕에서 돌아오자, 주인 언니 혼자 홀에 앉아 맥주를 홀짝거리고 있었다. 별일이다 싶었다. 술에 취한 것 같았다. 소리가 입에 붙었다.

춘향이 대답하되, "네 말이 당연하나 오늘이 단오일이라, 비단 나뿐
이랴. 다른 집 처자들도 예와 함께 추천하였으되 그럴 뿐 아니라, 설
혹 내 말을 할지라도 내가 지금 시사(時仕)가 아니어든 여염 사람을
호래척거(呼來斥去)로 부를 리도 없고 부른대도 갈 리도 없다. 당초
에 네가 말을 잘못 들은 배라." 방자 이면(裏面)에 볶이어 광한루로
돌아와 도령님께 여쭈오니 도령님 그 말 듣고, "기특한 사람일다.
언즉시야(言則是也)로되, 다시 가 말을 하되 이리이리 하여라."

말라깽이 여자의 몸에서 어쩌면 그렇게도 우렁찬 소리가 나오
는지 모를 일이었다. 술이라도 한잔 걸쳤다고 하면 이내 춘향과 이
도령이 얼크러진다. 쉬지 않고 그냥 이어지는 소리가 구두점을 모
두 없애버리고 방점만 찍어놓은 미문 같다. 색에 관해서는 내로라
하던 여자답게 그 대목에만 가면 더 흥이 붙고 신이 붙으니, 신통
은 한 일이었다.

이리 보아도 내 사랑 저리 보아도 내 사랑
내 사랑이지 내 간간이지
둥둥둥둥 어허둥둥 내 사랑
네가 무엇을 먹으랴느냐
네가 무엇을 먹으랴느냐
둥굴둥굴 수박 웃봉지 떼띠리고

강릉백청(江陵白淸) 다르르 따라
썰랑 발라버리고 붉은 점만 가려
그것을 네가 먹으랴느냐

　그녀는 위선기와 탐욕심으로 똘똘 뭉친 더러운 감상주의자였다.
도대체가 종잡을 수 없는 여자였다. 어떤 땐 지랄 같게 욕지거리로
일관하다가, 매를 되지 않나, 어떤 땐 음성을 내리깔고 눈물을 글
썽이며, 내 어이 너희들의 고충을 모르겠느냐는 듯이 다독인다. 머
리도 쓸어주고, 뺨도 쓸어주고, 생선 가시도 발라 밥숟가락에 얹어
주기까지 한다.
　-어여 먹어. 어여 먹어. 내 새끼들아.
　이제는 그 목소리만 들어도 그날의 상태를 알 만한데, 그래서인지
그리 밉지는 않다. 그래도 그녀가 소리방에서 어렵게 배운 실력으로
쉰목소리로 '춘향가'를 불러 재치면, 우리는 입을 비쭉일 수밖에 없다.
　-뭔 개소리래.
　언젠가 소리를 듣고 있다가 내가 중얼거렸더니, 그 와중에도 내
중얼거리는 소리를 들었던지, "이런 씨부랄 년이." 하고는 달려와
버선발로 내 면상을 그대로 질러버렸다. 대청 아래로 나는 굴러 쌍
코피를 흘렸다.
　-내가 미친년이다. 네년들 앞에서 황금 같은 소리를 질러대고
있었으니…….
　-황금 같은?
　어이가 없었다. 옛 소리라고 하지만, 내가 생각하기에는 아주 유

치하기만 한데, 주인 언니 수준에는 죽고 못 살 황금 같은 소리라고 하고 있으니, 기가 막힐 일이었다.

주인 언니에게는 그 소리가 그렇게 눈물겹도록 뜻깊을지 모르지만, 나 같은 사람에게는 아무리 생각해도 고상하게 생각되지 않았다.

저기 기다리는 사람 있어

1

-당신 같은 사람에게는 술 안 판다니까!

외출에서 돌아오니까 주인 언니가 주정뱅이 하나와 실랑이를 하고 있었다. 그러고 보니 술에 취하면 주정을 부리는 사내였다. 언젠가 주인 언니가 없는 사이에, 주방 아주머니가 손님이 불쌍해 보여 술을 팔았다. 그 사내였다. 그날의 상황을 나도 알고 있었다.

그날 아가씨들은 홀을 비우고 하나같이 방으로 들어가 있었다.

밤이 깊어지면서 허름한 차림을 한 사내 하나가 들어와 술을 달라고 했다. 그래, 주방 아주머니가 홀로 나갔고 아가씨가 없다고, 했더니 한 잔만 홀에서 먹고 가겠다고 했다. 주방 아주머니는 사내가 불쌍해 보였다. 주인 언니 같았다면 그냥 내쫓아 버렸을 텐데,

설마 했다. 노점상을 할 때 기억이 남아 있어서 불쌍해 보이더란다. 그런데 술을 한 병 먹고 갈 줄 알았는데, 어랍쇼. 술이 들어가자, 사람이 백팔십도 달라졌다. 아가씨를 찾기 시작하는 것이었다. 어묵 장사 할 때 제일 얄미운 사람이 어묵 두어 꼬치 먹고 국물을 노상 떠먹는 사람이라는데, 딱 그 꼴이었다. 핫도그 하나 먹으면서 설탕과 케첩 범벅으로 해 먹는 사람, 남자 친구는 먹고 가자고 하는데, 안 먹겠다고 앙탈 부리는 여자들, 그렇게 얄미울 수가 없는 사람이라는 생각이 들더란다.

그날 난리도 아니었다. 홀 안이 벌컥 뒤집어졌다. 주인 언니가 나와 어떻게 무마해 보냈는데, 그 후부터는 주인 언니는 맥주 시켜 놓고 안주 없이 술 먹는 사람을 제일 싫어했다. 길 닦아놓으니까, 뭐가 먼저 지나간다고, 개시에 술 시켜놓고는 아가씨가 모개 같다며 그냥 나가는 사람, 맥주 한 병 시켜놓고 TV 보는 사람.

어제도 남자 하나가 들어와서는 맥주를 시키고 기본 안주 시켜놓고 버티니까, 언니가 괘씸한지 그 자리로 가 앉았다. 삼십 분도 안 되어 남자가 노글노글해져 버렸다. 양주에 안주만 열 접시가 넘었다. 나중 바가지 썼다며 신고하니까 주인 언니 파출소 갔다 오더니 그대로 이불 덮어쓰고 누웠다.

-에고 내가 이 장사 치워야지.

그러면서도, 아직 붙잡고 있는 걸 보면, 삼청각 여사처럼 여봐라 하는 요정은 차릴 수 없고, 그나마 이곳 휘바리 골목에서 술장사하는 것이 낫기 때문일 것이었다.

그래서인지 날이 썰렁해지면 내 마음속에서도 가랑잎 굴러가는 소리가 난다. 날이 차지면 주인 언니의 가슴속에서 난다는 그 가랑 잎 소리. 날이 쌀쌀해지면 한겨울 어찌 살까, 생각하면 언제나 들린다는 그 가랑잎 구르는 소리. 우리는 그 소리를 애숨이라 부른다. 애가 타 내쉬는 한숨. 올해도 날은 쌀랑해지는데, 올겨울은 어떻게 보내나?

그럴 때면 주인 언니의 방에서 타령조의 가락이 흘러나온다. 단숨에 불러 젖히는 가락에 신이 붙었다.

나는 그것 되기 싫소
그러면 너 죽어 될 것 있다
그게 무엇이요?
너는 죽어 꽃이 되되
이백도홍(李白桃紅) 삼춘화(三春花)가 되고
나는 죽어 나비 될제
화간쌍쌍(花間雙雙) 범나비 되어
네 꽃봉이를 내가 덤벅 물고
바람 불어 꽃봉이 노는 대로 두 날개를 쩍 벌리고
너울너울 놀거들랑은 나인 줄로 알려무나

주인 언니. 생긴 모양새는 모개 같아도, 왕 삼촌 만나기 전에 지독하게 사랑하는 사람이 있었다고 한다. 그 사내 가난했단다. 아니, 가난한 사람을 사랑했단다. 화대로 공부시키고 출세시켜 놓았더니 뒤도 돌아보지 않더란다. 그 사내 떠나고 나니까, 가부키가

입에 척척 붙더란다. 특히 카케고에(掛け声)가 기가 막혔는데, 이
니라 말로 하자면, 아아, 에게, 오호 같은 음이었다.

그때 이를 악물었다고 한다.

－내가 꼭 시상에서 제일가는 가객이 되어 네놈에게 복수하고 말
것이여.

그녀는 가부키로 일가를 얻기 위해 폭포수 아래의 연습도 마다
하지 않았단다.

그러나 언제나 욕심이 화를 부르는 법이었다. 그놈의 복수에 미
쳐 목을 버려버렸기 때문이었다.

어느 날, 가부키 스승이 그러더라고 했다. 그 스승 대단한 사람이
었다고 했다. 야스나리라는 이름을 가진 사람이었는데, 가부키계
에서 인정하는 전설적인 인물이었다고 했다. 모든 악기에 능했다.

－야이 씨부랄 년아, 틀리부릿다. 그걸 소리라고 하냐. 소리라는
것이 무넘한 거이다. 네년의 복수심이 소리를 칼질해 버린 거이다.
치아라.

－그럼, 어찌합니까?

스승이 눈을 까뒤집었다. 다른 이 같았다면 가부키로서의 길을
포기해 버리라고 할 터인데, 그런 길도 잡아주지 않았다.

－이년아, 네년의 가슴에 맺힌 복수심을 버리지 못하믄 모든 것
이 끝인 기여.

－그래도 해볼라요.

－그럼 해보든지.

그때부터 소오(こと, 箏)를 배웠단다. 소오는 동아시아를 중심으

로 널리 분포된 대표적인 발현악기(撥絃樂器)다. 13현으로 되었으며 이 나라의 가야금같이 생겼다. 안족(雁足)을 옮겨 줄을 고르는 악기인데 4종류나 된다.

스승의 말이 맞았다. 그마저도 쉽지 않았다. 너무 용을 쓰고 열심히 하다 보니 이번에는 생명줄이나 다름없는 손가락 마디마디가 붓는 병에 걸려버렸다. 결국 소오도 놓아버리고 말았다.

스승의 말이 맞다고 생각되자 그때부터 스승의 소오 소리나 들으며 눈물지었다.

노래를 부르며 소오를 튕기는 그 모습이 신선 같았다.

주인 언니가 듣기에도 스승의 기교가 기가 막혔단다. 스승의 가야금 산조 특징은 조(調)의 변화가 다채롭다는 데 있다는 생각이 그때 처음 들었다고 한다. 간결하면서도 화사했다. 분명하면서도 자유가 넘쳐났고, 농현의 기교가 오묘했다.

자신을 배신한 그놈 앞으로 나아가 변화무쌍한 장단의 기교와 기품 있는 표현으로 한 번만 탄금할 수 있으면 여한이 없을 것 같았다.

전생(前生)의 연분(緣分)으로
이생(此生)에 만났으니
추천(鞦韆)허든 채색(彩色)줄이 월로(月老)의 적승(赤繩)인가
……
너 죽어도 내 못 살고 내가 몬저 죽거들랑
너도 부대 못 살어라 생전(生前) 사랑이 이럴진대

사후기약(死後期約)이 없을소냐

이건 이 나라의 '춘향가'가 아닌가?

아무튼 그런 노래였다는 것이다.

그렇게 소리도 잃어버렸고, 소오마저 손을 놓아버리고 나니, 자연히 술집에서도 쫓겨났다. 더욱이 세월은 변하고 있었다. 이 나라 요정이 없어지듯이 게이샤 술집이 점차 빛을 잃고, 신식 술집이 들어서고 있었다.

그나마 몇 군데 돌아다니며 술과 춤으로 세월을 살았다.

그래서인지 주인 언니가 부르는 소리에는 어딘가 비장한 데가 있긴 있다는 생각이 들 때가 있다. 술에 취해 소리하는 걸 보면 꼭 신들린 사람 같을 때가 있었다.

때로 소리를 배우며 사귄 친구들이 몰려올 때도 있었는데, 한눈에 알 수 있었다. 그녀들의 모습이 범상치 않았다. 그들이 노는 꼴을 보면 기가 막혔다. 이곳 가야금에다 거문고, 거기에다 춤사위까지 놀아도 저렇게 잘 놀까, 싶었다. 그들은 예전의 게이샤가 한국으로 와 막순이가 되었다며 위로한답시고 한바탕 걸판지게 놀다 가고는 하였다.

그들이 가고 나면 주인 언니 홀로 앉아 울며 흥얼거렸다.

어딜 갔나 어딜 갔나 모다들 어딜 갔나 허망쿠나 허망쿠나 박가분에 쪽 찌고 빼딱구두 에 다쿠시 불러 타고 천하를 호령하던 대광 절사는 어디 가고 늙은 초랭이 광대만 남았구나……

게이샤의 큐비즘

1

지금도 나는 술집에 손님이 없으면 애들과 거리로 나가 포장마차를 순례한다. 그러다가 한국 남자들 술 처먹는 꼴을 보면 수준이 알 만하여 그냥 일어나 버린다.

사업가들과 문인들이 몰려와 술을 먹은 적이 있었다. 사업으로 돈을 많이 번 사람과 국회의원이 서로 악수하고 인사를 한다. 사업하는 사람이 기가 죽어 간사를 떤다.

이번에는 문인과 사업가가 인사를 한다.

－뭐 하신다고? 아, 글 쓰신다고!

국회의원에게 하던 간사가 대번에 무시로 바뀐다. 그 얼굴이 말하고 있다.

-고생 많겠시다.

문인은 스스로 자리를 비우고 사리져 버린다.

인간적인 차등 관계가 드러나는 곳이 바로 매미 술집이다. 매미 술집이 곧 사회의 단면도. 이 사회가 그렇게 굴러가고 있다는 증거다. 이 나라는 그렇게 어우러져 돌아가고 있다.

문인을 버린 사회. 그 사회의 사람들은 권력 있고 돈이 많아 술집에서는 인기가 있을지 몰라도 대체로 무식하다. 내가 14살에 읽은 움베르토 에코가 누구인지 아는 사람이 별로 없다. 그가 쓴 "장미의 이름"이나 "푸코의 긴자"도 모른다. 술집 계집도 아는 것을 그들이 모른다. 움베르토 에코 정도는 알아야 내 수준에 맞는데, 그것을 모른다는 것이 일본과 한국 남성의 평균 수준이다. 더욱이 큐비즘이 어떻고 떠들면 멍하니 바라본다. 뭐 이런 것이 다 있나 하는 표정이다. 세상에 대학 나온 사람이 큐비즘을 모르다니! 20세기 초 프랑스에서 활동한 유파를 모르다니. 대상을 원뿔, 원통, 구 따위의 기하학적 형태로 분해하기도 하고, 주관에 따라 재구성해 여러 방향에서 입체적인 것을 평면적으로 한 화면에 표현하는 큐비즘을 모르다니! 나중 추상 미술의 모태가 되어 미술사에 큰 영향을 끼친 큐비즘을 모르다니!

어느 날, 큐비즘을 모른다기에 상대의 얼굴을 큐비즘에 근거해 그려주겠다고 했다. 그럼, 이해가 빠를 것이라고 했다.

얼굴은 그리지 않고 선만 죽죽 그어대니까, 지금 뭐 하냐고 했다. 대가리 피똥도 안 마른 술집 계집이 손님을 가지고 논다며 노발대발이었다. 나는 내가 그린 그림을 던지며 속으로 외쳤다.

-술집 가시나가 큐비즘을 알면 안 되는 거야? 그걸 몰라야 한다는 법이 너의 나라 헌법 몇 조 몇 항에 있지? 모순이 변하면 풍광이 되는 이치도 모르는 것들이 잘난체하기는. 그냥 찌그러져 있는 것이 좋을 거야. 이 못난 나라의 쌍간나들아.

그때 왜 그의 얼굴에서 내 얼굴을 보았을까?

꿈꾸고 싶지 않아서일 것이다. 밑이나 파는 코우시가 꿈을 꾸면 뭐 하나.

그림을 주워 본 손님이, 기가 막혀 입만 벌리고 있다가, 고함을 질렀다.

-아니, 이게 뭐여? 내 얼굴이 빌딩이여? 왜 이렇게 비쭉비쭉 솟았어? 철근처럼 뻗은 이건 뭐여?

사람들은 그런 나를 미쳤다고 했다. 잘 배운 사람들이 너무 영리하다니까 그럴 리가 없다면서도 미쳤다고 했다.

그러고 보면 나는 어릴 때부터 이상한 아이이긴 했었다. 어머니가 술을 팔고 몸을 파는 사이, 나는 담벼락이나 종이에 이상한 그림을 그려대고 있었으니까. 어머니가 있는 방 안 풍경을 그리다가 혼이 난 후로는 무엇이든 사실대로 그려서는 안 된다는 것을 알고 있었다. 그리려는 풍경의 세부적 묘사를 배제하고 기하학적 형태로 풍경을 단순화하지 않으면 안 된다는 것을 알고 있었다. 그러다 보니 대상의 전면과 옆면을 동시에 그려낼 수 있었고, 전체 풍경을 나름대로 그려낼 수 있었다. 사실적 재현에서 벗어나 근원적 표현이 가능하다는 사실에 나는 나름 미쳐가고 있었다. 그때부터 사람들은 나더러 거짓을 그리는 아이라 해서 게이코의 거짓말이라고 했다. 나는 방 안 풍경을 그렸는데, 나타난 것은 원통 같은 그림이거나 도저히 이해 못 할 그림을 그려놓았으니, 그들에게는 거짓말로 비쳤던 것이다.

거짓말쟁이 아이가 되어버린 나는 어머니의 뒤를 이어 코우시가 되었다.

어느 날, 내 방으로 들어온 손님이 내가 그려놓은 그림을 보다가 물었다.

-이거 누가 그린 그림이냐?

나는 심드렁하게 "내가요." 하고 대답했다.

손님은 어이가 없는지 거짓말을 한다며 가버렸다. 그때부터 주인 언니로부터 왜 그런 거짓말을 했느냐고 구박당했다. 그러면서 점차 알아갔다. 큐비즘의 세계를. 아무것도 모르고 알게 된 세계였다. 솔직히 그때는 큐비즘이 뭐였는지도 몰랐다. 나도 모르게 그 언저리를 맴돌았던 모양이었다. 그곳으로 들어가 큐비즘의 이론과 실제를 알아가면서 그랬구나! 하는 생각을 하게 되었고 그쪽 공부를 하기 시작했다.

그래서 나를 이해 못 하는 치들로부터 미쳤다는 소리를 자주 들었다. 그들은 나를 너무 모르고 있었다. 그래서 손님을 다루는 데도 특별나다는 것을. 큐비즘적으로 분석해 성행위의 다양성을 구사했다. 그럴 때마다 손님들은 어린것이 타고났다며 혀를 내둘렀고, 그러면서도, 색다른 경험을 했다며 히죽거렸다.

어느 날, 잘 배운 손님이 와 농을 걸었다.

-네가 큐비즘을 안다고? 그러면 ○을 큐비즘의 원리로 한번 그

려봐. 그럼 인정할게.

나는 말없이 연필과 종이를 가져와 머리가 돌아가는 대로 대충 그림을 그리기 시작했다. 네덜란드 M.C. 에셔(Maurits Cornelis Escher)의 작품을 먼저 떠올렸다. 그는 불가능한 구조와 무한의 탐구를 특징으로 하는 목판화, 석판화, 메조틴트(Mezzotint)로 유명한 사람이었다. 그를 진짜 닮으려면 메조틴트의 판화 기법까지 섭렵해야 한다. 그러나 '중간 색조'는 흑백으로 처리될 것이므로 에셔의 스타일을 흉내 내 수학적이고 건축적인 요소가 돋보이게 기하학적 구성으로 그려 나갔다. 여러 평면이 교차하는 삼차원 별 모양을 중심으로 하고, 형태와 그림자의 상호작용을 강조했다.

큐비즘의 원리를 사용하여 기하학적으로 그린 그림을 보고 손님이 입을 딱 벌렸다.

-이 시각적 착시 효과는 뭐지?

그때부터 나는 영재로 통했다. 그 바람에 내게 미쳐서 대학교수 몇 명이 게이샤 바에 드나들었다.

-내 수양딸 하자. 학교도 보내주고 유학도 보내줄게. 이런 아이를 이렇게 방치한다는 건 죄악이에요. 내가 진정서 넣을 거야.

그 길로 그 손님과는 안녕이었다. 주인 언니의 기둥들이 그를 가만 놔두지 않았기 때문이었다.

게이샤 코우시에게는 대학교수가 말하는 천재성이 필요 없었다. 술 잘 팔고 밑만 잘 팔면 그만이었다.

교토 게이샤촌에서 수업을 제대로 받아 오차야 게이샤가 되었다면 정계의 대부나 재계의 큰손을 만나 정말 대학교수의 말대로 대학에 가고 유학을 갈 수 있었을지도 몰랐다. 하지만, 기껏해야 밑을 피는 유죠 코우시였다. 그런 행운이 올 리 없었다. 알아도 모르는 체하고 살 수밖에 없는 게 매춘녀 코우시의 운명이었다.

어느 날, 준 오빠가 오더니 그 사실을 알고는 신기하다는 듯 나를 쳐다보았다.

-네가 큐비즘을 안다고? 그럼, 큐비즘을 사용해 기하학적으로 너의 얼굴을 그려봐.

그때까지도 설마 하는 표정을 그는 짓고 있었다.

말없이 그를 쳐다보다가 자와 연필을 가져왔다.

-스케치북 줘보세요.

그가 가방에서 스케치북을 꺼냈다.

나는 스케치북에다 내 얼굴 형상을 그렸다. 사물을 기하학적 형태로 분해, 여러 시점에서 동시에 표현하는 것이 특징인 입체파(Cubism) 파블로 피카소(Pablo Picasso)와 조르주 브라크(Georges Braque)의 그림들을 먼저 떠올렸다. 색체를 사용할 수 없어 흑백으로 그려나가야 했으므로, 먼저 자를 이용해 사각형과 직사각형을 그리고 그 선을 통해 전체의 통일과 조화를 잡아나갔다. 눈, 코, 입의 형태를 큐비즘의 원리를 사용하여 기하학적 형태로 분해하여 그리자, 여러 관점이 동시에 느껴지는 내 얼굴이 나타났다.

말없이 지켜보고 있던 그의 눈이 점점 커졌다.

-이, 이럴 수가! 이게 말이 돼? 말이 된다고? 그, 그럼 내 얼굴을 그려봐.

이번에는 스케치북 뒷장의 검은 색종이에다 그의 얼굴을 그려

나갔다. 파블로 피카소나 조르주 브라크의 작품들이 머릿속에서 뒤엉켰다.

검은 배경 위에 사각형, 삼각형, 선 등을 서로 교차시켜 3차원 공간감을 만들어 내었다. 그리하여 기하학적으로 그의 얼굴을 만들었다. 도형들의 배치와 교차가 그의 눈이고, 코고, 입이었다.

잠시 후 그의 얼굴 특징이 추상적으로 드러났다.

큐비즘의 원리를 모르는 사람이었다면, '이게 내 얼굴이라고?' 그렇게 한마디 했을 것이었다.

－하! 기가 차서 말이 안 나오네. 이건 초보의 솜씨가 아냐. 이 불덩어리는 뭐지? 얼굴의 변형을 넘어 대상의 느낌을 가기화하고 있잖아! 검은 배경 위에 3차원적 이 공간감! 이 정밀감! 여러 요소가 서로 교차하면서 떠 있는 듯한 이 느낌! 그로 인해 손에 잡힐 듯한 조직감은 뭐야? 아하! 내가 그렇게 보였다고? 미치겠네. 복잡한 기하학적 패턴과 차원감의, 이 흥미로운 시각적 효과! 와아!

그가 일어나더니, 나를 안고 내 얼굴에다 키스를 마구 퍼부었다. 눈이고, 코고, 입이고, 닥치는 대로 입술을 비벼댔다.

－뭐지? 뭐야? 피카소도 이렇게는 못 그려. 무엇이 이런 괴물을 만든 거야?

－그, 그만요.

그날만큼 술 많이 마셔본 적도 없을 것이다. 주인 언니와 술집 사람들은 이해하지 못하고 고개만 갸웃대었다. 도저히 사람 얼굴이라고 볼 수 없는 두 그림을 놓고 두 사람이 미쳤으니 그럴 만도 했다.

-아이고. 배운 사람들 이상하다니까, 교토 있을 때도 저런 식으로 거짓말을 해 배운 것들을 갖고 놀더니. 머릿속에 뭐가 들었는지 참 희한한 년이라니까.

주인 여자는 도통 이해를 못 하겠다며 투덜거렸다. 나중에 오늘 매상을 책임지겠다며 준이 오빠가 문을 닫아걸라고 하자, 손뼉을 치면서도 또 고개를 갸웃거렸다. 그것은 다른 사람도 마찬가지였다. 미쳤다는 것이다. 미쳐도 곱게 미치라는 것이다. 그러면서도, '뭐가 있는 거야?' 하는 표정들을 숨기지 못했다. 그러다가 피식피식 웃었다. 아무리 봐도 도시의 건물이거나 무슨 기계 도면 같은 걸 그려놓은 것 같은데, 사람 얼굴이라고 하고 있으니, 생각하고 생각해도 두 사람이 미쳤다는 것이다.

하기야, 기하학적 형태, 다양한 각도에서 본 요소들, 그것들이 복잡하게 배열되어 전통적인 얼굴 형태와는 달리 추상적으로 표현되었으니, 그들이 이해할 수 없는 건 당연했다.

그 뒤부터 나를 대하는 준 오빠의 행동이 달랐다. 하찮은 술집 여급으로 대하지 않는 눈치였다. 나를 데리고 나서면, 언제나 내가 먼저였다. 공원 벤치에 앉아도 꼭 자신의 손수건을 꺼내 내가 앉을 엉덩이 밑에 깔아주었다.

 -왜 그래요? 오빠.

그러면 즐거운 듯 행복한 듯 말했다.

 -너는 존중받을 가치가 있어. 내 마음속 그릇이야.

정말 바람둥이나 할 소리를 하고 있었다.

그래서 더 기고만장했는지 모른다. 이곳에 와, 어느 날 내가 책을 읽고 있으니까, 뚱뚱하고 미련하게 생긴 손님 하나가 고개를 갸웃갸웃하다가, "큐비즘은 삶을 어떻게 변화시키는가? 너 그거 뜻을 알고나 읽냐?" 하고 물었다.

-아뇨.

나는 그 손님이 시답잖았지만, 시침을 떼고 그렇게 대답했다.

-그런데 장사는 안 하고 왜 책은 들고 앉잖냐?

-그냥요.

-그냥이라니?

-심심하잖아요.

-심심하다니? 그런 책 읽으면 잠이 안 와?

제법이라는 듯이 손님이 물었다.

-아뇨. 재밌어요.

-재밌다니? 뜻도 모른다면서?

-그러니까 재밌잖아요.

-참 별스런 년 다 보겠네.

손님은 그때 내가 자신을 가지고 논다는 것을 몰랐을 것이다. 나는 한 번씩 그렇게 뱃속에 똥만 그득히 넣은 말코 같은 손님들을 놀리고는 한다.

생각해 보면 사실 손님들만 그러는 것은 아니다.

한때 내가 하도 유식한 체하니까, 한집에 있는 언니들도 나더러 나이는 어려도 정신연령은 성숙하고 그래서 발랑 까졌다고 했다. 나이 많은 언니들 틈에서 나이 든 아저씨들을 만나다 보니 느끼는 것이 그것뿐이었다. 그래서 그렇다는 것이다. 하기야, 나 같은 영계가 이 바닥에서 느는 게 뭐 있겠는가. 이런 생활을 시작하기 전까지만 해도, '인생' 그러면 참 어려운 단어라는 생각이 들었다. 그런데 이제는 그 속에 내가 들어앉은 것 같은 기분이니, 참 세상 사는 거 묘하다 싶다. 그래서 어린 내 입에서 퍼뜩하면 그 말이 나오니까, 그런 나를 두고 어떤 언니들은 혀를 차기도 한다.

-대궁이 피도 안 마른 게 인생? 너 지금 인생이라고 했냐? 쪼그만 게 인생 다 산 것처럼 구니 기가 막힌다.

그래도 나는 경찰 서장이 머리를 올려준 화초기생이었다.

-말도 마라. 저년 이제 18살이다. 그런데 지가 세상 다 산 것처럼 구니 기가 막힌다.

-18살은 안 돼 보인다, 얘.

-저게 저래도 더블유 씨 구실 제대로 한다. 아주 남자들 혼을 빼놓는다니까. 쪽 찢어진 눈매 봐라. 처음 봤을 땐 눈이 동그란 것이 그리 순해 보이더니 아주 얼음장이 따로 없다니까. 얼굴이 하얀 것이 대어미 같은 표정을 짓고 있으면 섬찟해요. 오죽했으면 풍웡이라 했겠냐.

-나 그거 알다가도 모르겠더라. 도대체 풍웡이 뭐야?

-몰라. 다 풍웡이라 하니까.

-엄청 세다는 말인가? 아니면 밝혀서? 하기야, 새침 떠는 것들이 세기는 하다더라.

-늘씬하긴 하네. 저런 애들이 대체로 둔한데 그렇지도 않나 봐.

-저년이 목욕탕을 가도 얼마나 영악한지 한쪽 젖은 안 보여. 살색 브라탑을 하고 목욕하는데 그게 더 섹시하다니까. 겉으로 보긴 멀

쩡하잖아. 양젖이 두툼하니 골이 패인 것 봐라. 언 놈이 안 녹겠냐.

-그런데 벗기면 아니다?

그런 언니들에게 나도 할 말이 있다.

-시발, 본래 환상은 깨어지라고 있는 거야. 내가 이러려고 바다를 건너온 줄 알아. 에이고, 죽지 못해 사는 꼴들 하고는. 언니들 얼굴이 얼마나 삭막한지 알아? 미소 한 자락 떠돌 공간이 없네. 그러니 제발 찌그러져들 계셔요. 요조 게이샤 주제에 아는 체한다고 흉이나 보지 말고. 큐비즘의 추상성에 걸리면 정말 다 잡아먹어 버릴지도 몰라.

그렇게 그들에게 삿대질이지만, 세상이 변해 요즘 내 나이 또래의 애들 못 말린다. 몸도 그렇지만, 방자 끼가 뻗칠 대로 뻗쳐 말을 잘 듣지 않는다. 손님이 많은 날은 한국 애들을 시간제로 부를 때가 있다. 주인 언니가 군기를 잡기 위해 손가락을 까닥거리면 조금도 꿇리지 않는다.

-뭐래? 저년.

한국말이 서툴러서 못 알아들을 줄 알고 겁 없이 하는 소리다.

내가 큰일 날 것 같아, 한국말로, 떠듬떠듬 "가봐. 오라잖아." 하면 어? 하는 표정을 짓다가 툴툴거리기까지 한다.

-오라고 하면 되지 왜 손가락을 왜 까닥거리실까.

-가봐. 너 그러다 디져.

-나도 말하는 거 싫어해.

그 정도가 되면 더 간섭하지 말아야 한다. 확실히 예의범절 면에서 일본 애들보다는 발랑 까져 개쩐다. 민족성이라고 할까? 일본 애들은 그래도 "하이, 하이." 하면서 앞에서는 조신하게 군다. 그런데 여기 아이들은 서양의 못된 것만 받아들여 그냥 생까버리기 일쑤다. 말만 동방예의지국이지, 지금 애들에게 그게 통하지 않는다. 음식점에 밥을 먹으려 가보면 요즘의 젊은 부모들이 애를 어떻게 키우는지 알 수 있다. 부모들이 밥을 먹는 사이, 애들이 온 음식점을 뛰어다니며 어지럽힌다. 문제는 부모들이다. 말리려고 하지 않는다. 더러 말리는 부모들도, "그만." 하고 소리치면 그만이다.

　-뭐라고? 하던 얘기나 계속해. 애들은 저렇게 크는 거야.

　애들 교육은 밥상머리부터 시작한다는 말이 있다. 애들 교육 제대로 시키는 나라에서는 애들이 온 음식점을 어지럽히는 일 같은 건 없다. 어른들처럼 점잖고 당당하게 식탁에 앉아 식사한다. 그렇게 가르치는 것이다. 대부분의 한국 사람들, 그게 되어 있지 않다.

　모처럼 일본에서 나온 손님이 주인 여자 내외를 초대했다. 일본의 게이샤 바에 드나들던 손님이었는데, 정말 점잖고 돈 많은 사람이었다. 게이샤 바에 드나든다고 해서 점잖지 말라는 법은 없다. '그런 곳에 드나드는 사람이라면……' 생각할 것도 없다는 선입견을 품은 사람들이 있는데, 그렇지 않다. 이외로 부유하고 점잖은 손님이 많다. 그동안 사업이 번창하여 한국 시장을 둘러보러 왔는데, 주인 언니가 나더러 같이 가자고 했다. 그쪽에서 딸을 데려 나오기로 했다며, 옷도 한 벌 새로 맞춰주었다.

　모처럼 한껏 차리고 나서니 사모님이 따로 없다. 그날따라 왕 삼촌도 인물이 훤했다. 지금은 형편없어 보여도, 멋 내는 데 일가견이 있던 사람이어서인지 센스가 있었다.

-와, 아직은 살아 있네.

차리고 나선 부부를 보며 사람들이 환호성을 질렀다.

그들을 만나 수인사가 끝나고 식사하는데, 예전의 가난을 딛고 경제 성장이 세계 열 손가락 안에 드는 나라답다고 칭찬을 아끼지 않았다. 이 나라가 이토록 발전할지 누가 알았겠느냐며, 값비싼 포도주도 나누어 마셨는데, 기대는 곧 실망으로 뒤바뀌고 말았다. 식사 중에, 종이로 접은 비행기 한 대가 날아오더니 포도주잔 속으로 처박혔다.

놀라 그 주인공을 찾아보았더니, 건너편 좌석에서 식사하는 젊은 신혼부부의 네다섯 살쯤 되어 보이는 쌍둥이 아이들이었다. 가정교육을 어떻게 받았는지, 식당이 자기들 세상이었다. 두 아이가 식당을 뛰어다니며 법석을 떨어도, 말릴 생각을 하지 않았다.

포도주잔에 처박힌 종이비행기를 찾기 위해, 아이 둘이 다가와 헤헤 웃었다.

왕 삼촌이 포도주잔에서 종이비행기를 꺼내 애들에게 주었다.

애들이 까르륵거리며 종이비행기를 받아 들려다가, 포도주에 젖어 흐물거리자 서로 마주 보다가 달려가 버렸다.

웨이터가 눈치를 채고는 달려와 죄송하다며 술을 다시 올리겠다고 했다.

그런데도 아이의 부모들은 저들 얘기에 바빠, 애들에게 전혀 신경을 쓰지 않았다.

그 정도는 참을 만했다.

잠시 후, 또 한 대의 종이비행기가 이번에는 음식이 반이나 남은 접시 위로 와 내려앉았다. 어이가 없어 포크와 나이프를 들고 멍하니 내려다보는데, 주인 언니가 더 참지 못하고 웨이터를 불렀다. 술장사하며 막살아도, 경우를 따지는 사람이라 화가 나면 참지 못하는 성미다.

웨이터가 다가오자, 주인 언니는 아이들을 좀 자제시키라고 따끔하게 일렀다. 웨이터가 음식을 새로 내오겠다며 허리를 굽혔다. 그러고는 아이들 부모에게로 가 사정을 얘기하는 것 같았다.

젊은 부부가 이외라는 듯이 힐끔 돌아보았다. 이제 삼십 대로 보이는 뚱뚱한 아이들의 아비가 일어나 다가오더니, 죄송하다고 했다. 그런데 그 인사법이 시건방졌다. 말이 짧았다.

　-쏘리하구먼요.

쏘리라는 말은 알아듣겠는데, 그 인상이 사나웠다. 메이커 있는 옷으로 전신을 감았다. 수염까지 덥수룩한 얼굴이 그리 선한 편이 아니었다. 불쾌한 표정이 역력했다. 더욱이 돌아가면서 중얼거리는 소리가 더욱 그랬다.

　-Condescending old person(칸디센딩 오울드 퍼선(노인네가 잘난체하기는))!

영어로 말하면 못 알아들을 줄 알았던 모양이었다.

그 길로 식당을 나온 사업가는 두 군데나 분점을 차렸다. 명동한 곳에 차리려고 했는데, 종로에다 한 곳을 더 차렸다. 장사하기 좋은 종자들이 사는 곳이라는 것이다. 저런 치들은 비싼 것이 명품이라고 생각하는 종내기라고 하였다. 유명한 메이커에는 꼼짝을 못 한다는 것이다. 그러므로 인생을 오래 산 노인네의 진가를 알아보지 못하고 있다는 것이다. 늘 새롭고 비싼 것만 찾아다닌다고 한다. 그러고는 신세대인 양하고 현대의 리더라도 된양한다는 것이다. 그들에게 진짜가 무엇인지 가르치려면, 그렇게 가르칠 수밖에 없다고 했다. 가짜가 진짜가 되는 그날까지.

매미집 주인 여자에게 타박 맞는 이 나라의 백성. 그러니까 우리나라 사람들에게 36년이나 압박을 받았지.

아무튼 한국 사람 알아주어야 한다. 돈 좀 있다고 갑질하기 예사다. 술집을 드나들며 술을 먹으면서도, 그곳에 종사하는 사람들을 시궁창 버러지 취급한다. 자식이 오줌이 마렵다면 아무 곳에서나 오줌을 누이고, 공공장소에서 담배를 못 피우게 하자, 길을 걸으며 피운다. 담배꽁초를 수챗구멍에 던지고, 보고 있는데도 가리지 않고 침을 뱉는다. 여자나 남자나 장소 불문하고 삿대질하며 싸우기 예사고, 고함은 왜 그리도 큰지. 질긴 음식을 먹고 이빨 사이를 이쑤시개로 쑤셔대며 거리를 걷는가 하면, 차를 기다리며 코털을 뽑기도 한다. 남 앞에서 꺼르륵 트림하는가 하면, 밥을 먹으며 방귀를 뀌지 않나, 식사 도중에 남이 들으라는 듯이 코를 풀지 않나, 그러다 애들끼리 싸움이 붙으면, 제 자식 챙기기에 정신을 차리지 못한다. 애들 싸움이 어른 싸움으로 번지는 것은 예사다. 선생을 두들겨 패는 학생이 있는가 하면, 제 자식에게 매를 대었다고 선생을 고소하는 나라가 이 나라다.

주인은 오라고 부르는데, 신참은 고개를 내젓고 있다.

-안 와?

주인 언니가 눈을 부라리고 소리친다.

-내가 이렇게 고개를 가로젓는 건 못 가겠다고 하는 말이에요.

오히려 앙칼지게 대드는 애들을 보고 있으면, 저거 며칠이나 붙어 있을까 싶다.

-너 그러다 못 붙어 있어. 가시나야.

그렇게 충고하면 대번에 눈을 흘긴다.

-냅둬. 가시나야. 내 인생이니까.

인생?

웃긴다. 인생?

사실 나도 아직 이 신세를 못 면하고 있지만, 인생이라는 것을 정확하게 모르겠다. 어떻게 생각해 보면, 인생이 뭐 별것이겠는가 싶기도 하고, 엄청날 것 같기도 하다. 그렇지 않은가. 인생, 다른 애들이 책가방 들고 공부하는 사이에 사회에 먼저 나와 공부하는 게 나라면, 그게 인생살이 하는 게 아니고 무엇인가. 언젠가 건물 구석에서 쥐어박히고 있는 학생 하나를 애들과 구해준 적이 있었다. 주먹질이라도 못하면 공부라도 잘해야 할 텐데, 그 애 책가방에는 그 수준에 맞는 책들이 가득 들어 있었다. 청소부……. 철학자, 토토 등등. 나는 그냥 보내버렸다. 그날 밤 이상하게 잠이 오지 않았다. 자꾸 눈물이 나는 거였다. 왜 그런지는 잘 모르겠지만 말이다.

16살 나던 해 저녁 늦게 아저씨 한 사람이 걸렸다. 한국으로 들어와 얼마 지나지 않아서였다.

-그러지 마, 게이코.

평소 나를 걱정하던 언니가 그래도 걱정이 되는지 앞을 막아섰다. 그 언니에게 나만 한 동생이 있다는 걸 나고 알고 있었다.

 -너 정말 사사건건 나설래?

손님을 끌고 왔던 삑기가, 그 언니를 노려보며 말했다.

 -그만해. 저러다 애 완전히 망가지겠다.

언니가 그 삑기에게 말했다.

 -사쿠라, 모르는 소리 마. 지금 저 애에게 필요한 건 돈이야. 돈 좀 벌겠다는데, 웬 참견이야. 다 늙은 주제에……

 -그래도 그러면 못써. 풋바람이 들어서 그래. 나이 이제 16살이야. 걸리면 끝장난다고.

풋바람. 우리 같은 애들이 원조교제를 하겠다고 나서면 풋바람이 들어서 그렇다고 한다. 사랑도 우리가 하는 사랑은 풋사랑이란다. 지금 생각해 보면 무슨 뜻인지는 어렴풋이 알겠는데, 이상하다. 나는 준 오빠 외에 한 번도 마음을 누구에게 주어본 적이 없다. 몸을 팔아도 사랑을 해본 적은 없다. 그런데 저들은 무슨 철이 들었는지, 지들이 하면 사랑이고, 우리가 하면 풋사랑이란다. 그 말은 곧 나이가 많으면 사랑이고, 나이가 적으면 풋사랑이라는 말이니, 기가 막힌다. 물론 이해는 한다. 아직도 미성숙하다 그 말이었다. 하지만, 사랑에 성숙과 미성숙이 존재하는 것일까. 사랑은 그냥 사랑 아닌가. 어쨌든 성숙하지 못한 사랑은 사랑이 아니라는 말인데 그게 말이 되나? 갓난아기가 어머니에게 조건 없이 가지고 있는 사랑도 풋사랑인가? 사랑은 본능이 아닌가? 우리가 배우지 않아도, 물은 흐르는 것이고, 불은 뜨거운 것이라고 알고 있듯이 말이다.

그래서인지 그 언니의 말에 대꾸하는 뻑기의 말이 내게는 더 설득력이 있었는지도 모른다. 그때 뻑기는 이런 말을 하고 있었다.

-너 뭘 잘못 생각하는 것 같은데 이건 엄연히 저 애의 생활이야. 생활이라고 한다면 죄가 될 수 없는 거야. 너희들 왜 물 건너왔냐? 몸 팔려 온 거 아냐. 그런데 너 몸 팔겠다는 애에게 손가락질하는데, 뭔가 잘못된 거 아냐? 그건 저 애 생활이야. 생활을 어떻게 하냐, 그게 문제야. 착실하게만 하면 손가락질할 수 없다 이거야. 꼭 대책 없는 것들이 간섭은……. 꺼져 이것아!

언니는 한국말이 서툴렀으므로, 뻑기의 말을 다 알아들을 수는 없었을 것이다. 그는 다시 사정 조로 말했다.

-그래도 아직 애잖아.

언니는 내가 일본에 있을 때 14살 때 이미 몸을 팔았다는 것을 모르고 있었다. 이래 봬도 음모도 없는 것을 내어놓고 섹스 비디오까지 찍었다는 것을 모르고 있었다.

어릴 때부터 주인 언니가 날 키웠다니까, 설마 몸까지 팔까 생각했거나, 늦게 한국으로 건너와 이곳 물정에 어두운 것이 분명했다.

-어린애 좋아하네. 풋바람. 웃기는군. 내가 하면 로맨스고 상대방이 하면 바람이다? 네년이 하면 완전한 사랑이고 저년이 하면 풋사랑이다? 어리지만, 알 건 다 알아 이년아.

역시 뻑기가 이겼다. 뻑기의 말을 듣지 않을 수 없었다. 뻑기가 시키는 대로 그 아저씨를 따라갔다. 몇 잔의 술. 정신이 몽롱했다. 뻑기가 잘한다고 지켜보다가 손가락으로 동그라미를 그리며 웃었다.

-그래, 그렇게 익숙해져야 해. 그게 네 인생을 풍족하게 할 거야.

삑기를 찢어 죽여버리고 싶었지만, 아저씨는 자꾸만 내게 술을 먹으라고 했다. 술을 먹다가 보니 정신이 더 몽롱해지고, 삑기가 옳다는 것을 인정해야 했다. 아저씨를 따라가는데, 삑기가 날갯짓하며 앞서 나아갔다.

-이 방입니다. 들어가십쇼.

삑기는 방문까지 열어주며 정중하게 허리를 굽혔다.

-어허, 그래.

거드름을 피우며 아저씨가 먼저 방으로 들어갔다.

-멀리 가지 마.

나는 아저씨를 따라 들어가며 삑기에게 만일의 사태에 대비해 말했다.

-난 언제나 너의 곁에 있어.

삑기가 걱정하지 말라는 듯이 믿음직하게 말했다.

방으로 들어갔는데, 아저씨가 나더러 옷을 벗으라고 했다.

-아씨 대학교수라며?

아저씨의 검은 뿔테 안경을 건드리며 내가 조금은 애교 섞인 음성으로 물었다.

아저씨가 펄쩍 뛰었다.

-누가 그래?

-삑기가 그러던데.

-삑기가 누구야?

-아저씨를 데려온 종업원 말이에요.

-아, 그 기생오라비처럼 생긴 놈!

이상하다. 왜 사람들은 이런 곳에서 일하는 애들을 무시하는 것일까? 천박해서? 결코 그들이 접하는 정보를 머릿속에 무장하지 못해서? 아니지. 비린내 나는 시궁창에 코를 박고 생을 살아가고 있어서이겠지. 그러나 그것도 결국은 삶이 아닌가? 인간의 보편적 삶. 그렇다면 이 사회는 그렇게 구성되어 굴러가는 것이라는 말이다. 그것이 이 세상의 모습이라면 그렇게 멸시하고 받아야 이유가 없다. 그래서 이 사회는 편벽된 고정관념에 의해 병들어 가고 있는 것이다. 더 잘 배운 사람들이 목소리를 높이는 것이다.

그렇지 않고서야 그들이 무시하는 이 시궁창을 찾을 이유가 없다. 시궁창에서 코가 비뚤어지게 술을 처먹고, 옷을 벗고 본전을 드러낼 이유가 없다.

그럼, 우리들과 다를 게 무엇인가? 그게 그거 아닌가? 이보다 평등한 사회가 어디 있나.

-다 들었데. 술 먹으면서 하는 말이노. 아저씨 상이노, 나 돈 좀 더 줘라. 하라는 대로 다 할게. 오케이?

머리를 쥐어짜서 겨우 한국말로 떠듬거리며 말했는데, 그제야 아저씨가 경계심을 풀고 침을 꼴깍 삼켰다.

-나이가 어린 것 같은데, 아주 익을 대로 익었구나. 좋다!

아저씨는 안주머니 지갑에서 월급봉투를 꺼내어 학생들 가르친 값을 내게 조금 더 주었다. 안방 사모님에게 가져다 바쳐야 할 돈. 이히히. 아마도 지금쯤 월급 받은 돈 기다리느라 성긴 주름이 하나 더 늘었을지 모른다. 이히히.

-벗어!

그는 제 마누라가 월급봉투 기다리느라 속이 탈대로 타는 걸 아는지 모르는지, 명령하듯 내게 말했다.

치마를 벗었다.

-위에 옷도 벗어.

교수라고 하더니 일본말이 꽤 능숙하다.

-그냥 해요.

-이것 봐라.

-그럼, 한쪽만 벗을게요.

-한쪽만?

왜 한쪽만이냐는 듯이 교수가 물었다.

-오른쪽 젖은 젖앓이를 해서요. 아파 손도 못 대요.

-그래에?

작년인가? 애들을 데리고 나가 농땡이를 친 적이 있었다. 주인 언니와 말싸움 끝에 비틀어져, 애들과 술집을 나갔는데, 하루 매상이 형편없었다. 애들과 돌아오니, 주인 언니 반쯤 돌아 있었다.

-너들 정말 그럴 겨? 낯설고 물선 땅까지 와서 꼭 이래야 되겠어? 이번 한 번이다이. 두 번은 없어.

두 번이 없다는 것은 그녀의 것이었다. 한 달 후에 우리들은 다시 술집을 나가 농땡이 쳤고, 새벽에 주인 여자가 시킨 기둥들을 만났다. 그들은 술집 지하실에 우리들을 가둬놓고, 두들겨 팼다.

-얼굴은 손대지 마.

주인 언니의 명령이었다. 담뱃불로 귀 뒤를 지지는 바람에 죽다가 살아났다. 그때 치료를 잘했으면 덧나지 않았을 것이었다. 의사는 약을 처방하면서 술은 안 돼요. 했는데, 술 파는 술순이가 술을 먹지 않는다? 말도 안 되는 소리였다. 술을 먹으니까 자꾸 덧나고 그러다가 어떻게 낫긴 했지만, 흉물스러웠다. 성형을 하려고 해도 술을 마시지 못하기 때문에 할 수도 없었다. 주인 여자는 그것이 너의 업보라고 했다. 일찍이 곤조 피우지 않았으면, 내가 천금 같은 너희들에게 그렇겠느냐는 것이었다.

그날부터 나는 귀 옆을 머리카락으로 덮고 다녔는데, 이 교수 아 저씨 자꾸 귀에다 입을 갖다 대는 것이었다. 귀에 무슨 헛갈증이 들렸는지, 귓속으로 자신의 헐떡이는 숨소리를 집어넣으려 했고, 귀뿌리를 빨려고 지랄을 떨었다. 거기에다 덩치가 어찌나 크고, 물 건이 큰지 밑이 찢어져 아파 죽을 것 같았다.

그래도 죽어라, 그의 살덩이를 받아들이면서 생각했다. 이 자식 은 제 마누라의 살찐 살덩이에서 언제 흥미를 잃었을까? 그렇지 않고서야 시궁창으로 와 이십 센티도 안 되는 신성한 우주의 기둥 을 W.C에 박을 리가 없다. 아아, 이제는 봐버린 소설책처럼 흥미 를 잃고 던져진 우리 사모님. 그럼, 나라도 열심히 사랑해 주어야 지. 외로운 거야. 외로워서 그러는 거야.

나는 그를 열심히 안고 끙끙거렸다.

그러고 보면 인생살이 참 묘하다. 이곳 깡패에게 홀려 야간 도주 한 언니가 있었다. 제대로 된 깡패도 아니었다. 소위 동네 깡패라 고 하는 양아치였다.

-하필이면 그런 양아치를 왜 좋아해요?

언니에게 그렇게 물었더니 그의 피와 나의 피가 하나도 다르지 않기 때문이라고 했다. 무슨 말이냐고 했더니, 어느 날 양아치가 피를 철철 흘리고 술집으로 들어왔는데, 그때 야쿠자였던 아버지의 피가 떠올랐다고 했다. 들어오는 사람이 아버지로 보였다는 것이다. 그때부터 그녀는 자신 속에도 양아치의 피가 흐른다고 생각했다.

나는 그 언니의 사고가 마음에 들지 않았다. 자신에게는 양아치의 피가 흐른다고 인정하면서 사는 거, 그게 인생살이인지도 모르겠다고 생각하다 보면 이해되기도 하지만, 그럴까?

그날, 밑을 팔고 여관 문을 나서는데, 어느 사이에 나타난 언니가 물었다.

-안 아프니?

-아퍼!

-그래 내 뭐라디. 하지 말라고 했잖아.

-그게 인생인걸.

젠장. 왜 또 인생이란 말이 나와버렸는지 모를 일이었다. 아주 버릇되었다. 인생이 뭐 버릇 같은 것이 아니라는 것쯤은 나도 알고 있다.

언니도 어이가 없는 모양이었다.

-인생? 이게 또 인생 타령이네. 못 말려!

하기야, 그 언니가 보기에 아직도 애이기만 한 내 입에서 그런 말이 나오리라 생각지 못했을 것이다. 언니가 기가 막혀 나를 멍하니 바라보았다. 그러면서 타이르듯 말했다.

-그래도 앞으로 그러지 마.

뻑기가 다가오다가 그 말을 들었는지 눈을 흘겼다. 그러고는 자기 할 일이 끝난 듯 검은 까마귀처럼 날아가 버렸다.

그걸 보고 있던 언니가 내게 말했다.

－저 자식 너의 골수까지 기어이 핥아먹고 말 거다. 인생 타령이나 하지 말고 일찍이 감 잡는 게 좋을 거다.

－감?

도대체 감이 뭔지 몰라 그렇게 물었다. 그렇게 감을 잘 잡아서 이 바닥에서 몸을 파나 싶어서였다.

－어이가 없어서 말도 안 나온다.

언니가 느물거렸다.

－그건 내가 할 소리네요.

－뭐야?

이게 생각해서 충고했더니 상종 못 할 종자라는 듯이 언니가 눈을 치떴다.

－나도 그 정도는 안다고요.

내가 그런 친절이 진저리난다는 듯이 말하자, 그제야 언니가 눈을 내리떴다.

－알아. 너 유식한 거.

그렇다. 내 유식한 것이야 그래도 이 바닥에서 알아주는 편이다. 사실 그제나 지금이나 그 맛에 산다고 해도 과언이 아니다.

사라져 가는 그녀를 보고 있자, 저 언니 참 이상한 여자라는 생각이 들었다. 저나 나나 일본서 이곳까지 몸 팔려고 와놓고는 몸을 팔지 말라니.

나중에야 알았다. 정작 그녀가 대학교수에게 마음이 있었다는 걸. 그 교수가 술집으로 들어설 때, 제 아버지가 들어서는 줄 알았다고 유키 언니에게 말하는 걸 내가 커튼 뒤에서 들은 것이다.

　나는 잠시 헷갈렸다. 제 아버지 같은 사람이 나 같은 여우에게 당하는 게 싫어서, 그렇게 나를 위하는 척했던 것이다. 그렇지 않으면, 이곳까지 술 팔고 몸 팔러 와놓고는 그렇게 나섰을 리가 없었다.

　지금도, 그녀는 그 일로 나를 보면 빈정거렸다.

　-술집 가시나가 똑똑하면 뭐 해. 인간 박물관? 쓰레기 박물관이라 해라.

　어느 날, 때를 봐 그녀의 머리채를 낚아챘다.

　-시발, 언니라 할 때가 좋은 거야.

　눈퉁이를 주먹으로 한 대 쥐어박아 버렸더니, 주인 언니가 펄쩍 뛰었다.

　-이것이 동기간에 위아래가 없어야. 왜 그런 겨? 그래도 언니 아녀.

　-시발. 언니믄 언니답게 놀아야지. 내가 지 아버지랑 붙어먹은 것도 아니고……. 저년 내가 그날 안 나갔으면 그놈하고 아이고, 아버지 하면서 붙어먹었을 거야. 어디서 생까고 있어.

　그 바람에 언니들이 들고 일어났다.

　-이거이 보자 보자 하니까 언니들을 제 밑구멍으로 알아야.

　언니들이 달려들어 나를 패자, 내 또래의 애들이 가만있지 않았다. 노계들이 날계란을 이길 수 없었다. 수적으로도 노계들이 밀렸다.

　싸움은 코네이가 흥분해 맥주병을 깨어 자기 배를 벅벅 긁어서야 끝이 났다. 언니들이 새파랗게 질려서는 전의를 꺾었기 때문이다.

주인 언니가 고래고래 악을 썼다.

-이 시발년들, 너들 밑구멍에 처바른 돈이 얼만디 뭔 싸움질이여. 오늘 매상 어쩔 것이여? 어떡할 거냐고? 너들 월급 한 푼 없으니께 그리 알더라고. 월급에서 깎아부릴 것이여. 게이코! 너 증말 데질라고 작정한 겨?

-그라요. 칵 죽어버렸으면 좋겠다. 니미.

-저, 저것이 말하는 거 좀 봐.

-이미 종 쳤다니까. 뭔 시발 말이 그렇게 많아. 이 노털아.

그랬다. 이미 14살 유조가 될 때 내 인생 종 쳐버린 것이다.

유조로 출발하던 때가 눈물처럼 떠올랐다.

돈에 미쳐버린 짐승들에게는 미성년자 법이 있으나 마나였다. 이 나라도 그렇고, 일본도 그렇다. 이 나라도 어린 창녀들이 즐비하고, 비교적 미성년자 법이 잘 지켜지고 있다는 일본에도 어린 유조가 많다. 게이샤가 되기 위해 마이코 과정을 밟던 애들이다. 마이코 과정을 견뎌 게이코가 되는 경우는 지극히 드물다. 마이코가 게이샤(芸者)가 되기까지의 과정은 상상을 초월한다. 마이코 10명 중 2, 3명이 될까 말까? 그들만이 에리카에 게이샤 전환의식을 치를 수 있다. 정식으로 게이샤로 인정받는 것이다.

게이샤가 되지 못한 중도 탈락 마이코들은 다시 새로운 삶을 찾는다. 그중 일부는 유우카쿠에 흘러들어 유조 게이샤로 활동하기도 하는데, 유조 게이샤라고 해서 수련이 쉬운 것이 아니다. 유조로서 헌신과 인내의 수련이 끝나야 정식 유조 게이샤가 될 수 있는데, 이후 많은 이들이 알코올중독자가 되곤 한다.

어릴 때부터 게이샤가 되겠다고 하다가 술에 중독되어 술을 매일 마시지 않으면 안 되는 언니가 있었다. 결국에는 간암에 걸려 죽을 날만 기다리고 있었다.

그때 내가 말했다.

-언니 산으로 가요.

-뭐?

곁에 있던 주인 언니가 눈을 치떴다.

-이년이 불난 데 부채질하네. 야, 이년아. 산에는 왜? 거기 의사가 있냐? 약이 있냐?

-산에 가면 살 수가 있다니까.

-산에 가면 살 수가 있다니?

주인 언니가 다시 물었다.

-암이라매요?

-그래?

-그럼, 산으로 가야죠.

-글쎄, 왜 산으로 가냐고?

-암 아니에요?

-그래. 암.

-한자로 암을 이렇게 쓰니까. 보세요. 미데구다사이(보세요). 癌. 글자를 자세히 살펴보면 입구 자 세 개 위에 덮어져 있는 것이 뭐예요. 바로 병원 할 때 쓰는 병질 부수잖아요. 병을 말할 때는 바로 이 부수가 쓰이는 거라니까. 그 안을 보세요. 입구가 세 개. 우리는

하루에 세 번 먹잖아요. 그 아래는 무슨 자? 뫼산 자잖아요. 그러니까 우리가 암이란 병이 들었을 때, 신에 가 살면서 산에서 나는 것으로 세 끼를 먹으면 낫는다, 그 말이에요.

내 말을 듣고, 그 언니 물에 빠진 사람 지푸라기라도 잡는다고 정말 산으로 가 살았다. 1년 만에 암이 나았다. 멀쩡하게 나아서는 비 오는 날 술집으로 왔다. 난리가 났다. 정말 몰라보게 변해 있었다. 꼬챙이 같던 몸이 돼지처럼 살이 쪄 있었다.

그 언니, 그날 술을 처음으로 마셨다. 비가 오는 날이면 술을 먹고 싶어 환장하겠더란다. 이 골목의 술 냄새가 그렇게 그립더라는 것이다.

그날, 그 언니 죽었다. 술 몇 잔 마시고 황천길로 가버렸다. 병명은 간성혼수였다.

다시 우리들의 일상이 정상적으로 시작되자, 주인 언니가 좋은 말로 나를 다스렸다.

－너, 언니들한테 그러지 마라. 너도 언니가 될 거 아니냐. 그러다 된년한테 걸리면 어쩔 것이냐. 그러니 성질 좀 죽여라. 아무리 우리 신세가 이렇기로서니, 하긴 니 인생이다만……

그렇게 말하고 주인 언니는 일어나 버렸다. 몸은 아이이고, 정신은 애어른을 상대하자니 어째 그렇다는 표정을 지으면서.

나는 주인 언니의 뒷모습을 보며 피식피식 웃었다. 분명히 비웃음이었다.

아이고 틀닭(의치 낀 늙은 닭)아. 틀닭 걱정이나 해요. 말했잖아. 날 너무 어리게 보지 말라고. 비록 내가 족보 없는 매미지만, 좀 있음

틀닭보다는 나아요.

내 족보가 없다는 것은 주인 언니가 미성년자라 보건증을 낼 수 없었기 때문이었다. 그 바람에 단속만 나오면 나는 도망 다니기 일쑤였다. 걸렸다, 하면 미성년자 고용법에 걸려 술집 문을 닫을 판인데도, 술손님들이 날계란만 찾으니, 어쩔 수 없었다.

어리게 보지 말라고, 그때 속으로 말하고 있었지만, 사실 게이샤 바에 있을 때부터 어른이 되고 싶은 마음은 솔직히 없었다.

이곳에 와서도 술집에 드나드는 어른들을 볼 때마다 나는 어른이 되기 전에 꼭 해야 할 일이 있다고 생각하고는 한다.

얼마 전까지만 해도, 준 오빠를 만날 수 있을지도 모르겠다는 희망이 있었다. 이루어질 수 없다는 걸 알면서도 말이다. 나와 밤을 보낸 경찰 서장은 언젠가 죽을 테고, 그럼 준 오빠가 어찌 알까. 요즘은 성형도 기가 막히게 발달한 세상이니 오른쪽 젖도 성형하면 될 것이고. 꼭 돈을 벌어, 꽃이 이쁜 배나무 몇 그루를 심어 그 열매 따 먹으며, 아름답게 살아가야 하겠다. 뭐, 그런 꿈이었다. 물론 그래서 어른이 되어 기존의 어른들처럼 늙어가지 않으려면, 내가 벌어야 할 돈은 그 계산이 구체적으로 나와 있다.

나중에 준 오빠를 만나려면, 강남 쪽 범생이 대학생을 꼬셔야 한다는 것. 그런 범생이를 잡았다면, 절대로 놓치지 말아야 한다는 것. 적어도 폭스바겐은 차도 아닌, 이름도 들어본 적 없는 에스턴 마틴이나 부가티(BUGATTI) 정도는, 타고 다녀야 한다는 것. 굽이 높은 마놀로불라닉이란 구두를 신고, 루이뷔통인가 라이뷔통인가 하는 이름도 이상한 매장을 드나들며, 전신 메이크업 회원권 정도는 가지고 있어야 한다는 것.

아오이 년이 강남 바닥을 못 잊어, 외제 차 탄 놈들에게 홀려서는 다리 벌려주다가 에이즈에 걸리는 바람에 우리 노는 동네가 제격이라고 돌아서 버리기는 하였지만, 지금도 속으로는 모자 하나를 써도 장밋빛 GRG 모자를 눌러쓰고 싶고, 상상할 수도 없는 값비싼 푸른빛 나는 선글라스를 쓰고 다니고 싶으니, 그러고 보면 기성세대의 위선이나 위악을 나무랄 처지도 아니라는 생각이 들기도 한다.

모르겠다. 아무튼, 세월은 가는 것이고 보면 지금은 손님 주머니나 넘겨다보는 수밖에. 어른이 되기 전에 한 푼이라도 바가지를 씌워 터는 수밖에 없다. 제기랄.

지금 생각해 보면, 언제나 포장마차에서 닭발이나 찾던 그 언니가 꿈에서도 닭발이나 뜯다가 인생을 종 쳤을 것이라 생각하면 참 세상살이 뭐 같다 싶긴 하다.

어느 날, 그 언니에게 내가 물었다.

-언니, 애인 있다며?

그러자 옆에 있던 언니가 흐흐흐 하고 웃었다.

-쟤 애인 양아치야.

그래도 그 언니는 아랑곳하지 않았다. 나는 양아치라는 말이 어쩐지 천하게 들려, "정말이야, 언니?" 하고 물었더니 그 언니가 코웃음을 쳤다.

-저년은 잘난 것도 없으면서 입만 열면 우리 달링 더러 양아치의 피가 흐른대. 지가 얼마나 고상하다고…… 삼류 대학생 하나

꼬신 게 무슨 큰 대수라고, 내가 보니 그놈이 더 양아치 같더라.

－야 이년아, 삼류 대학생? 그 애가 뭐 실력이 없어서 그런 대학 간 줄 아냐. 돈이 없어서 그렇지.

－그러니까 돈은 없어도 곧 죽어도 고상은 하다 그 말 아니냐? 두고 봐라. 이년아, 지금은 동네 양아치지만, 끝내주게 살 테니까.

－그래. 그만 해도 출세했지. 좀 있으면 사람 쥐어팬 돈으로 좀 더 큰 차 사고, 빌딩 사고, 참 꿈도 야무지다. 그래 봤자 양아치는 양아치지 뭐. 그 피가 어디 가냐.

그렇다. 그러고 보면 꿈이란 게 차라리 없는 것이 나을지도 모르겠다. 하지만, 나는 결코 스스로 내 몸속에 양아치의 피가 흐른다는 사실을 인정하면서 살고 싶지는 않다. 아무리 그게 희망이란 놈의 속성이라 할지라도. 싫다.

그럴 때마다 내 나이 12살 때 돌아가신 어머니가 좋아하던 여가수의 노래가 생각난다. 어머니가 암으로 죽으면서 부르던 노래.

야가데소노스가다와 우고카누츠바기토나리
(마침내 그 모습은 움직이지 않는 동백이 되고)

하라하라토 치리유쿠요오나 하카나이카게
(한 잎 한 잎 흩어져 가는 운명은 싫어)

'동백(Tsubaki)'이라는 노래다. 어머니의 목소리는 탁하고 서글프지만, 이 노래를 부른 가수의 노래를 들어보면 기가 막힌다. 애수

서린 호소력, 정감 어린 목소리, 스산해진 가슴이 촉촉이 젖는다.

동백꽃은 시들지 않는다고 한다. 질 때는 꽃대궁이 툭 그냥 떨어진다고 한다. 사무라이가 배를 가를 때 보조자 가이샤쿠(介錯)의 칼에 목이 날아갈 때처럼. 구질구질하게 죽지 않는다고 한다. 그런 면에서 동백은 사무라이의 죽음을 닮았다. 단칼에 목이 떨어지는 죽음을 닮았다.

운명적으로 동백꽃과 나는 얽혀 있는 것일까?

어머니의 동백꽃, 준 오빠의 동백섬. 그 섬에 가고 싶다. 동백꽃 그늘 아래서 그를 안고 싶다. 그의 품에 안겨 죽고 싶다.

아버지도 모르는 날 놔두고 간 어머니. 이제 그 딸이 커 엄마를 엄마로 부르지도 못하고 어머니라 부르며 세상을 떠돌고 있다. 엄마라 부르면 존중의 의미가 없을 것 같아, 어머니의 뒤를 따른 내가 나를 무시하는 것 같아, 이제 그 생활도 모자라 이곳으로 와 기생까지 되었다.

이 얼마나 생광스러운 일이냐.

시가미츠쿠 시가오로카사 우츠크시이이노치요
(미련을 못 버리는 어리석고 아름다운 운명이여)

우리들의 사랑은 그렇게 왔다

1
—

　어떻게 술집으로 돌아왔는지 기억이 없다. 어둠침침한 칸막이 안에서 사내가 내 한쪽 젖을 물고 진저리를 치던 생각은 나는데, 그 후는 알 길이 없다. 아마 빈 안주 접시로 사내놈의 머리통을 후려친 것 같긴 한데.

　내가 룸으로 들어가면 주인 언니가 칸막이 속의 불부터 줄여주거나 꺼주는 것은 손님을 배려해서가 아니다.

　어렸을 때 어머니가 실수해 떡 찌는 솥을 쏟는 바람에 오른쪽 젖이 데여서 살이 짓이겨져 버렸다. 치료를 제대로 했으면 흉터 자국이나 남았을지 모르는데, 돈이 없어 치료를 제대로 받지 못해 염증이 유방 속 깊숙이 파고들었다. 게이샤. 말이 게이샤지 밑이 헐도록 봉사해도 딸 치료비도 제대로 못 버는 몸 파는 유조였다. 바닥을 지키는 기둥들이 잘라먹지, 포주가 잘라먹지, 이것저것 제하고 나면 딸 치료비도 모자랐다. 결국은 젖 한쪽 반을 잘라내야 했다. 젖꼭지와 윗부분을 살린 것만 해도 다행이었다. 젖꼭지 아래쪽과 어깨 쪽의 젖무덤이 없어졌는데 희한한 것은 가슴 쪽으로의 젖무덤이 살아 있다는 것이었다. 유선 조직이 살아 있다는 것이 기적이라고 했다. 하지만 젖꼭지는 살아 있는 위쪽 젖무덤과 말라붙은 아래쪽 젖무덤 사이에 흡사 익다만 오디처럼 달려 있었다. 그나마 다행스러운 것은 옷을 입을 때 말라붙은 아래쪽 젖을, 패드를 두 개씩 넣어 만든 브라탑으로 커버할 수 있다는 것이었다. 가슴 쪽 젖무덤은 살아 있었으므로, 젖을 밀어 올리면 왼쪽 젖과 균형을 맞출수가 있었다. 겉으로 보기에는 멀쩡해 보이지만, 누군가 옷을 벗기기라도 하면 젖이 제모습으로 돌아가 버리니 볼썽사나웠다.

어머니가 죽고 코우시로 뜰 때쯤, 성형 기술이 좋아져서 성형을 하려고 병원에 갔더니, 검사를 끝낸 의사가 고개를 내저었다.

—유방 조직이나 피부 상태가 보형물을 삽입하기에 적합하지 않아요. 화상으로 인해 피부와 조직이 손상되었고, 흉터 조직과 피부가 너무 얇아, 보형물이 올바르게 고정되지 않아 부작용이 발생할 수 있어요. 천생 자가 지방 이식이 방법인데…….

—자가 지방 이식이 뭔가요?

—자신의 근육 및 피부 조직을 사용하는 재건 방법입니다. 하지만 그것도 쉽지 않아요. 화상으로 인해 피부가 얇아져서 조직의 상태가 좋지 않아요. 자가 수술을 하기 위해서는 건강한 조직을 다른

부위에서 채취해 이식해야 하는데, 피부가 얇아 혈관 상태가 좋지 않아요. 현미경으로 혈관과 혈관을 이어야 하는데, 지금으로서는 무렵습니다.

그때만 해도 지금처럼 성형술이 발달하지 않았을 때이기는 했다. 아니, 그 후로 몇 번 성형외과를 들락거렸지만, 여전히 재건이 쉽지 않다고 했다.

남들은 수술을 잘도 하더라만, 어쩔 수 없이 패드가 속으로 두 개씩이나 달린 살색 브라탑을 입고, 젖을 밀어 올려 균형을 맞추고 남자들을 상대해야 했다. 남자들, 정말 못 말리는 족속들이었다. 숨기려고 하면 왜 그렇게 보고자 하는지. 남자들은 주인 언니가 불을 끄거나 줄여주면 재미를 보라는 신호쯤으로 알고 개처럼 달려든다. 그럴 때마다 오른쪽 유방은 내어주지 말아야 한다. 그래서 오른팔로 결사적으로 오른쪽 가슴을 방어해야 한다. 호다이로 감았을 땐 그나마 좀 났다. 호다이라는 것이 상처가 났을 때 쓰는 것이어서, 호다이를 보면 '아, 아프구나.'라고 생각하기 때문이다.

그런데 술집 생활이라는 것이 그랬다. 언제나 2차가 문제였다. 2차 나갈 때 호다이를 감아야 하는데, 언니나 나나 술에 취해 방심했다 하면 그놈의 외짝이 젖 때문에 사달이 나는 것이다. 술집에서는 주인 언니가 불을 줄여주는 바람에 그나마 긴장하여 오른팔로 방어해 손님이 눈치를 채지 못하지만, 2차를 나가 술김에 나도 모르게 브라탑을 벗고 쌕쌕거리며 달라붙으니까 사달이 나고, 그러니 그게 문제였다. 브라탑을 입었을 땐 양쪽 젖 균형이 맞아 침을 흘리던 놈들이, 짝젖을 보고는 실망감을 감추지 못하는 것이다.

그때마다 칼날 같은 조소가 입가에 물렸다. 내가 나를 환상해 달라고 했나. 저들이 환상하고 저들이 실망해 넘어지는 꼴이라니. 캭. 퉤, 불쌍한 놈들.

처음에는 불을 꺼주거나 줄여주는 주인 언니가 엄청 섭섭했다.

—왜 젖탱이가 외짝이면 사람이 아니야 뭐야.

—야 이년아, 그럼 잘 숨기든지. 손님이 여자의 젖탱이에 얼마나 민감한 줄 알아.

—그래서 소프랜드에도 못 가고, 요 모양 요꼴이잖아.

—야, 이년아! 난다 긴다 하는 년들이 진을 치고 있는데, 하 참! 너 안 그러더니 왜 그러냐? 처음엔 호다이 안 감아도 잘도 숨기더니, 이제는 아예 내 젖이래요. 뭔 자랑할 것이라고. 아이고, 엉글정 떨어지니까 네년 마음대로 해라.

—흥, 나가라고는 하지 않네.

—야 이년아. 네 어미가 가져다 쓴 돈이 얼만데. 그리고 네년 밑에 들어간 돈이 얼만데. 너 입히고 먹이는 데, 한두 푼 든 줄 알아? 그리고 가져다 쓴 선불이 얼마야?

—언제 선불 땡겨줬다고.

—야 이년아. 옷 사 입히고 밥 먹이고, 그게 선불이지 뭐냐.

비가 멎을 때쯤 주인 언니가 계속 나를 들볶았다. 우리는 주인 언니의 남편을 왕 삼촌이라고 부른다. 성씨가 왕 씨였다. 그런데 이 사람이 사실은 한국 사람이었다. 대판 어디선가 자랐다는데, 직업이 없는 깡패였다. 그렇다고 야쿠자 무리는 아니었다. 그냥 양아치 수준이었다. 주인 여자가 게이샤 때 단골이었고, 뒤를 좀 봐주었던 모양이었다. 주인 언니와 둘 사이에 아들이 하나 있었다. 그런데 그 아들이 죽고 나자, 한국으로 나가 술집을 해보면 어떻겠느냐는 말을 이 한국 남자가 했다. 주인 언니가 일본에서 먼저 건너오고 뒤늦게 왕 삼촌이 건너왔다. 벌써 몇 년이 넘어가는데, 할 일이 없으니까, 집의 술 놔두고 이 집 저 집 순례하며 술이나 퍼마시고 다닌다.

그 왕 삼촌이 술을 먹으러 갔나 본데 찾아보라는 것이다.

-요 앞 막걸리 파는 집에 가보려마.

-제발, 저 좀 놔둬요. 잠깐이라도 자게.

-이 시부랄 년아, 도대체 밤새 그렇게 자고도 아직도 눈깔이 안 뜨이냐?

-언니이. 그 자식이 밤새도록 들볶아서 한숨도 못 잤다고.

-이년아, 내가 바본 줄 아는 기여. 그 자식 네년 젖탱이 보고 날더러 돈 내놓으라고. 에이 뱃놈 새끼들, 상대 못 한다니까.

하고는 물러갔지만, 이내 다시 나타났다.

-아, 얼릉 일나 찾아보라니께.

나는 하는 수 없이 부시시 일어나 앉았다.

왕 삼촌 때문에 한국말을 곧잘 한다는 걸 알고 있었지만, 이젠 아주 전라도인가 뭔가의 사투리 흉내를 제대로 내고 있었다.

-요 앞 막걸릿집에 한번 가봐. 거기 맨날 죽치는 듯하니께. 얼마 전에 생겼다고 하드랑게. 그 사람 눈만 뜨면 그 집으로 가서 살듯이 항게 말이여.

주인 언니의 말은 더 들을 필요가 없었다. 술집을 나와 삼거리로 나갔다. 약국 모퉁이를 돌면 바로 개업한 집이 있다고 했다.

壽司島.

스시지마? 스시도? 뭔 뜻이래?

한국말로 생선 초밥을 말하는 것 같았다. 식초로 간을 한 밥에 생선을 얇게 저며 만들거나 달걀이나 채소 김 따위를 섞거나, 얹거나, 말거나 하는 요리를 파는 집이라는 말인 것 같았다.

길갓집이었는데, 개업 집이라는 생각이 들지 않았다. 그 흔한 화분이나 화환도 보이지 않았다. 구옥을 개조한 집이라 입구가 지저분했다. 여닫이문이었는데, 보도와 차도의 구분이 모호해서인지, 차라도 지나가면 구정물이 튀겨, 나무로 된 문이 엄청 지저분했다. 낡을 대로 낡아 더 그래 보였다. 문 아래 반쯤은 나무였지만, 위는 유리창이었다. 유리창 역시 지저분했다. 요리 이름들이 닥지닥지 아무렇게나 내갈겨진 게 보였다. 선팅도 하지 않은 맨 유리였다. 얼마나 닦지 않았는지 먼지가 뽀얗게 앉아 있었다. 개업하면서 수리도 하지 않았던 모양이었다.

대청소나 좀 하지.

그런 생각을 하며 나는 썩어 문드러져 가는 술집의 문을 열었다. 해장국의 김 때문인지 가게 안이 뿌옜다. 안이 잘 보이지 않다가 서서히 드러났다. 열댓 평도 채 안 되는 가게였다. 주방과 방이 하나 있는 것 같았고, 그 앞으로 탁자가 줄을 이어 몇 개가 놓인 것 같았다. 음식을 먹고 있는 사내들이 여기저기 보였다. 기름때가 잔뜩 낀 탁자와 의자 사이로 왕 삼촌을 찾았다. 오래된 구형 TV가 올라앉은 선반 밑에 왕 삼촌의 모습이 보였다. 그는 마침 아침부터 막걸리를 따뜻하게 데워 후후 불다가 목으로 넘기고 잔을 놓던 참이었다. 주방을 살폈더니 머리를 라면처럼 볶은 사십 대의 여자가 전을 부치고 있었다. 문이 열려도 기름 튀는 소리와 실내의 소음 때문인지 그녀는 돌아보지도 않았다.

나는 살며시 안으로 들어갔다. 해장국을 쩝쩝거리던 남정네들이 나를 힐끗거렸다.

왕 삼촌은 내가 다가가는 줄도 모르고 돌아앉아 주전자에 담긴 막걸리를 잔 속으로 쏟아부었다. 왕 삼촌이 앉은 곳은 주방과 붙은 곳이었지만, 그 집의 안방이 맞바로 바라다보이는 곳이었다. 방바닥이 낡아 거뭇거뭇했다.

나는 왕 삼촌을 부르려다가 멈칫했다. 내 시선이 그 집의 안방으로 달려가다가 한곳에 붙박였기 때문이었다.

나는 그 자리에 나도 모르게 섰다.

그 여자였다. 콘서트장에서 만난 그 외국 여자.

아니, 저 여자가?

그런 생각을 문득 하는데, 그 여자가 입술에 연지를 바르다가 나를 돌아보았다. 눈이 딱 마주쳤다. 나는 순간 숨이 막히는 것 같았다. 열광하는 야외 공연장에서 나를 추행했던 바로 그 여자. 그 외국 여자.

어떻게 된 거야?

나는 멍하니 그녀를 바라보았다. 잠시 후에야 그럼 튀기? 하는 생각이 들었다. 그런데 그런 그녀가 멍하니 나를 마주 바라보다가 피식 웃었다. 나는 순간적으로 그 웃음의 의미를 알 수가 없었다. 웃음 끝에 입꼬리가 약간 올라가는 웃음. 하지만, 그 웃음의 의미를 생각할 만한 여유가 없었다. 도대체 저 여자가 왜 여기에? 그런 생각을 하는 어느 한순간이었다.

그녀가 머뭇거릴 이유가 없다는 듯이 갑자기 벌떡 일어났다.

주인 여자가 그제야 방을 나오는 그녀를 잡았다.

-너 또 그러고 어딜 가니?

-상관 말아요.

예상외로 그녀의 음성은 뭉툭하고, 탁했다.

-아니, 그 꼬락서닐 하고서 또 어딜 가냔 말이다?

-상관 말라니까 그래요.

그녀는 그렇게 쏘아붙이고는 날쌔게 밖으로 뛰쳐나갔다.

-아이고 내가 못 산다니께.

주인 여자가 복장을 치며 털버덕 왕 삼촌의 앞자리에 주저앉았다. 그제야 나는 주인 여자의 얼굴을 자세히 볼 수 있었다. 마흔은 되어 보였다. 그런대로 고운 얼굴이었다. 술장사나 할 인물 같아 보이지 않았다. 속이 상하자, 그녀는 아무 곳에나 앉는 것 같았지만, 나는 순간 왕 삼촌과 그녀 사이가 예사롭지 않다는 느낌을 받았다. 그녀의 행동이 그랬다. 내가 이래서 속 터져 못 산다니께요. 앉는 모양새가 꼭 그렇게 왕 삼촌에게 말하는 것 같았다. 술잔에 막걸리를 따르다 말고 이해가 된다는 표정을 짓는 왕 삼촌을 나는 멍하니 바라보았다.

그녀가 한숨을 쉬다가, 석상처럼 서 있는 나를 바라보았다.

-어서 오셔요.

　그제야 주인 여자가 일어났다.

　왕 삼촌이 나를 돌아보았다. 나를 의식한 왕 삼촌의 눈가에 약한 경련이 스치고 지나갔다.

　-왜 왔어?

　왕 삼촌이 볼멘소리로 나를 향해 물었다.

　-언니가…….

　나는 얼추 넋이 나간 음성으로 말했다.

　-언니가 왜?

　왕 삼촌이 귀찮다는 듯이 물었다.

　-빨리 오라고 해요.

　-간다고 해라.

　-어서 가요.

　-먼저 가라니까.

　돌아오면서 나는 뛰쳐나가던 여자를 생각했다. 혼란스러웠다.

　그 외국 여자. 그 여자가 왜 그곳에?

　주인 여자와 그 여자 사이에 오가던 말투가 생각났다. 그제야 모녀지간일지 모른다는 생각이 들었다. 모녀지간이라면 주인 여자의 남편은 외국인이라는 말이 된다. 기지촌 출신인가? 그래서 튀기를?

　그렇게 추리해 보다가 또 고개를 갸웃했다. 야외무대에서 돌아온 후로 했던 생각들. 그날 그녀의 추행을 왜 이해하고 싶었던 것이었는지 아무리 생각해도 모를 일이었다. 먼 외국에서 여행을 와 낯선 문화를 접하면서 동양 소녀를 향한 호기심의 발로라고만 생각하고 싶었던 것은 무엇 때문이었을까?

나도 모르게 헛웃음이 나왔다.

낙엽이 바람 따라 날리다가 내 어깨 위로 떨어졌다. 금방이라도 비가 쏟아질 것 같았다. 정신없이 걷다 보니 가까이에서 욕설이 들려왔다.

-이년아, 눈 감고 다니냐? 죽으려고 환장을 한 거야.

붉은 신호등이었는데, 나는 그것도 의식하지 못하고, 그냥 건널목을 건너고 있었던 모양이었다. 그제야 정신을 차렸는데, 트럭 한 대가 바람을 일으키며 스치고 지나갔다. 나는 얼른 차도를 벗어나 골목길로 접어들면서 준 오빠 생각을 문득 했다. 왜 준 오빠가 그때 갑자기 생각났는지 모를 일이었다.

2

외출에서 돌아왔는데, 주인 언니가 좀 보자고 했다.

주방으로 가니까 멀거니 바라보았다.

-왜요?

-아까 말이다. 누가 찾아왔더라.

-나를요?

-그래.

-누군데요?

주인 언니가 고개를 설레설레 흔들었다.

-하이고 그놈이 나타날 줄이야……. 깜짝 놀랐다니까.

-누군데요?

-경찰 서장 아들 말이다. 시 쓴다는…….

나는 깜짝 놀랐다.

-그런데요?

내가 다급히 물었다.

-뭐 서울로 올라왔다나.

-준 오빠가요?

나는 내 귀를 의심하며 물었다.

주인 언니가 고개를 끄덕였다.

-그래. 희한도 하지……. 엊그제 남원에 살던 사람이. 한잔 걸치고 가긴 했는데……. 참 무슨 조환지.

나는 믿기지 않아 넋두리하는 주인 언니를 멍하니 바라보았다.

-네 말은 하지 않았는데…….

-언제 올라왔대요?

나는 심장이 덜컹거려 잠시 눈을 감았다가 물었다.

-뭐 대학에 볼일이 있다고 하던가.

나는 다시 눈을 감고 말았다.

-참 이상도 하지.

-무슨 말이에요?

-갸 아비를 생각해서라도 그럼, 못 쓰지.

-뭔 말이에요?

-뭔 말이라니. 그놈 아비와 붙어먹고 그놈을 보고 싶냐?

-예?

-정신 차려. 그 아비가 알아봐라. 장사 말아먹을 일 있냐. 이제 와 왜 찾아. 너 그놈하고 무슨 관계야?

-뭔 관계요?

-그럼, 못 쓴다.

어떻게 방으로 들어왔는지 몰랐다.

준 오빠가 찾아왔다는 사실이 도저히 믿어지지 않았다.

그래. 그 사람은 제 아버지와 나의 관계를 모르는 것이다.

밤새 잠 한숨 자지 못했다.

도저히 믿어지지 않았다.

준 오빠가 찾아오다니…….

아! 그러고 보니 생각이 났다. 처음이 아니었다. 한국으로 나와 그를 처음 만난 것이 아니었다.

게이샤 바에 있을 때 만났던 그때 그 사람이 준 오빠였다.

어머니가 죽고 유조가 되어 처음으로 받았던 손님들 중 한 사람. 그가 바로 준 오빠였다. 맞다. 그때 그 사람.

보송보송한 아이가 앞자리에 와 앉자, 준 오빠가 웃으며 물었다. 일본말로. 지금처럼 유창하지 않고 떠듬떠듬. 무척 눈이 깊고 코가 우뚝한 잘생긴 소년 같은 청년이었다. 눈가에서 볼 수 있었던 알 수 없는 우수. 입가의 미소…….

-유치원에 잘못 들어왔나?

내가 너무 어려 보였던 모양이었다.

-먹을 만큼 먹었어요.

-하하하, 재밌네. 나보다 10살은 어려 보인다.

-그래서 보송이랍니다. 이 게이샤 바의 날계란이죠.

-날계란?

그때 주인 언니가 상을 들였다.

-아직 비리니 살살 다루세요.

그때 주인 언니도 그가 나를 바꿔놓을 줄 몰랐을 것이다. 아니, 이곳에서 만났을 때 그도 우리를 몰라보았고 우리도 그를 몰라보았다.

왜 그랬을까?

설마 일본에서 장사하던 사람이 이곳에 나와 장사를 할까? 그렇게 생각했었던 것일지도 몰랐다.

그래도 서로 알아보지 못했다는 게 이상했다.

그랬다. 그의 아버지가 한국의 경찰 서장이고, 그 경찰 서장이 한국에서 내 머리를 얹어주리라는 것 또한, 그도 우리도 몰랐었다.

정말 몰랐었다. 준 오빠가 경찰 서장의 아들이라는 것을. 술집으로 술을 마시러 오면 그냥 좋았다. 그는 술을 마셔도 별로 말이 없었다. 꼭 내 마음속에 들어앉은 사내가 분명했다. 그는 때로 내 영리함이 이해되지 않는지, 무슨 말을 하면 피식피식 웃기만 했다. 그 미소도 좋았다.

그런데 이곳에서 나를 몰라보다니? 아니, 그런 사람을 나는 이제야 기억해 내다니? 그게 세월일까?

하기야, 14살 때 보았으니 몰라볼 만도 하다.

이곳으로 와, 어느 날 서에 다니는 형사 한 사람을 만났다. 그로부터 알았다. 준 오빠가 서장의 아들이라는 것을.

준 오빠가 들어가 있다는 동백섬. 그 섬으로 준 오빠를 찾아갔다가 돌아온 날이었다.

비로소 준 오빠가 서장의 아들이라는 것을 안주인 언니가 눈을 뒤집었다.

-뭐라고? 그놈을 찾아갔었다고? 그럼, 그놈하고도 붙어먹었단 말이냐? 야 이년아. 그놈이 누군지 알아? 바로 경찰 서장의 아들이야.

-알고 있어요.

주인 언니가 눈을 뒤집었다.

-알믄서? 알믄서 그놈을 만나고 왔단 말이냐? 머리 쇠똥도 안 벗겨진 어린것이 양다리를 걸쳐야. 양다리도 걸칠 곳에 걸쳐야지. 그놈도 아는 것이여? 네년이 제 아버지와 붙어먹은걸.

"이 틀닭아, 내가 좋아서 경찰 서장과 붙어먹었냐." 하는 말이 나오려다가 목으로 꼴깍 넘어갔다.

"내가 좋아서 그 방으로 들어간 줄 알아? 그 방으로 강제로 밀어넣은 년이 누군데 지랄이야. 지랄이. 바로 네년 아니야."

그렇게 고함이라도 치고 싶었지만, 나는 고개를 숙이고 눈물을 흘리며 입술을 씹었다.

니미, 사람 좋아하는 것도 죄가 되나. 그 정도는 알고 있다 이 틀닭아. 그 정도는 내가 아무리 어려도 안다. 이제 끝났다는 걸. 그런데도 눈을 뜨나 눈을 감으나 그 사람이 보고 싶고 부르는 것 같으니 어쩌란 말이야.

그날로 휴대폰이 주인 언니 수중에 들어갔다. 휴대폰 압수가 아니라, 준 오빠 전화번호 삭제였다. 준 오빠가 경찰 서장의 아들이란 것을 알던 날, 주인 언니가 휴대폰을 달라고 했다. 나중에 보니 준 오빠의 전화번호가 차단되어 있었다. 풀까, 하다가 주인 언니의 생각도 맞다 싶었다. 그대로 두었는데, 이제 삭제해 버린 것이다.

왜 오빠는 전화도 없이 불쑥 나타났던 것일까? 아, 아니지. 전화번호가 차단되었으니 내가 몰랐겠지.

이게 그것마저 확인할 길이 없다.

3

잠자리에서 일어났지만, 가슴이 꼭 물먹은 솜뭉치처럼 무겁다.

밤새 무슨 꿈을 꾸었던 것일까.

준 오빠의 꿈을 꾼 것이 분명했다. 그를 잊어야 한다는 생각이 아련하게 가슴을 찔러왔다.

언제 또 찾아올지 모르는데, 그러면 이제 어떡해야 하나.

마지막으로 그와 헤어지던 날이 떠올랐다. 그날, 그는 자기가 그린 그림 두 장을 주며 말했다.

ㅡ게이코, 그냥 꿈을 꿔. 하늘이 되고, 바다가 되는 꿈을 꿔. 한 잎 한 잎 흩어져 가는 운명은 잊어버려.

그가 준 그림을 내려다보았더니, 한 장은 인물과 자연 요소가 조화롭게 어우러진 그림이었다. 그림의 중심에는 여인이 하늘거리는 천의를 입고 있었는데, 그녀의 머리카락과 의상이 자연 풍경과 자연스럽게 융합되어 있었다. 풍경은 흐르는 듯한 곡선으로 표현되어 있었다. 산이나 파도를 연상시키는 요소들이 그랬다. 곡선들은 파란색과 흰색의 음영으로 그려져 있어서 평온하고 신비로운 분위기를 자아내는데, 산 위로는 하얀 새들이 날고 있었다. 평화롭고 조화로운 느낌을 더해주는 그림을 내려다보다가, 다음 그림을 내려다보았다.

여인이 잠들어 있었다. 배가 미끄러지는 잔잔한 수면이 평화로웠다. 희망처럼 솟아오르는 태양. 태양이 유난히 크게 그려진 그림이었다. 그의 의도를 알 것 같았다.

벌써 내 나이 18세.

나는 이제 그 옛날의 소녀가 아니다. 어머니가 있던 그 게이샤 골목. 그 골목의 보송이가 이제 18살이 되어버린 것이다. 열 몇 살의 나이에 게이샤 골목의 매춘녀가 되어 얼굴이 보송보송하다고 보송이란 이름을 얻었었는데, 어느 사이에 그리된 것이다. 아마 그동안 내 배를 타고, 천국과 지옥을 왔다 갔다 한 손님만도 한국과 일본을 모두 합치면 아마 댓 트럭은 될 것이다. 이제는 밑이 아프지도 않다.

16살 때 이곳에 온 지 얼마 안 되어, 하루는 중국 손님이 들었다.

방에서 그날 주인 언니의 소리가 우렁찼다.

소리가 끝나고 술이 계속해서 돌자, 중국 손님이 물었다. 중국말로 내게 무엇이라고 하는데, 알아들을 수가 없었다. 곁에 통역사가 앉아 있다가 내게 말했다.

-참 곱고 앳된데 이름이 뭐냐고 묻는다.

-이름요?

-그래?

-풍월요.

게이코요 하고 대답하려다가 생각나는 대로 말해버렸다. 이곳에
오자 이곳 이름이 있어야 한다고 해서 왕 삼촌이 지은 이름이었다.

-풍월? 거 이름 멋지네.

통역사는 그렇게 말하고 중국인에게, "풍월이랍니다." 하고 말
했다.

그러자 중국인이 고개를 끄덕이며,

-풍웡?

하고 되물었다.

-예. 풍월이랍니다.

그때 나는 중국인이 중국말로 풍월을 풍웡으로 발음하는 줄 알
았다.

그래서 애들이 그때부터 놀렸다.

-바람 부는 달밤에 버드나무 아래서 바람난 처자의 이름이 풍웡
이란다.

나중에 알았다. 풍웡은 풍월이 아니라 불사조(FUNG-WONG)라는
뜻이 있다는걸.

그제야 그날 통역사의 하던 말이 이해가 갔다.

-부디 성공하란다. 술 열심히 팔아 불사조처럼 일어나란다. 절

망하지 말고.

그때는 고맙다며 웃고 말았다.

이곳에 나와 주민등록을 해야겠는데, 동거인으로 올려야 했다. 게이코로 올리면 본국에 조회되어 전력이 드러날지 모르니까, 간밤에 무협지를 읽었던 왕 삼촌이 주인 언니에게 물었다.

–이름은 지었어?

–당신이 알아서 하시구료.

왕 삼촌은 내 어머니가 지은 후우게츠(ふうげつ, 風月)란 이름을 기억해 내었다. 간밤에 읽은 무협지에서 풍월이란 이름을 기억해 낸 탓도 있었다.

왜 어머니는 내게 후우게츠란 이름을 주었는지 몰랐다. 어머니의 이름이 청풍명월이었다. 일본 이름이 대부분 그렇다. 나무 밑에서 그 짓을 해 애를 낳았다고 해서, 그게 성이 되는 나라였다. 어머니의 아버지는 맑은 바람이 부는 성을 가지고 있었다. 청풍(淸風). 그는 딸을 낳자 청풍명월(せいふうめいげつ, 淸風明月)이라는 이름을 주었다. 나중 유조가 되어 유미꼬(ゆみこ, 由美子)로 통했는데, 그 딸이 씨도 모르는 딸을 낳고는 후우게츠라는 이름을 주었다. 그런데 오키야로 들어가자 눈이 맑고 동그랗다고 하여 히토미(ひとみ, 瞳)란 이름을 주더니, 정작 부를 땐 게이코라고 불렀다.

게이코는 교토식 이름이다. 교토에서는 게이샤를 게이코로 부른다. 예전에는 남자를 게이샤라 불렀는데, 그래서 여자 게이샤를 게이코라 부르게 된 것일지도 모르지만, 어렸기 때문일 수도 있었다. 편하게 게이코, 게이코, 그러다 보니 입에 붙어 그게 이름이 되어

버린 것이다. 마이코 생활이 끝나야 게이코가 되는데, 너는 들어올 때부터 게이코가 되었으니, 타고났다며 웃는 사람들도 있었고, 얼마나 게이코 되기가 힘들면 게이코가 되라고 그렇게 이름을 붙였겠느냐며 등을 토닥이는 사람도 있었다.

나중에 왕 삼촌은 자신이 직접 보무도 당당하게 동회로 가 후우게츠라는 이름을 주민등록에 올렸다. 왕 삼촌 이름이 왕치중(王治中)이었는데, 자기 성함 밑에 동거인으로 올려버린 것이다.

요즘도 내 이름을 듣는 사람들은 하나같이 한마디씩 한다.

-풍월, 거 이름 한번 한량스럽네. 사랑가나 한번 뽑아봐. 바람 부는 달밤 휘늘어진 버드나무 아래서 재미나 좀 보게.

어느 날, 나도 모르게 주인 언니가 부르던 소리를 그만 흉내 내고 말았다.

어허 봐라! 이몽룡이 춘향을 업고 노는디 앞에서 지랄하고 뒤에서 지랄하고…….

그렇게 풍월이가 술집 골목이 쉬는 날이면, 준 오빠가 좋아하는 가수의 노래를 틀어놓고, 온종일 줄담배를 물고 살았다. 비까지 추룩추룩 내리는 날이면, 술을 마시며 담배 연기를 날린다. 강소주를 마시다가, 라면을 끓여 먹으며, 그놈의 노래를 틀고 또 틀고, 그러면서 준 오빠를 생각한다.

사랑에 빠져본 적이 있니? 요 맹추야. 지금이라도 찾아가. 그렇지 않다면 넌 슬픈 인생…….

그 가수가 자꾸 준 오빠를 찾아가라고 한다. 밑이나 파는 풍월에게, 바로 나에게. 몰랐느냐고. 사랑이란 그런 것이라고. 그렇게 험난한 길이라고.

그럴까? 이 풍월이가 준 오빠에게 갈 수 있을까. 뻔뻔하게 시침뚝 떼고 그를 사랑해도 괜찮은 것일까?

결론은 노(No)로 끝난다. 니미, 사랑이 밥 먹여주나.

그런데도 가수는 준 오빠를 만나면 너의 방이 금세 환해질 것이라고 한다. 넌 행복하게 될 것이라고 절규한다.

3장

풍웡의 속살

1

어젯밤에도 준 오빠가 나를 부르고 있는 모습을 보았다. 그가 서울에 있다고 하니, 무슨 수를 쓰더라도 찾아봐야 하는 것이 아닐까, 하면서도 이상하게 용기가 나지 않는다.

그러자고 막상 결심했다가도 그냥 눈을 감고 만다.

꿈속에서도 안 돼, 안 돼. 그렇게 소리치면서 내 젖을 보이지 않으려고 도리질하다가, 벌떡 일어나고는 하였다.

요즘 들어 계속되는 꿈이었다. 어떤 때는 안개가 자욱한 언덕에 그가 서 있다. 황혼이 지고, 밤이 찾아와도 그는 그 자리에서 꿈쩍하지 않는다. 나중에는 돌아서서, 게이코, 게이코, 어서 오라는 듯이 불러대기 시작한다.

왜 그는 이곳 이름, 풍월이라고 부르지 않는 것일까?

소주에다 레몬주스를 타 마시다가 에라 모르겠다, 하는 생각에 큰 컵을 가져다 부어서는, 강소주를 마시고 나니 몸에 불이 붙은 것 같다. 오늘따라 날이 궂어서인지, 골목 전체에 술기운이 안개처럼 들어차 있다.

정처 없이 걸었다. 요즘 들어 꿈자리조차 뒤숭숭하니 차라리 거리나 쏘다니게 낳은 것 같았다.

그런데도 그의 모습이 자꾸만 생각난다. 뇌리에 거머리처럼 딱 달라붙어 떨어지질 않는다.

생각하면 생각할수록 그를 어떻게 잊을까 싶다. 의젓하고 말이 없고 사려 깊은 성품을 지닌 사람. 내가 끝없이 장난을 치고 헤헤거려도 짜식 그러면 그뿐이었던 사람. 아마 내가 지금 죽어간다고 하더라도, 나는 그를 잊을 수는 없을 것이다. 그를 개자식이라고 하면서도, 지금도 이렇게 그가 그리운데 그를 잊을 수나 있을까 싶다. 아무튼, 무조건 이건 사랑이 아니야, 집착이야 하고 잊어버리면 그만일 터인데, 그러질 못하니 병은 병일지 모른다. 지금 세상이 어떤 세상이라고 지나간 옛일에 목을 매고 있느냐고 자신에게 타일러 보지만, 가만히 생각해 보면 그때의 그런 순수함이 내게더는 남아 있지 않은 것 같아, 그가 더 그리운 것인지 모른다. 내가 현실에 타협하면 할수록, 그때가 그리운 것은 아마도 그 때문인지 모른다. 그를 만나면 나의 더러운 모든 것이 깨끗하게 씻겨 내려가, 오로지 순수의 덩어리가 남을 것 같기 때문이다.

사실 알고 있다. 그를 만나면 안 된다는 것을. 그래도 만나고 싶으니, 내 머리에 뭐가 들었는지 모르겠다. 나도 모르겠는데, 언니들이 어떻게 알까. 이곳에 온 지 한 해쯤 지나, 어린 내가 시랑이란 언어를 대수롭지 않게 쓰니까, 어떤 언니가 내게 그랬다.

-야 이놈으 기집애야. 논다니라면 논다니답게 놀아라. 쬐그만 게 어디서 배워 들은 풍월은 있어서 뽕 까고 있네. 니가 천재면 나는 만재다.

-내 이름이 풍월이에요.

-하, 미치겠네. 그래서 정말 사랑 풍월이라도 읊고 싶은 기야?

그 언니는 내가 모난 게 못마땅해 그런 말을 한 것일 터였다. 사실 가치관이란 말 같은 것은, 내게 그렇게 어려운 단어가 아니다. 그냥 일상적으로 이곳으로 오기 전에도 쓰던 말이다. 그러니 미치고 팔짝 뛸 일이 아니겠는가. 그래서 언니들처럼 저속한 비어나 쓰기로 했는데, 그래도 어쩌다가 그런 단어가 나오면, 저년이 또 문자 날린다고 지랄을 떤다. 내가 문자 날린다고 해서 저들에게 해될 것도 없는데, 지금도 지랄을 해대니, 참 환장할 일이다. 어릴 때는 어려서 그렇다고 하지만, 지금 내 나이가 몇 살이냐. 그래도 언니들은 내가 아직도 어리다고 생각한다. 하기야, 아직도 나를 열여섯 영계로 보는 언니들도 있다. 나이가 들어 보이지 않는 얼굴 때문이다. 거기다 단발머리. 하기야, 100살 먹은 할머니가 80살 된 아들을 아직도 어린애라고 하던 것을 TV에서 본 적이 있긴 하다. 그렇다고 이 나이에 언니들처럼 저속한 은어나 쓰며 살고 싶지는 않은 것이 내 솔직한 심정이다. 비록 못된 짓을 하고 돌아다니지만, 고상하면 어디가 덧나. 그런데 그런 내 고상이 언니들의 비위를 거

슬러 어떤 땐 닭살 돋는다고 곁에도 못 오게 할 때가 있다. 그럴 때마다 나는 이곳을 떠나야겠다고 생각한다. 하지만, 그게 그렇게 마음대로 잘되지를 않는다. 아니, 그렇게 되는 게 아니다. 내가 이렇게 살면 안 되지, 하고 몸부림을 치지만, 이 거리는 내 몸을 깊이도 모르는 수렁 속으로 빠져들게 한다. 못된 송아지 엉덩이에 뿔 난다는 옛말이 있듯이, 오직 내 관심사는 돈과 남자뿐이다. 그래서인지 시인의 아내가 되겠다는 말은 내가 생각해도 웃기는 소리다.

찾아볼까? 그도 내가 오죽 보고 싶었으면 찾아왔을까. 그런데 이 꼴을 하고 어떻게…….

제기랄!

게이샤의 가을

1

게이샤로 처음 발을 내딛던 무렵에는 그래도 꿈이 있었다. 세상
이 천국인 줄 알았다. 술집이 노는 날이면 애들과 어울려 다니면서
낄낄거렸다. 가을이 와도 겨울이 겁나지 않았다. 대책 없이 수다
떨고, 명품을 살 수 있다면 무슨 짓이든 했다. 그래도 안 되면 짝퉁
으로 온몸을 칭칭 감고 내로라하고 돌아다녔다.

이곳에 오기 전까지는, 명품만 감으면 일류가 되는 줄 알았다.
일본에서 게이샤 수업을 받을 때, 어쩌다 한 번씩 가보던 곳, 거리
거리마다 명품 가게가 넘쳐나는 곳.

그런데 이 나라에 와보니 그 거리가 저리 가라였다.

우리나라의 속국이었던 이 나라가 이토록 발전하다니. 시발 우

리나라보다 더 좋잖아.

그래서일까?

짝퉁을 걸치고 청담동이나 서초동 같은 강남 바닥에는 낮에 나가지 않았다. 나가기가 쪽팔리니까, 밤에 선글라스를 끼고 그 바닥으로 도둑고양이처럼 숨어들었다. 천국이었다.

그럴 만도 했다. 택시 타는 것도 망설여지는 마당에 즐비한 외제차들. W 자가 크게 그려진, 우리에게는 하늘 같은 BMW나 폭스바겐은 차도 아니었다. 이름도 들어본 적 없는 고급 차들, 에스턴마틴이라고 하던가? 메르세데스라고 하던가? 최신형 페라리라고 하던가? 맥라렌이라고 하던가? 그 정도는 돼야 사람들이 돌아볼 정도였다.

ㅡ얘, 저 차 얼마나 비쌀까?

어느 날, 내가 그랬더니 요네코가, "한 1억." 그랬다.

ㅡ설마 1억이나 하려고.

내가 말을 받자, 먼저 한국으로 들어와 청담동 바닥에서 좀 놀았다는 아오이가 고개를 설레설레 내저었다.

ㅡ아이고, 촌스러워서 같이 못 다니겠다. 1억? 돌아버리겠다. 이년들아, 정신 차려. 청담동에서도 보기 드문 차들이다. 저 정도면 보통 10억은 나가는 차들이다. SLR 메 뭐라는 차가 있는데, 한 8억 나가. 여기서는 그게 지나가도 쳐다보지도 않아. 언젠가 그 차 탄 놈하고 한번 놀았는데, 한탕 뛰고는 지 엄마한테 뭐라 그러는지 알아. "마미, 차 좀 바꿔줘. 부가티로. 쪽팔려서 못 타고 다니겠다." 기가 막혀서……. 세상에서 가장 빠른 차 1,000마력의 부가티 한

대에 얼만 줄 알아? 35억 나가. 1억은 유지비도 안 돼, 이년들아.

아이오는 그렇게 말하고, 어이없다는 듯이 웃었다.

우리는 그때부터 그쪽으로는 발길질하지 않았다. 우리들이 노는 동네가 제격이어서가 아니라 분수를 알았다고나 할까, 죽었다 깨어나도 우리들은 그렇게 살 수 없다는 사실이 너무 가슴 아팠기 때문이다.

아오이는 그런 애였다. 일찍이 강남 바닥에 진출해, 외제 차 탄 놈들에게 홀려서는 다리 벌려주고, 루이뷔통인가 라이뷔통인가 하는 이름도 이상한 매장을 드나들며 옷을 얻어 입고, 백을 사 들고 다니는 년이었다. 가방이나 지갑 하나를 들어도, 루이비통이나 구찌, 샤넬, 미우미우, 에르메스, 프라다, 버버리, 발렌시아, 디올, 마크제이콥스 등 아무튼 유명 해외명품 브랜드 핸드백이나 가방으로만 골라 들고 다녔다.

하루는 마놀로블라닉이란 구두를 신고 왔는데, 처음엔 싸구려 신발점에서 산 신발인 줄 알았다. 볼품없어 보였다. 그런데 그놈의 구두가, 내가 술을 팔고 하루에 두 탕씩 몸을 팔고, 그것도 모자라 허드레 알바를 1년을 꼬박해도 못 살 고급 구두였다. 얼굴은 별로인데, 키가 크고 몸이 완전히 매릴린 먼로가 저리 가라였다. 그래서인지 그 바닥에서 값이 나가는 모양이었다. 화장품을 써도 외제 화장품만 썼다. 하루는 마스카라가 떨어져 빌렸는데, 그게 30만 원이 넘는 거라고 했다. 뭐 하나 외제가 아닌 게 없었다. 물주를 물어도 엄청난 놈을 문 것이다. 우리와 놀던 때와는 완전히 달랐다. 전용으로 다니는 메이크업이 있었다. 그곳의 회원권도 사내가 끊어준 것이다. 전신 메이크업만 받는 데 몇 시간. 유행하는 주사를 원할 때마다 맞고, 베네피트인가 뭔가 하는 엄청 비싼 립 플럼퍼를 듬뿍 바르고 다녔다. 이 정도면 선글라스 안쪽의 눈에는 슈에무라 아이섀도가 눈두덩에 잔뜩 발라져 있을 게 분명했다.

없던 세월 한이 졌다고 해도 그렇지, 그렇게 완벽하게 변한 년이, 왜 우리들이 노는 동네는 들락거렸는지 모를 일이었다. 하루는 GRG 모자를 눌러쓰고, 상상할 수도 없는 값나가는 선글라스를 쓰고 나타났다. 자신이 쓴 모자는 얼마짜리고, 이번에 산 선글라스는 에스까다 정품이란다. 로비스트 린다 김이 써 유명해진 선글라스인데, 인조 보석을 빼고 최고급 인조 보석을 활용해 다이아몬드를 박았다고 하였다. 그러자 하네코가 참다못해 눈을 하얗게 뒤집었다.

ㅡ너 일본에서도 그러더니 그 버릇 못 버렸구나.

아오이 역시 나와 같은 출신이라는 걸 나는 알고 있었다. 그녀는 13살 때, 나는 14살 때. 비디오꾼에게 걸려 털도 나지 않은 밑을 내놓고 남자와 관계하는 장면을 함께 찍은 기억이 있다.

이곳으로 원정을 와 압구정동에서 밑 닦으면서 그래도 잘났다고 자랑이 늘어졌는데, 쌍년아, 주제나 알고 놀아라. 내 눈에는 뻔뻔하게 보인다. 그러다 외국물 먹던 놈들에게 에이즈나 걸리지 말고…….

말이 씨가 된다더니, 어느 날 보건소 직원이 우리를 찾아왔다. 왜 그러냐고 했더니, 아오이를 아느냐고 물었다. 그렇다고 했더니, 아오이에 대해 꼬치꼬치 물었다.

나중에야 알았다. 아오이가 정말 에이즈에 걸렸다는 걸.

우리가 일본 교토 있을 때 명품 거리로 유명한 히메지야마(ひめ
じやま, 姫路山) 거리나 다이쇼지(だいしょうじ, 大正寺) 거리가 꿈이었
듯이, 이곳 강남은 우리들의 꿈이었다. 꿈의 장소였다.

그래서일까. 요즘은 꿈을 꿔도 칼라 꿈만 꾼다. 동백섬 언덕에
필 그 꽃만 해도 그렇다. 한 장의 흑백 사진처럼 꿈결 속에 떠오르
는 게 아니라, 오색찬란한 모습으로 떠오른다.

왜 그런 풍경이 떠오르는지 모를 일이다. 어느 사이에 내 꿈은
아오이가 놀던 그 강남 바닥에 가 있다. 더러운 병균이 떠도는 곳
이라고 하지만, 그래도 좋으니, 그곳 사람이 되고 싶은 건 나뿐이
아닐 것이다. 그런 세상에 태어나지 못한 것이 내 팔자인데 뭐 더
바라랴 싶기도 하지만, 세상에 태어나 그런 호사 한번 부려보다 죽
으면 원이 없을 것 같다. 내 주제에 뚜껑 열리는 외제 차에다, 구찌
에다, 비버리 미니스커트에다, 샤넬풍 코트, 기성화 같은 마놀로블
라닉 구두를 신고, 수십만 원짜리 아이섀도를 칠하고, 클러치백을
들고 아이스 아메리카노를 홀짝거리며, 외제 잡지로 차양을 치고,
의기양양하게 거리를 활보한단 말인가.

죽었다 깨어나도 나는 일본에서 원정 온 이 거리의 술순이일 뿐
이었다.

그때 나는 마음속으로 소리치고 있었다. 동백꽃이 피던 남원의
그 동백섬. 준 오빠가 시를 쓰기 위해 가 있던 그 동백섬. 겨울날
거닐었던 동백꽃 자욱하던 섬 돌담길.

너희들은 우리들을 무시하지만, 웃기지 말라 그래. 스물이 넘
기 전에 황금색 에스턴마틴을 타고, 동백꽃 피는 숲으로 갈 거야.

BMW나 폭스바겐 같은 차는 시시해서 타지도 않아. 너를 만나러 갈 때는, 감색 나팔꽃이 그려진 하얀 유카타에, 굽이 높은 마놀로 블라닉을 신고 갈 거야. 동백꽃처럼 붉은 베네피트 립 플럼퍼를 듬뿍 바르고, 다이아몬드가 박힌 푸른 에스까다 정품 선글라스를 끼고 갈 거야. 거기에다 수정빛 GRG 모자를 눌러쓰면 금상첨화지. 곧 갈 거야. 동백꽃 피는 숲으로, 곧 갈 거야. 적어도 우리는 그렇게 살지 않는다고.

꿈이 계속되자 누구에겐가 물어보았다.

-너 꿈을 칼라로 꾸니? 흑백으로 꾸니?

-글쎄?

전화를 받던 애가 시큰둥하게 대답했다.

-요즘은 맨날 칼라 꿈만 꿔.

내가 말했다.

그 친구는 그런 내가 우스운 모양이었다. 기껏 한다는 말이 이랬다.

-생각이 많아서 그런가 보다.

그 말을 듣자, 눈 밑이 후끈 더워 왔다. 왜 그 친구가 그런 말을 하는지 모르겠다는 생각 때문이 아니었다. 생각이 많아서라는 말이 거슬렸던 것이다.

잠시 후에야 나는 왜 그런 말을 하느냐고 물었다.

-넌 정말 이상한 애다. 꿈이 어떻다고? 잊어버려. 잊어버리라니까.

때로 하루도 빠지지 않고 죽어라 밑을 팔아도 결코 희망이 이루어질 것이라는 생각이 들지 않을 때면, 가슴에 칼을 맞은 것 같을 때가 있다. 그럼 준 오빠도 만나지 못할 것이라는 생각이 들면, 나도 모르게 수저에다 헤로인을 녹여야만 한다. 그렇게 기다리기라도 했다는 듯이, 꼭 약을 찾고 술집을 개처럼 돌아다닌다.

그래서, 나는 또 친구에게도 물어보았다.

-넌 꿈을 칼라로 꾸니? 흑백으로 꾸니?

-글쎄, 내가 어젯밤 꿈을 칼라로 꿨나, 안 꿨나? 헷갈리네?

-잘 생각해 봐.

-모르겠다. 흑백으로 꾼 것 같은데, 그럼 넌 꿈을 칼라로 꾸니?

할 말이 없었다.

그래서, 다른 애에게 전화했다. 주인 언니는 휴대폰값을 아끼라고 야단이지만, 신경 쓰지 않기로 했다. 그 애는, 관심 없다는 듯, 내 말을 입 밖으로 차버렸다.

-나 꿈 같은 거 안 꿔.

곁에 있었다면 손톱으로 얼굴이라도 할퀴어 버리고 싶었지만, 참 꿈이 없었으면 좋겠다는 생각이 들었다.

몸이나 팔다가 살인하고 자살을 한 언니가 있었다. 그때 나는 나이가 어려, 못된 짓을 하다 걸려도 대게 훈방하거나 아니면 한 달 정도 교육원으로 가 지도받으면 그만이었다. 기껏해야 소년원으로 끌려가기 때문에 언니들은 그것을 이용해 못된 짓을 시키고는 했다. 그 언니도 그중의 1명이었다.

그 언니는 아마 유조 생활이 지겨웠던 모양이었다. 결국 자살로 끝냈으니까 말이다. 생각해 보면, 그 언니도 꿈이 없었다면 좋았을 거라는 생각이 든다. 나는 그녀만 보면, 갈보라는 단어를 곧잘 떠올리곤 했었다. 정작 갈보는 나인데도, 그녀가 갈보라고 생각되는 것이었다. 정말 그녀에게는 꿈이 없는 것 같았다. 술을 마시고 옷을 벗고 스트리킹하지 않나, 평소 감정이 있는 사람들에게 찾아가 싸움질하지 않나, 옷을 사 입어도 꼭 스펠링이 틀린 글자가 박힌 옷을 사 입는다. 남자만 보면 오빠가 아니라, 삼촌 아니면 언니였다. 나이트나 카지노 주변에서는 놀지도 않았다. 가발을 쓰고, 화장을 진하게 하고, 우리들이나 갈 노래방이나 오락실 주변을 어슬렁거리며, 잔챙이들이나 꼬여서는 주머니를 털고는 했다. 나이에 비해 어려 보이는 편이라, 그만한 몸이면 한밑천 잡을 만한데, 그게 아니었다. 언젠가, 어떤 언니가 그랬다.

　─천성이야! 천성! 계집애가 천해서 그래.

　나도 그렇다는 생각이 들었다. 한마디로 말해 천하다는 생각을 지울 수가 없었다. 다른 애들은 아이스크림을 찾는데, 그 언니는 꼭 하드를 찾는다. 왜 고등학교에 안 갔느냐고 물으면, 곧 죽어도 공부를 못해서가 아니라, 돈이 없어서 못 갔다고 한다. 술이나 약을 먹어도 보통 세 가지 이상씩 섞어 먹는다. 그래야 취한다는 것이다. 그 언니 곁에만 가면, 나도 이상해지는 것 같았다. 한쪽 어깨는 올라가 있고, 쉴 새 없이 다리를 떨어댄다. 보다 못한 내가 다리를 꽉 잡으면, 그제야 그 언니는 슬며시 딴전을 피우고는 했다.

　─니미, 이 집은 닭발도 없나?

　여유 있는 사람들이 겨울에 포장마차 같은 데 들러 닭똥집이나 닭발 찾는 것이야 멋으로 하는 짓거리라는 것쯤은 나도 알고 있다. 하지만, 그 언니에게는 노상 안주가 닭발 아니면 닭똥집이었다. 내가,

　─언니, 그거 냄새도 안 나?

하고 물으면,

−맛만 좋다야. 쿠룽쿠룽한 게.

−아주 인이 배겼나 봐요.

지금 생각해 보면 각자의 일상이라는 것이 그런 것인지도 모르겠다.

추적추적 내리는 가을비. 벚꽃과 연꽃 문양이 원색적으로 그려진 기모노를 입고 붉은 대나무 우산을 쓰고, 게다 소리를 남기고 사라지던 때가 언제인가. 에이 쌍. 물이나 건너가 게이샤 생활이나 다시 계속할까.

'푸른 고무장갑'

1

술집에서 돌아오다가, 문득 막걸릿집에서 보았던 튀기가 생각났다. 콘서트장에서 나를 추행했던 그 튀기.

왜 그 여자가 갑자기 생각났는지 모를 일이었다. 어쩌면 그녀를 다시 볼 수 있을지 모른다는 생각에, 일부러 막걸릿집 앞을 지나 갔다. 지나가면서 흘깃 보니, 불이 꺼진 것 같았다. 왕 삼촌 핑계를 대고 술집으로 들어가 볼까 하다가, 그냥 걸었다.

술집으로 들어서 보니, 이상하게 왕 삼촌이 집에 있었다. 막걸릿집에 있을 시간인데 이상타 싶었다.

다음 날, 술집이 노는 날이라 빈둥거리다가, 오후에 왕 삼촌의 동태를 살폈더니, 이상했다. 왕 삼촌이 집을 비우지 않는 것이었다.

고개를 갸웃거리다가, 호기심에 막걸릿집으로 가보았다. 저녁 7시도 되지 않았는데, 불이 꺼져 있었다. 주모는 어디를 갔는지, 문이 잠겨 있었다.

제 모든 사랑을 당신께 드립니다
전 사랑에 빠진 여인
전 당신을 제 세계에 맞아들여 마음속에
간직하기 위해 무엇이라도 할 겁니다
이건 제가 언제까지나 지켜나갈 일입니다
제가 어쩌해야 하나요?

―야 이년아, 언제 적 노래냐? 참 너 이상하다. 요즘이 어떤 세상인데, 노티 나는 노래나 청승맞게 듣고 앉았냐. 요즘 애들 뜨는 노래 좋잖냐. 록 가수 노래 리메이크한 거 뭐라더라, 뽕필 냄새까지 살짝 풍기는 그 노래. 그게 뭐였지?

고개를 돌려보니, 하네코가 서 있었다. 나보다 두어 달 일본에서 늦게 나온 년이다. 주인 언니가 손님들 비위를 잘 맞추니까, 그녀를 이곳까지 불러들인 것이다.

―언제 왔어?

―나와.

―그보다 뭐라고? 뽕필 냄새? 그게 뭔데?

―말도 마라. 온몸으로 땅기는데, 소름이 다 돋더라. 마지막에 눈물 한 방울. 컴퓨터에서 찾아봤다.

-그러니까 그게 뭐냐고?

-'푸른 고무장갑'. 맞아. 그거였어.

-무슨 제목이 그래. 막가파도 아니고. 개후지네. 푸른 눈물도 아니고 '푸른 고무장갑'?

-찾아 들어나 봐라. 악, 할 거다.

나는 혹시나 하는 생각에 후다닥 일어나 컴퓨터에서 그 노래를 찾기 시작했다.

그래. 이외로 좋을지도 모르지. 뭐? '푸른 고무장갑'. 후지긴 한데⋯⋯. 그렇지. 오히려 후져 보이는 것이 좋을 때도 있어.

하네코가 방으로 들어와, 그런 나를 보며 고개를 홰홰 내저었다.

-아이고, 이게 뭔 냄새래?

-오, 여기 있네!

내가 소리치며 플레이를 누르자, 여가수가 혼신을 다해 목청을 뽑아대기 시작한다.

지금도 기억해요 그대 눈물
가슴속에 묻혀만 두기 싫어
그대에게 갔다오
푸른 고무장갑
피어나던 우리들의 사랑

뭐야 이거?

여가수의 음색, 그 절절함이 지랄 같다.

잠시 듣다가, 나는 본래의 곡을 플레이하고 말았다.

－왜?

하네코가 벌렁 누워, 만화책을 뒤적거리다가 물었다.

－이년아, 들을 게 없어 고무장갑 타령이냐. 씨부랄 년. 내 그럴 줄 알았다. 에고, 알 만하다. 난 또 뭐라고.

－왜, 좋잖아.

－에이, 드러운 년. 귀만 버렸네.

－하긴. 어제 그 고무장갑 때문에 한판 오지게 붙었다지 뭐야. 남편이 오입질하고 와서, 여편넬 갈군 거야. 그러니, 여편네가 앵앵 울면서 "야, 니가 나랑 결혼만 해주면 평생 손에 물 한 방울 안 묻힌다고 했잖냐. 그런데, 이게 뭐야?" 그러니까, 남자가 뭐라 한 줄 알아.

－?

－그러니까 이년아, 고무장갑 나왔잖아.

말을 마치고, 하네코가 히히히 하고 웃었다.

나는 발딱 일어났다.

－꼭 한다는 소리가……. 너 가라.

나는 정색을 하고 하네코를 발로 찼다.

－뭐?

하네코가 놀라 눈을 크게 떴다.

－가라고!

－이게 미쳤나?

－그래. 미쳤다. 으쩔래?

-왜 그래?

-너 오늘 가져오라고 했지? 그런데, 왜 맨손이야?

하네코가 만화책을 던지고, 발딱 일어나 앉으며 눈을 흘겼다.

-요게, 요게 맛을 들이더니⋯⋯. 그렇지 않아도 가져왔지롱.

-뭐?

-내가 바보냐. 그런 걸 손에 들고 오게.

하네코가 일어나더니, 치마를 걷어 팬티를 내렸다. 그 순간 무엇인가, 그녀의 가랑이 사이로 툭 하고 떨어졌다.

-문부터 잠가.

하네코가 소리쳤다.

나는 달려가 문을 잠갔다. 하네코의 가랑이 사이에서 떨어진 것을 주워 보았다. 주먹만 했다. 비닐로 여러 겹 싸 노란 고무줄로 묶은 것이었다. 비닐을 풀어내자, 마리후아나와 백색 가루가 나왔다.

책상 뒤쪽에 숨겨두었던 주사기를 꺼내고, 초를 찾아 불을 붙였다.

-어디서 구했냐?

내가 물었다.

-거기지 뭐.

-그 자식들 요즘 새로 나온 GHB 구해준다고 해놓고 입 닦은 거 아니야?

-단속이 심한 모양이더라. 좀 기다리래.

-그게 편하긴 하던데 말이야.

-하긴 음료수에 타 먹으면 그만이니까. 털팔이 자식, 그거 한잔하고는 아주 진상이더라니까.

-왜?

-왜는, 홍콩 가 일 보느라고 넋이 나간 거지. 아주 밑에 거 내놓고, 온 방을 기어다녀요.

-히히히, 볼만했겠다.

-말도 마. 최 뽈다구 완전히 눈이 풀려, 털팔이 엉덩이로 올라갔는데, 정말 볼만하더라니까.

-히히히, 뭐니 뭐니 해도 이게 사람 죽인다니까.

이제 이 나라도 마약 천국이 되어가고 있다. 내가 현해탄을 건너왔을 때만 해도, 요즘 같진 않았다. 그런데, 강남이나 이태원 쪽 술집으로 가보면, 이제 마약은 박카스 구하기보다 쉽다. 심지어 술집에서 마약을 타 먹이기가 예사다.

-그 집 술을 먹으니까, 기분이 좋더라고.

-술이야 기분 좋아지라고 마시는 거 아냐?

-아니야. 한 잔 담갔는데, 대번에 기분이 좋아지더라고.

이 정도면, 술집에서 마약을 술에 타 먹였다고 봐야 한다. 그래야 술손님이 계속 드나들 테니까. 그렇게 해서 마약중독자 된 사람이 한둘이 아니다. 요즘에는 노골적으로 마약을 찾는 손님들도 있다.

나는 우선 마리후아나를 입에 물고 빨았다. 비로소 살 것 같았다.

마리후아나를 빨며, 수저에 히로뽕을 얹고, 촛불에다 녹였다. 녹인 물을 주사기로 옮겨, 고무줄로 팔을 묶고, 혈관을 찾아 찔렀다.

고무줄을 풀기가 무섭게, 전신의 세포가 기다렸다는 듯이 날고 뛰기 시작했다.

하늘이 붉었다. 천지가 꽃밭이었다. 나는 옷을 하나하나 벗었다.

팬티까지 벗자, 완전히 맨몸이었다. 이윽고, 등에서 날개가 돋기 시작했다. 날개는 점점 커져, 공작의 깃털처럼 펼쳐졌다. 나는 붉은 하늘로 날아올랐다. 아름다웠다. 석양의 빛기둥 사이를 헤집었다. 천사들이 하늘에서 내려왔다. 건강하고 잘생긴 천사들이, 내 주위로 몰려왔다. 그들이 나를 안았다. 그들이 나의 나신을 쓰다듬었다. 나는 그들의 손길에 내 몸을 맡기고 황홀감에 몸을 떨었다. 전신의 세포 한 가닥, 한 가닥이 환호하며 일어났다.

눈물이 쏟아졌다. 어디선가 들려오는 음악 소리. 천사의 입술이 다가왔다. 나는 천사의 입술을 받아들였다. 천사의 혀가 입속으로 들어왔다. 나는 천사의 혀를, 내 혀로 감았다.

천사의 손이 아래쪽을 쓰다듬었다. 천사가 내 몸 위로 올라왔다.

정사는 길었다. 점점 붉은 노을이 지기 시작했다. 어둠이 서서히 덮이기 시작했다. 나를 안고 있던 천사가, 나로부터 멀어져 갔다.

-안 돼!

갑자기 천둥이 치고, 저승사자들이 피 묻은 칼을 들고, 가루라를 타고 하늘에서 내려왔다.

-저년을 잡아라.

사자들이, 나를 향해 쏜살같이 달려왔다.

-아아악!

나는 비명을 지르며 눈을 떴다.

여기가 어딘가?

주위를 살펴보았다. 그러다, 소스라치게 놀랐다. 내 몸은 홀랑 벗겨져 있었고, 역시 홀랑 벗은 하네코가 게거품을 물고 늘어졌는데, 그녀의 손이 내 아랫도리에 얹혀 있었다. 나를 황홀하게 했던 천사는, 하네코였던 모양이었다.

으억!

갑자기 구토가 솟구쳐 올랐다.

잠시 후에야 알았다. 그게 구토가 아니라 내 가슴에서 터져 나오는 비명이었음을.

삶 속을 흐르는 모호한 음률

1

　거리는 한산했다. 왕 삼촌이 살다시피 하는 막걸릿집의 불도 꺼진 지 오래였다.

　주인 언니가 또 왕 삼촌을 찾아오라고 성가시게 굴었으므로, 그 집으로 가보았다. 그렇지 않아도 궁금하던 참이었다.

　가보니 장사하고 있었다. 저번처럼 문을 열고 곧장 들어가려다가 그만두었다. 어쩌면 튀기가 있을지도 모른다는 생각이 들었기 때문이었다.

　술집으로 돌아오려다가, 들어가면 또 주인 언니가 성가시게 굴 것 같았다. 에라 모르겠다 싶어, 애들이나 불러내려고 전화하는데, 문득 보았다. 머리가 구불구불하고 유난히 눈썹이 까만, 훤칠한키, 반듯한 이목구비, 어딘가 색향이 묻어나는 입술……. 건널목이 었다. 사람들이 파란불을 기다리고 있었는데, 그녀는 정갈하게 생긴 소녀 뒤에 서 있었다.

나는 과일가게 전봇대 뒤에 몸을 숨기고, 그녀를 쏘아보았다. 그녀가 어린 소녀의 엉덩이로 바짝 다가들며 주위를 살피다가, 나와 눈길이 딱 마주쳤다. 그녀가 당황하는 빛도 없이 생긋 웃었다. 그웃음을 보는 순간, 심장이 딱 멈추는 것 같았다. 가슴이 갑자기 두근거렸다. 이건 아니라는 생각이었다. 역시 튀기가 틀림없었다. 동성애자라는 생각이 들었다. 맞다. 그렇다는 생각이 들었다.

그녀가 소녀를 따라 네거리를 건넜다. 나도 모르게 그녀를 따랐다. 계속 소녀를 따라갈 줄 알았는데, 그녀가 시장통으로 빠지는 골목을 돌아, 모서리에 있는 김밥집으로 들어갔다.

밖에서 안을 들여다보았더니, 그녀가 구석 자리로 가 앉아 음식을 시키는 것 같았다.

잠시 후 그녀 앞에 김밥이 놓였다. 그녀가 밖을 흘끗 살피다가, 김밥을 먹기 시작했다.

나는 문을 열고 안으로 들어갔다.

김밥을 먹던 그녀가 다가서는 나를 멍하니 쳐다보았다.

-앉아.

멍하니 나를 쳐다보던 그녀가 말했다. 음성이 생긴 것에 비해, 약간 투박하다는 생각이 들었다.

-먹겠니?

자신 앞에 가져다 놓는 김밥을 내려다보던 그녀가, 내게 물었다.

튀기가 분명하다는 생각이 다시 들었다.

 -도오시타데스카(왜 그랬어요)?

 나도 모르게 일본말이 나갔다.

 -사아, 도오시테다로오(글쎄, 왜 그럴까)?

 일본말이 의외로 유창했다. 내가 왜 그랬느냐고 묻는데, 그는 왜 그럴까? 하고 눙치기까지 한다. 꼭 자신에게 하는 말 같았다.

 이 사람 뭐야?

 하고 생각하는데, 그녀가 잠시 나를 눈부신 듯 쳐다보았다. 그러다가 빙긋이 웃는 것 같더니 그대로 일어나 백을 들고는 김밥집을 나가버렸다.

 나는 그녀가 문을 열고 나가면서, 종업원을 향해 던진 지폐가 반으로 접혀 계산대에 떨어지는 것을 보았다.

어허둥둥 어허둥둥

1

이리 보아도 내 사랑 저리 보아도 내 사랑

내 사랑이지 내 간간이지

둥둥둥둥 어허둥둥 내 사랑

네가 무엇을 먹으랴느냐

네가 무엇을 먹으랴느냐

둥굴둥굴 수박 웃봉지 떼띄리고

강릉백청(江陵白淸) 다르르 따라

썰랑 발라버리고 붉은 점만 가려

그것을 네가 먹으랴느냐

아니 그것도 나는 싫어

어둥둥 내 사랑이야

주인 언니의 노랫가락 소리를 듣다가 지겨워, 언니들과 소줏집으로 갔다. 이상하게 손님들이 사주는 술은 맛이 없다. 어설픈 주인 언니의 소리를 듣고 앉았으면, 술맛이 나다가도 가셔버린다. 어떤 땐 단숨에 불러 젖히는 소리가 그럴 수 없이 곡진하다가도, 윤방자 여사의 소리처럼 맺고 끊고가 분명치 않아 어설플 때면, 아직도 수련이 덜 되어서 그런가 싶기도 하다. 맺히고 풀리는 곳이 분명해야 할 것 같은데, 꼭 서툰 글을 읽어대는 것 같아 술맛이 날 리없다. 매상을 위해 들입다 퍼먹지만, 눈치를 봐가며 쏟아버린다. 어쩌다 손님에게 걸리면, 계집애들이 몸 생각한다며 욕질이지만, 문을 닫을 때면 우리는 술이 고프다. 포장마차로 몰려가 소주를 몇 잔 넣어야 기분이 좀 풀린다. 우리는 그 술을 시마이주라고 한다.

술집을 나와, 애들과 어울려 번화한 거리로 나갔다. 이리저리 돌아다니다 보니, 어느새 우리는 젊음의 거리로 유명한 신촌까지 진출해 있었다. 젊은이들이 가장 많이 모이는 곳이다. 젊은이들의 거리답게, 미국에서 수입한 옷을 파는 상가가 많다.

에라, 모르겠다 싶다. 마침 술집이 쉬는 날이니, 농땡이나 치자.

농땡이를 치기로 한 이상, 휴대폰을 껐다. 잠시 후면 주인 언니의 걱정스러운 음성이 들려올 것이었다.

삼일 타워 뒤편으로 들어가면, 술집들이 쭉 들어서 있다. 어딘가 정리되지 않은 이곳의 풍경을 보고 있으면, 이상하게 홍대 거리가 떠오른다. 배가 출출해 거리로 나가면 더욱 그렇다. 거리에는 저렴한 술집과 포장마차식 노점상이 줄지어 있다. 한국의 대표적 먹거리를 한자리에서 즐길 수 있다. 입장료도 받는다. 입장할 때 주는 통행권만 있으면 어디에서나 물건을 살 수 있다. 물건값은 건물을 나갈 때 일괄 정산하면 그만이다. 그래서 홍대 앞 클럽데이가 여기만 오면 생각나는지 모를 일이었다.

확실히 이곳이 더 난잡할 것 같은데 그렇지 않다. 술집에 들어가도 홍대 거리와는 딴판이다.

−이랏샤이마셍.

일본인이 하는 술집으로 들어가자 즐거운 인사.

맛있는 음식들.

주로 맥주와 사케를 섞어 얼음을 둥둥 띄워 먹지만, 그건 초벽 칠 때고, 술이 들어가기 시작하면 우리는 그만 촌스러워지고 만다.

−홍대 앞으로 가자.

−야, 오늘이 금요일이지? 티켓 한 장이면 홍대 곳곳의 클럽을 원하는 대로 드나들 수 있다.

내가 소리치자, 하네코가 물었다.

홍대. 홍대 앞. 꼭 무정부 상태의 자유와 혼란 속에 빠진 것 같은 거리. 차와 인파가 뒤섞여 뒤범벅된 거리.

그 거리에 서면, 교토의 산조(さんじょう, 三条) 로타리가 떠올랐다. 교토의 젊은이들이 모여 즐길 수 있는 현대적 공간. 활기차고 다채로운 활동이 가능한 곳. 그런 면에서 신주쿠(しんじゅく, 新宿)

토요코키(とようこき, 豊国)가 부럽지 않았다. 신주쿠에서 매주 토요일마다 개최되는 코피스쇼콘(コフィスショ—コン)에 가본 적이 있었다. 다양한 코피스(コフィス)팬들이 모여 코피스 콘텐츠를 즐겼다. 그러나 교토 산조는 그에 못지않게 전통과 젊음이 공존하는 거리였다. 산조 로타리가 우리들의 놀이터였다. 나이도 몇 살 먹지 않은 것들이 모여 파파카츠(パパ活) 즉 나이 든 중장년 남자들에게 접근해 꼬리를 흔드는 것이다. 그렇게 돈이 생기면, 옷을 사 입고 술을 먹고, 그러다 오차야로 들어가면 노슨이 매를 들고 기다리고 있었다.

홍대 거리로 들어서기가 무섭게, 여기저기 서 있던 서양 남자들이, 노출 일색인 여자들을 향해 대놓고 환호성을 질러 댄다.

-야 오늘이 클럽데이라더니 정말이네!

벌써 술이 된 누군가가 그렇게 소리쳤다.

내가 날짜를 꼽아보니 맞다.

-우와, 오는 날이 장날이라더니…….

그렇게 환호성을 질러대면서 웃어댔다.

오늘, 오늘만은 홍대 지역에 있는 대부분의 클럽을 자유롭게 이용할 수 있다. 개성과 문화해방구를 상징하는 곳. 클럽데이는 바로 우리들의 크리스마스라고 할 수 있다. 클럽데이를 즐기기 위해선 각기 1만 5천 원이란 돈이 필요하다. 1만 5천 원만 내면 놀이공원의 자유이용권 격인 이용권이 주어진다. 그러면 모든 준비는 끝난다. 우리는 지정된 클럽을 마음대로 돌아다니며 즐길 수 있다. 생각만 있다면 다양한 음악을 입맛에 맞게 골라 춤을 출 수가 있다.

나이 제한이 있었으므로 하네코와 미코는 가발을 쓰고 분칠을 떡칠해, 미성년자란 생각이 들지 않도록 하는 것이 요령이다. 문제는 언제나 코네이였다. 청윗도리와 청바지 차림이었는데, 얼굴이 작고 희어서인지 나이티가 나지 않는다. 거기다 머리까지 단발.

-미용실부터 가자.

우르르 미용실로 몰려간다.

순진한 우리 코네이 짱.

-왜?

하고 코네이가 묻는다.

-야, 미성년자 냄새가 풀풀 나는데, 누가 받아줄 거 같냐.

-어쩌게?

불안한 음성으로 코네이가 내게 묻는다.

-암튼 가.

우리들은 가까운 미용실로 간다.

-애, 아줌마 머리. 빠글빠글 볶아주시무니다.

나의 주문에, 미용사가 빙긋 웃었다. 말을 알아들었다는 표정이었다.

-라면 파마?

너무했다는 듯이 코네이가 내게 묻는다.

-싫어.

코네이가 도망가려는 자세를 취한다.

-그래. 넌 빠져라.

내가 말한다.

코네이가 멍하니 나를 바라본다. 빠지기는 싫다는 표정이다.

-내일 풀면 되잖아. 드라이로 풀어.

그제야 코네이가 미용실 의자로 가 앉는다.

우리들은 코네이의 머리를 말 때까지 잡지를 뒤적거리며 기다리다가, 머리가 다 말리자, 인근 소줏집으로 간다.

-마즈 시타지카라 하지메요(まず下地から始めよう).

초벽(초벌)부터 치자는 생각에 내가 말했다.

우선 소주 한 병씩을 비운다.

미용실로 다시 돌아가 코네이이의 머리를 풀자, 하네코가 킥킥 웃었다.

-와, 아줌마가 따로 없구나.

나는 나이가 더 들어 보이게 입술에 립스틱을 아주 붉은 색으로 덧칠한다.

-가자.

우리는 힘차게 거리로 몰려 나간다. 보통 밤 11시에서 새벽 2시가 피크 타임(Peak Time)이다.

킹카를 꾀려면 일찍 설치는 것도 괜찮다. 물론 한산해서 춤을 추려면 조금은 쑥스러울 수도 있지만, 괜찮은 애들, 그러니까 혼자 조용히 음악 들으며 클럽을 즐기는 귀공자들은 그 시간대에 클럽을 출입한다.

우리들은 병맥주 하나씩을 들고 돌아다닌다. 우리들이 찾는 귀공자들이 보이지 않는다. 더러 어색한 폼을 잡고 앉은 애들도 있었지만, 마음에 쏙 드는 애가 없다.

어느덧 자정이 넘어가고 있다. 자정이 넘었는데도 유명 클럽 앞에는 입장을 못 한 애들이 장사진을 이루고 있다. 이제 귀공자 찾기는 틀린 것 같다. 여대생으로 보이는 애들이, 외국인 사내들에게 추파를 던지며 돌아다닌다.

외국인이라도 꼬시자는 말이 나온다. 나는 싫다고 한다. 흰둥이들은 장래가 없다. 그날로 모델로 직행해야 하기 때문이다. 흰둥이들은 그게 상식이라고 생각하고 있는 족속들이다. 이곳에 오는 여대생 대부분은 자신들에게 지독한 호감을 느끼고 있다고 생각한다. 천만에. 몇 마디 대화만으로 클럽 안과 밖에서 눈을 맞춰 사라지는 애들이 있긴 하지만, 그렇게 만만하지 않다. 그녀들은 알고 있는 것이다. 촌스러운 한국 사내들보다는 외국 애들의 깨끗하고 화끈한 매너. 춤을 출 때도, 섹스할 때도, 외국 애들은 자신들을 배려해 준다고 생각하지만, 천만의 말씀이다. 영어 배우려고 몸 준다는 얘기는 옛말이다. 그런 말을 했다가는, "개쩌는 소리 하고 나자 빠졌네."라는 말과 함께 따귀를 얻어맞을지도 모른다. 따질 거 다 따지고 안녕히 갑쇼다.

나중에야 이러다가는 공치겠다는 말들이 나온다. 에라, 모르겠다 싶어 춤을 추면서 흰둥이들에게 대시해 본다. 받아들이는 애가 없다. 우리들이 여대생이 아니라는 것을 느낌으로 아는 것이다. 흑인들마저도 한심하다는 투로 바라본다. 여대생으로 보이는 애들은 외국인과 몸을 비벼대다가, 대부분 홀을 빠져나간다. 외국인들 여대생들 만만하게 봤다가는 바가지 온통 쓴다. 외국인이 싫은 애들은 거침없이 몸을 흔들어 털어낸다.

-여기가 양키들의 나라야? 개쩌는 한국이야?

하네코가 앙탈을 부리듯 말한다.

-양놈들의 싸구려 파티문화와 한국의 썩어가는 대학가 문화가 개지랄을 하는 것이지.

-그러니까 잡종이 판을 치는 세상이 되어버린 거란다.

내가 킥킥거리며 말한다.

-저 흰둥이 자식 봐. 생긴 건 꼭 비쩍 마른 메뚜기 뒷다리 같은데, 정력은 좋게 생겼다. 배짝 말라빠진 게. 저런 놈이 정력 덩어리라니까.

미코가 말한다.

-푹 고우면 한 서너 근밖에 안 나가겠다. 어찌나 말라비틀어졌는지.

내가 킥킥거리며 말한다.

시비가 붙었는지 갑자기 홀 안이 시끄러워진다. 흰둥이 2명이 술에 취한 여대생을 서로 데려가겠다고 치고받고 난리가 아니다. 흰둥이들이 그들을 둘러싸고 주먹을 흔들며 싸움을 부추기기 시작한다.

-어, 저기 백 있네. 수색 좀 하자.

우리들은 술집을 나와 히타치 뒤편으로 몰려갔다. 누가 먼저 가자고 앞장선 것도 아니었다. 술집으로는 가기 싫고, 주머니에 돈은 없고, 그럼, 술값이라고 어떻게 장만해야 하기 때문이었다. 주로 일본 술집 옆에는 손님들을 유혹하는 창녀들이 있기 마련이다. 그래서 독한 술을 파는 곳이 여러 군데 있다. 주로 창녀들을 끼고 남자들이 출입하는 곳이다. 술집 매미가 본토박이 창녀의 주머니를 노리고, 입성히는 것이다.

술집으로 몰려가 동태를 살폈다. 사케를 마시며 기다리다가, 술에 취해 몸을 가누지 못하는 창녀를 물색해 놓았다. 살펴보니 감시카메라(CCTV)가 허술하다. 카메라가 없는 곳에 마침 앉아 있다. 하네코가 다가가 농을 걸고 술을 더 먹였다.

술집을 나가기가 무섭게 창녀가 쓰러졌다. 코네이가 감시카메라를 막아섰고, 하네코가 살그머니 창녀의 검은 악어가죽 가방을 품속에 숨기고 먼저 사라졌다. 화장실로 몰려가기가 무섭게 안을 뒤져보았다.

-쌍년, 오늘 수입이 그런대로네.

백을 열어보던 코네이가 입을 벌렸다.

-카드와 수표는 손대지 말고 현금이나 챙겨.

내가 말했다. 하네코가 현금을 챙기고 백은 던져버렸다.

새벽까지 술자리가 계속됐다. 클럽을 빠져나오자, 어디선가 갑자기 사이렌 소리가 들려왔다. 또 사고가 난 것이다. 119 구급대.

저만큼에서 119 구급대원의 등에 업혀 소녀티가 가시지 않은 여자애 하나가 희멀건 허벅지를 내놓고 업혀 나오는 게 보였다.

-야, 더 마시자.

하네코가 조금 전에 턴 가방 속의 돈을 툭툭 치며 말했다.

-그러지 말고 소줏집으로 가자. 소주를 마셔야 한다니까.

내가 말했다.

입가심의 마지막 코스인 소줏집. 24시간 장사한다는 그곳도 이미 만원이다.

　삼십 분을 기다려 어떻게 방을 하나 얻어, 사케와 소주와 안주를 시켜놓고 마셨다. 사케 다섯 병. 소주 두 병을 병째로 마시고 나자, 그제야 살 것 같았다.

　술기운이 퍼지자, 몸이 붕붕 뜨기 시작했다. 나는 약을 꺼내 술에 탔다.

　-어쩌려고 그래?

　하네코가 나를 잡았다.

　-쥐약인 거 몰라. 뒈져 이년아.

　코네이가 말했다.

　-놔둬라. 미친 세상, 미쳐 죽어버리게.

　약을 탄 소주 한 병을 마저 비우고 비스듬히 누웠다.

　-또 난리 나게 생깃네.

　하네코가 중얼거리며, 걱정스러운 눈길로 나를 내려다보았다.

　나는 눈을 감아버렸다.

　왕 삼촌이 가고 있었다. 주인 언니가, 튀기가 가고 있었다. "어이 튀기." 하고 내가 부르자, 그녀가 돌아보았다. 어? 아! 그렇지. 그러다가 준 오빠를 찾았다. 준 오빠의 모습을 쉽게 찾을 수가 없었다. 준 오빠, 준 오빠, 그러다가 준 상, 준 상, 어딧으모니까? 그러면서 나는 동백나무가 있는 섬 주위를 돌며 그를 찾았다. 여전히 그의 모습은 보이지 않는다. 그제야 개자식은 절대로 내가 약에 취해 있을 때만은 찾아오지 않는다는 생각이 들었다. 계속 몸이 붕붕 떴다. 거리의 사람들이 보였다. 수많은 사람들. 그들은 발이 없었다. 그들은 날아다니고 있었다. 차들이 하늘로 붕붕 떠다니고, 여기저기 꽃들이 아름답게 피어 있었다. 꽃밭 속을 뒹굴었다. 뒹굴다 보니 튀기가 곁에 있었다. 튀기는 나를 한참 노려보다가, 일어나 어디론가 가버렸다. 나는 따라가야 한다고 생각하면서도, 일어날 수가 없었다. 손만 허우적대다가 그대로 꽃밭에 드러누웠다. 이번엔, 곁에 꽃보다도 아름다운 사내 하나가 누워 있었다.

나는 사내 가까이 다가갔다.

사내가 다가간 나를 안고 내 한쪽 가슴을 만지다 말고 내 눈을 유심히 보았다.

-뭐야?

사내는 분명히 내 눈을 보며 그렇게 말했다.

-뭐긴 뭐야.

나는 알 것 없다는 듯이 퉁명스럽게 대답했다. 가슴이 칼을 맞은 듯이 아파왔다. 이 자식이 가슴이 외짝이라는 걸 안 것이다.

-시발.

나도 모르게 욕설을 씹어 물었다. 사내를 죽여버릴 듯이 노려보았다. 그러자 사내가 벌떡 일어나더니 그대로 가버렸다.

-가지 마!

내가 외쳤지만, 사내는 뒤도 돌아보지 않았다.

나는 괜히 슬퍼져서 무릎 사이에 얼굴을 처박고 울었다. 엉엉 울었다.

그때 가수의 노랫소리가 들려왔다.

얼마나 울었는지 몰랐다.

-야, 게이코, 게이코 이년아!

누군가 마구 흔드는 바람에 어떻게 정신을 차렸다.

유리창 밖은 어느 사이에 해가 떠올라 있었다.

나는 후딱 눈물을 훔쳤다.

-너 정말 약만 하면 왜 울고, 지랄이니?

하네코가 일어나며 지껄였다.

-몇 시야?

내가 물었다.

-해 떴다.

하네코가 짤막하게 대답했다.

약 기운 때문에 어느 사이에 몇 시간이 한순간에 흘러가 버렸다는 생각이 들었다. 약에 취해 있었을 때 보았던 사내의 얼굴이 떠올랐다.

카악.

상상 속의 사내가 누군지 알 수 없었지만, 나는 올라채는 가래침 씹어 뱉었다.

-왜 그래?

코네이가 눈을 크게 뜨며 말했다. 그녀는 그러는 내가 이상한 모양이었지만, 내가 보기엔 그녀도 약 기운이 아직 남아 있는 것 같았다. 눈이 풀려 있었고, 입술 사이로 침이 흘러내리고 있었다.

그 모습을 보자, 나는 상상 속의 사내가 다시 생각났다. 통 기억에 없는 사내였다. 약을 할 때마다 가끔 그런 사내들을 보고는 했지만, 정말 기억에 없었다. 언젠가 몹쓸 짓을 당하고 나서부터 자주 보이는 사내들의 환영 중 1명이 분명했다.

일본에 있을 때, 종일 손님이 없어서 15살 먹은 것이 처음으로 거리에서 사내를 꾀어서 여관으로 데려갔다. 거리에서 꾀는 대학생들은 디제이 바에서 디빠 보이 짓이나 하는 사내들과는 달라서 순진한 면이 있었다. 디제이 바에는 이제 20살 정도의 애들이 디빠 짓이나 하는 곳인 줄 알지만, 사실 그런 또래의 여자들도 수없이 많다. 여자애들은 보통 열다섯에서 18살 정도다. 13살, 12살 먹은 애들도 있다. 손님들은 영계가 아니면 상대도 안 하려고 한다. 그렇기에 업주들은 미성년자를 은밀히 숨겨놓고 밀실로 들여보낸다. 가끔 단속이 있지만, 이미 줄이 닿아 있어서 검문은 형식에 지나지 않는다. 20살만 넘어도 폐닭 취급을 받는 터라 20~23살만 먹어도 어떡하든 어리게 보이려고 온갖 애를 쓴다.

이제 나는 18살이고 그런 면에서 아직은 이지만, 얼마 안 있어 나도 폐닭 신세를 면치 못할 것이다. 소위 말해 그때나 지금이나 닭 찾는 세상이 아닌 것이다. 영계를 찾는 세상도 아니다. 차라리 계란을 갖다 바쳐야 한다. 이제 고등학교를 갓 졸업했을 사내애들, 그러니까 디빠들이 살이 피둥피둥한 여자들의 노리개라면, 어린 유조들은 남자들의 노리개다. 어쩌다 돈 있는 집 아들이라도 걸리면 술잔에 뱉은 침이라도 마셔야 한다.

그렇기에 대학생들은 우리의 구원자들이다. 그들은 우리들이 더블유 씨라는 사실을 꿈에도 모르기 때문이다.

우리들은 주로 낮에 헌팅에 나서는데, 그날따라 일진이 더러웠다. 놀이방으로나 가려다가 괜찮은 애가 눈에 걸리기에 헌팅을 했는데, 제기랄, 진짜 제기랄이었다. 그날 나는 대학생에게 모욕적인 일을 모질게 겪었다. 대학생이라고 생각했는데, 소위 논다이라고도 하고, 디빠 보이라고 하는 길거리 놈팽이에게 걸리고 말았다. 그러니까, 그 역시 학교도 가지 않고 길거리나 방황하며, 어디 킹카나 없을까 하고 돌아다니던 백수였다. 그런 애를 어떻게 꾀어서 모텔에 끌고 들어갔는데, 막 옷을 벗었을 때 그가 내 유방을 똑바로 번갈아 보는 것이었다. 아무래도 내 유방 한쪽이 너무 징그러워 보였던 모양이었다. 술에 취해서 오히려 동정심을 유발할 줄 알았는데, "너 유방 한쪽이 왜 그래?" 하고 물었다.

-어릴 때 물에 데어서?

나는 속이 뜨끔했지만, 그렇게 말했다.

-에이 시발. 성형이라도 좀 하지. 김새게 뭐야.

그가 노골적으로 김샜다는 표정을 지었다.

왜 그때 갑자기 눈물짓는 어머니가 망막 가득 떠올랐는지 모른다.

-그래. 유방 하나뿐인 외짝이다. 어쩔래? 시발 놈아.

나는 목에 걸린 가래침을 내뱉듯 말을 뱉었다. 이제 15살 먹은 계집아이가 악에 받쳐 욕설을 내뱉은 것이다.

-재수 없어. 하필 외짝이야.

솔직히 그때 나는 그 자식을 죽이고 싶었다. 살인하고 붙잡혀 간 술집 언니가 이해되었다.

이래서 살인을 하게 되는구나.

나는 나도 모르게 병을 집어 들었다. 그때 보았다. 누군가 내 앞을 막아서는 사람을. 그것은 분명 나를 낳은 어머니의 모습이었다.

그 길로 병을 던져버리고 뛰쳐나오고 말았다. 그래도 정신을 못 차리고 여기까지와 오늘도 이렇게 돌아다니고 있으니.

물론 그렇지 않은 사람들이 없는 것은 아니다. 그래도 세상을 좀 산 사람은 외짝이라는 걸 알면서도 모르는 체해 주기도 한다. 바로 준 오빠 같은 사람들이다. 물론 그는 내 젖을 보지도 않았지만. 그러나 준 오빠와 같은 사람만 있는 것도 아니다. 그렇다고 감지덕 지했다가는 몸과 마음을 다 바쳐야 한다. 결국에는 화대를 깎거나, 조건 없는 서비스를 원하기 때문이다. 그날은 그냥 돌아갔다가도 다음에 찾을 때는 꼭 생색을 내는 것이 수컷들의 본성이다. 그래서 될 수 있으면 브래지어나 웃통을 잘 벗지 않으려고 한다.

-야, 내가 몰랐을 줄 알아. 접때부터 알고 있었어. 모르는 체했을 뿐이지.

-그래서요?

생색내는 손님을 향해 내 반응이 좋을 리 없다.

-그러니까…….

알아서 기라는 말이었다.

욕이란 욕은 다 동원해 한바탕 지랄을 떨어서야 일단락되지만, 주인 언니에게 뺨이라도 맞을 각오를 해야 한다.

그래도 속을 내보이지 않는 손님들이 황송하여 정성을 다해 서비스하면, 게거품을 물고 헐떡거리고 나서는 내게 묻는다.

-어땠어?

담배를 피우며 나는 그를 멀거니 바라본다.

-뭐가요?

-좋았어? 달콤했냐고?

이럴 때 제일 헷갈린다. 내가 손님과 한 몸이 되었을 때 정말 좋았던가, 달콤했던가, 헷갈리기 때문이다.

아무리 생각해도 좋았거나 달콤하지는 않았던 것 같았다. 손님은 저 혼자 암살이 나 씩씩거렸다는 기억이고, 그 몸이 무척 무거웠다는 기억 정도. 아니, 순간순간 머리에 쥐가 날 지경으로 이상한 느낌이 나를 사로잡기는 했었다. 하지만, 그 기억이 달콤하지는 않았다는 기억이었다. 어떻게 생각해 보면, 감미롭지 않았을까 싶지만, 무슨 사탕도 아니고 달콤했느냐니, 그렇게 묻는 손님의 의도를 알 수가 없었다.

그는 분명 자기 과장병 환자이거나, 좋은 것은 무조건 달콤하다고 생각하는 족속일 것이었다.

그런 생각이 들 때마다 이 생활을 그만둬야겠다 싶지만, 현실이 그런 나를 놓아주질 않으니, 참으로 미칠 지경이었다. 이러다가는 준 오빠마저 만나지 못할지 모른다는 생각이 들고는 해서, 거리에다 침이나 찍찍 갈긴다.

2
—

술집까지 어떻게 왔는지 몰랐다. 분명히 주인 언니의 타박이 심할 텐데, 각오하고 술집으로 들어섰더니 어랍쇼, 상황이 묘하게 꼬여 있었다. 술집이 엉망이었다.

주인 언니는 보이지 않았다. 주방 아주머니가 달려 나왔다. 어떻게 된 일이냐고 물었더니, 왕 삼촌이 기어이 일을 저질렀다고 했다. 왕 삼촌이 사흘이나 들어오지 않아, 주인 언니가 막걸릿집으로 찾아갔더니, 일이 제대로 벌어져 있더란다. 왕 삼촌이 막걸릿집 여자를 어떻게 꼬드겼던지, 그녀의 돈을 몽땅 빼내 노름하다가 털렸다는 것이다. 그 바람에 막걸릿집이 날아갔단다. 집세를 낼 돈이었는데, 그 집세와 전세금마저 저당 잡혀 노름 밑천으로 왕 삼촌이 썼다는 것이다. 그 바람에 막걸릿집 여자와 튀기가 갈 곳이 없어 술집으로 쳐들어와 있다는 것이다. 왕 삼촌에게 돈을 받을 때까지 물러가지 못하겠다고 한다는 것이다.

그래서 주인 언니가 술집 안을 박살 냈다는데, 막걸릿집 여자도 보통이 아니었다고 했다. 눈도 깜박하지 않고 오히려 술집을 내놓으라고 한다는 것이다. 더욱이 희한한 것은, 그녀를 달랜다고 막걸릿집 여자의 방으로 들어간 왕 삼촌이, 그녀와 그 짓을 하고 있더란다.

주방 아주머니가 달래는 방법도 각가지라며 킥킥 웃다가, 하기야, 달래는 데는 그 방법이 최고지 하면서 또 킥킥 웃었다.

주인 언니 방으로 들어가자, 머리를 싸매고 누워 있었다.

우리들을 보더니 획 하고 돌아누워 버렸다. 불난 집에 부채질하는 것 같아 돌아 나오려다가, "언니, 괜찮아요?" 하고 등 뒤에 가 앉았더니, 어깨가 들썩거렸다.

-언니 울어요?

그제야, 주인 언니가 돌아누우며 나를 쳐다보았다.

-내가 살다 살다 별일 다 겪는다. 이 일을 어찌하면 좋아 그래. 이혼할 수도 없고……. 이혼하자니까, 이혼하고 저년하고 붙어살 거란다. 뭐 나 같은 년을 모를 거라나. 아이고, 무슨 말인지. 오죽 했으면 제 어밀 잡아먹었을까.

왕 삼촌.

옛날에 잘나가던 집의 아들이었다는 것은 알고 있다.

왕 삼촌이 그 좋은 재산 노름으로 다 말아먹었을 때, 아흔의 노 모는 눈물을 흘리며 늘상 한숨지었다.

-내가 지은 죄가 많아서…….

옛날 같으면 그런 말이나 할 할머니가 아니었다. 지금은 돌아가 셨지만, 할머니는 그때 이미 왕 삼촌을 자식으로 생각하고 있지 않 았다. 처녀 때는 게이샤 술집에서 허드렛일하며 보냈고, 나중에는 게이샤 집을 차려 돈을 벌었던 사람이었다. 할아버지는 그때 만났 다고 한다. 할아버지는 대판 천석꾼의 아들이었고, 난봉깨나 부리 던 사람이었다. 요즘도 주인 언니의 늙어 짓무른 함정처럼 깊은 눈 을 보고 있으면, 과연 무슨 생각을 하고 있는지 모르겠다는 생각이 들 때가 있다. 시어머니 수발을 죽을 때까지 군말 없이 했던 주인 언니였다.

-할아버지는 어떤 사람이었어요?

하고 어쩌다 내가 물으면 주인 언니는 언제나 그랬다.

-좋은 분이었다.

주인 언니가 찬밥이라도 먹을라치면, 꼭 반은 덜어가고 거기다 자신의 따뜻한 밥을 덜어주던 양반이었다고 했다. 귀가 시간이 조금만 늦어도, 문밖에 나와 헛기침하며 기다리던 사람이었다고 했다.

주인 언니가 지어낸 말일지도 모르지만, 왕 삼촌은 그 할머니 아들답지를 않았다. 할머니가 모은 그 많은 재산 다 주색과 도박에 날리고, 제 버릇 개 못 준다고 나이를 그렇게 먹었어도 백구두를 번쩍번쩍 닦아 신고, 창녀들이나 술집 여자나 끼고 다니며 거들먹거렸다. 그러다 이제는 튀기의 어머니를 집으로 끌어들였다.

언니의 방에서 나와서야, 튀기의 어머니는 튀기를 20살에 낳았다는 것을 주방 아주머니에게서 들었다. 내가 주인 언니와 말을 나누는 사이, 주방 아주머니들은 튀기의 어머니 방으로 들어가 있었던 모양이었다.

-남편이 영국인이었다고 해. 튀기를 낳고, 그 남자는 교통사고로 죽었다고 하네.

-이름이 뭐래요?

-딸?

-네.

-군스라던가.

-군스? 여자 이름 같지 않네요.

-그러게.

-딸은 지금 어딨어요?

-딸도 보통이 아냐. 룸 하나 차지하고 누웠다니까.

나는 딸이 있다는 방으로 가보았다.

노크를 하고 문을 열자, 정말 튀기가 거기 있었다. 누워 있다가 고개만 돌려 나를 바라보았다. 꼭 제집처럼 평안한 얼굴이었다.

가슴이 처르르 무너졌다. 이상하게 주눅이 들었다.

나를 추행했던 여자였다. 그런데 왜 주눅이 드는지 모를 일이었다.

-내 이름 게이코야. 이름이 군스라며?

돌아서려다가 물었다.

그가 입꼬리를 꼬고 웃다가 간단하게 대답했다.

-맞아. 군스(Goons).

-군스. 뭔 이름이 그래? 군수?

-흥. 영원히 해가 지지 않는다는 영국 제일의 그룹 군스가(家)를 모르다니.

그가 비웃듯이 말했다. 역시 뻔뻔한 얼굴이었다.

-그러니까 그대가 영국 군스가의 자손이란 말이네?

그가 웃기만 했다.

신의 악액

1
—

막걸릿집 여인이 술집으로 들어온 지도 닷새가 지났다. 군식구가 늘어서인지 장사가 되질 않았다. 언니들이나 내 또래의 애들은 술집 꼬라지 잘되어 간다며, 벌써 교포가 하는 술집으로 전화질이었다.

그런데 어제였다. 언니가 보자고 해 방으로 들어갔더니 또 이상한 말을 했다.

-그 애가 또 왔더라.

가슴이 쿵 하고 내려앉았다.

그 애?

준 오빠다, 하는 생각이 들었다.

주인 언니가 올연히 나를 올려다보았다.

-무슨 일이 있는 거냐?

-무슨 말이에요?

-너 애들한테 그놈한테 시집갈 것이라고 늘 말하고는 했다매.

준 오빠가 틀림없었다.

-또 왔어요? 준 오빠가?

-도대체 그놈이 갑자기 왜 널 찾는지 모르겠구나. 너들이 그래도 되는 거냐?

무슨 말이냐는 듯이 주인 여자를 내려다보았다.

-뭔 소리래요?

-뭔 소리? 그러니까 그놈을 만났다, 그 말이냐?

-아니요.

-그런데?

왜 그놈이 또 널 찾느냐 그 말인 것 같았다.

나는 고개를 내저었다.

-못 갔어요.

-그런데 그놈이 또 왔다?

-정말 한번 만나봐야 할랑가 봐요.

-뭐라고?

주인 언니가 어이없다는 듯이 나를 쳐다보았다.

-아니, 그게 네년에게서 나올 말이냐?

-왜요?

그제야 주인 여자가 아차 하는 것 같았다. 그녀는 무슨 말을 하려다가 입을 다물어 버렸다.

-언제 내가 그 사람과 살림이라도 차린다고 했어요?

-그런데 그놈이 왜 또 찾아와?

나는 눈을 감았다.

-그럴 순 없는 거다.

그렇게 말하고 주인 언니가 혀를 쩝 찼다.

이 여자가, 싫었다.

다시 잠을 이루지 못하는 이틀이 지났다. 언젠가, 한번은 만나야
할 사람인데, 가서 만나볼까 싶었다.

그래도 이런 몸으로는 싫었다. 옛날 어머니가 사랑했던 사람의
아들. 그 사람을 만난다? 그게 왜 싫었다. 이제 준 오빠를 만나지
못할 이유가 없었다.

그걸 모를 주인 언니가 아닐 텐데…….

2
_

준 오빠를 생각하느라 닷새 동안 나는 겨우 군스라고 하는 여자
의 얼굴을 두 번 보았다. 홀과 방을 오락가락했을 뿐이었다.

희한했다. 왕 삼촌의 뻔뻔함. 왕 삼촌은 얼굴 두껍게 아예 막걸
릿집 여자 방에서 살았다. 주인 언니가 눈을 뒤집고, 화장실에서
똥물을 퍼 와 두 사람이 자는 방에다 던졌다.

그러자 이번에는 막걸릿집 여자가 똥물을 대야에 담아, 주인 언니 방에다 던졌다. 두 사람이 머리를 잡고 싸우다 지쳐서야 술집은 조용해졌다. 경찰이 출동했지만, 고개만 내젓고 가버렸다.

그 바람에 언니 몇이 떠났다,

그날 알았다. 고작해야 군스가 나보다 2살 위였다는 것을. 그래 맞먹자고 작정하고 그에게 다가갔다.

-싸우는데, 말리지도 않고 뭐 하는 사람이래.

-싸우려고 들어왔는데, 싸워야지. 돈만 주면 있으라고 해도 있지 않아. 야, 너 18살이라며? 왜 말을 놓고 지랄이야?

-너도 말 놓잖아.

-그렇다고 맞먹냐?

-마음대로 하셔.

그가 그렇게 말하자 갑자기 속이 뒤틀렸다.

-꼴에. 야, 이 나라에는 군(郡)에 군수(郡守)는 있어도 군스는 없다. 어디 술집 자식 주제에 남의 나라 귀족 행세하려고. 웃기셔.

말은 그렇게 하면서, 그의 눈치를 살폈다. 그래도 위라고 한 대쥐어박을지 모른다는 생각이 들었기 때문이었다.

다행히 그는 히죽 웃고 말았다.

그날 알았다. 그의 어머니, 그러니까 그의 어머니는 그래도 술장사하며 자기 삶을 성실하게 꾸려나가던 사람이었다. 세상을 너무 몰랐다고 할까. 그녀는 남의 나라를 돌면서도, 제 자식에게 고국말을 성실하게 가르칠 만큼 의식 있는 여자였다. 그리고 착실한 크리스천이었다. 그런 사람이 술장사하며 모질어지더니, 어떻게 왕 삼촌 같은 사람을 만났는지 이해가 되지 않는다고 했다. 일본에서도 술장사했는데, 일본어는 그때 배웠다고 했다.

　-아주 국제적으로 놀았네?

　내가 빈정거리듯 놀리자, 그가 웃었다.

　일은 그날 터졌다. 왕 삼촌이 갑자기 군스가 있는 방으로 들어와, 인사를 하지 않는다며 시비를 걸더니, 그를 패기 시작했다.

　정확히 말해 그날부터 왕 삼촌의 이해 못 할 매질과 욕설이 시작됐다.

　왕 삼촌의 횡포가 극에 달할 때면, 나는 말릴 엄두도 못 내었다.

　정확히 그때부터였다. 얻어맞기만 하는 튀기가 불쌍했다. 그래, 그의 상처를 어루만지고 약을 발라주고는 했는데, 그러고 나면 튀기와 나는 달빛이 비쳐 드는 창가에 누워 있곤 하였다. 튀기의 가슴을 베면, 왕 삼촌의 악에 받친 고함도 들려오지 않았다. 이상한 일이었다. 정말 이상한 일이었다. 튀기는 말 없이, 내 머리를 안았고, 그러던 어느 날, 아주 자연스럽게 우리는 하나가 되었다. 그는 내 하나뿐인 유방이 더 관능적이라고 했다. 그 사연을 듣고는 더 사랑스럽게, 젖꼭지가 달린 볼품없는 젖무덤을 쓸어보았다.

　나는 그런 그가 정말 사랑스러웠다.

　아아, 이 사랑이 영원하기를.

　우리는 서로의 신체를 탐험하듯, 달빛 속에서 서로를 그렇게 의식하고 있었다. 어떤 동질감에 몸을 떨며.

　이불을 들치고 잠시 그의 얼굴을 보았을 때, 그는 눈을 감고 있었다. 입술을 떨고 있었다. 그 입술을 손끝으로 만져보다가, 내가 입술을 포개자, 단내가 났다. 그래야 이제 준 오빠를 완전히 잊고 살 수 있을 것이란 생각이 들었다.

그렇게 작정해 버리자, 그 단내가 내 성욕을 모질게 자극했다.

그녀의 혀가 내 입속으로 들어왔고, 내 혀가 그 혀를 감았다.

긴긴 입맞춤.

그 입맞춤이 끝날 때까지, 나는 한 번도 이렇게 황홀한 입맞춤은 해본 적이 없었다고 생각했다. 그리고 내 못된 친구들, 그들도 이런 경험은 해보지 못했을 것으로 생각했다.

입맞춤이 끝나자, 군스는 솜털이 뽀얀 내 목덜미에 입술을 가져다 댔다. 그가 상의를 끌어 올려 잘록한 허리선과 배꼽, 그 배꼽 밑으로 일어선 둥근 아랫배, 그리고 가파른 언덕, 그 숲길······.

그의 혀가 허벅지 안쪽에 닿자, 내 몸은 상한 갈대처럼 떨었다.

나는 고통과 환희에 못 이겨 눈물을 흘렸다.

동성애라는 말이 그제야 눈물처럼 떠올랐다. 슈도(しゅうどう, 衆道)라고 해서 일본에 동성애가 용인되던 세월이 있었다. 에도 시대였다는데 사무라이 계층에서 남성 간의 연애가 흔했다는 것이다.

게이샤 수업을 받을 때 전통 예술인 가부키(カブキ, 歌舞伎)와 노(のう, 能)에서도 동성애가 묘사되어 있는 것을 보곤 했었다. 현재도 여전히 법적, 사회적으로 도전하고 있는 이들에 의해 동성애에 대한 인식이 점차 긍정적으로 변하고 있다고 했다. 그로 인해 많은 도시에서는 동성 커플을 위한 파트너십 증명서를 발급하고 있는 실정이라는데. 어쩌면 그 길을 가야 할지도 모른다는 생각을 하며 둘이 죽자고 붙어 헐떡거리던 어느 한순간, 튀기의 바짓가랑이로

손을 밀어 넣던 나는 기겁하듯 놀라고 말았다. 튀기의 아랫도리에
서 만져지는 빳빳하면서도 물컹한 그 무엇. 꼬챙이. 내 볼기를 뚫
을 듯했던 그 꼬챙이. 그것의 정체. 그제야 나는 선연한 깨달음에
눈을 뒤집었다.

  -이게 뭐야?

  -어어어…….

튀기가 순식간에 팬티를 끌어 올리며 치마로 덮었다.

나는 있는 힘을 다해 튀기의 치마를 들치고 팬티를 까 내렸다.

이게 뭐야!

허공을 향해 *끄덕거리고 있는 이것?*

뒤로 벌렁 나자빠진 것은 분명 나였다. 나는 한동안 멍하니 그것
만 지켜보고 있었다. 어이가 없었다.

내가 튀기를 향해 주먹을 쥐고 달려들었던 것은 한참이 지나서
였다. 그는 숨을 죽이고, 새우처럼 척추를 접고 웅크렸다.

나는 그를 향해, 죽어라 주먹을 날렸다. 죽이고 싶었다. 그는 맞
고만 있었다. 피가 터졌다. 그를 때리다 때리다 지쳐버린 나는 침
대를 내려서며 이빨을 갈았다.

  -드러운 새끼!

  -내가 드러운 새끼면 넌 드러운 년이다.

그가 웅크린 채 말했는데, 너무 유창한 일본어 발음이 더 고약했다.

  -치사한 놈. 여장하고 그 짓을 하고 있었다니. 왜 여자가 더듬으
니까, 의심을 안 하디?

큭큭큭 그가 웃었다. 입에서 피 한 줄기가 흘러내리는 것이 보였다.

-난 여자가 되고 싶었어.

웃다 말고 그가 허망한 어조로 말했다.

-그렇다고 사내새끼가 치사하게 여장하고 그런 짓이나 하다니?

-그렇게 해서 한 30명은 조졌을 거다. 아주 귀밑이 보송보송한 계집아이들로만…….

-미친놈!

-난 잘난 년들은 못 봐주겠거든.

-넌 인간도 아니야. 네 어미도 그렇고, 어떻게 사내새끼를 딸이라고 할 수 있는지.

-흥, 너만 모르는 거지.

-뭐라고?

-내가 엄마에게 말했거든. 네가 알게 한다면 집을 나가버리겠다고…….

-내가 알면 어때서?

-네가 아는 게 왠지 싫었거든.

나는 왠지라는 말이 이상하게 들려 뭐? 하고 물으려다가.

-그럼, 왕 삼촌은 안단 말이냐?

하고 물었다.

그가 고개를 주억거렸다.

-엄마가 말해버렸지.

그제야 알 것 같았다. 그를 미워하던 왕 삼촌의 증오심을. 왕 삼촌이 이유 없이 왜 그를 그렇게 패 조졌는지.

-신물이 나.

그가 혼잣말처럼 중얼거렸다.

－신물이 난다고?

나는 가소롭다는 듯이 그를 노려보며 뇌까렸다.

그가 눈을 뜨고 그제야 나를 쳐다보았다.

－내가 그렇게 증오스럽냐?

－개자식.

그가 흐흐흐 하고 웃었다.

－15살 나던 해였던가. 귀밑머리가 깨끗한 계집아이를 하나 사겼다. 좋은 학교에 다녔고 순수했다는 기억이다.

－시끄러. 개자식아.

－내 어머니가 술장사한다는 걸 알고는 뒤도 돌아보지 않더라. 그 후로 나는 이지메를 당했다. 그녀의 남자 친구로부터, 학교를 그만둬야 했고, 그러다 보니 이상한 버릇이 생기더라. 온실 속에서 귀하게 자란 것 같은 년만 보면 해코지하고 싶은 거야. 저년의 유방은 어떨까, 밑은? 그런 생각을 하면 살이 떨리고 심장이 오그라들고…….

－그런데 왜 하필이면 나였어?

나는 악을 썼다.

－그날, 내 앞에는 목덜미가 보송보송한 계집아이가 있었을 텐데?

－몰라. 내가 잘못 짚은 거지. 그 귀여운 것보다 네 모습이 훨씬 육감적이더라.

어이가 없었다. 허망한 웃음이 터져 나왔다. 한참을 웃다가 도저히 화를 참을 길 없어, "이 정신병자 새끼야." 하고는 이를 뽀드득 갈며 일어나 그를 덮쳤다. 이번에는 그도 맞고 있지만은 않았다.

그는 내 양팔을 잡았고 이내 몸을 돌려, 나를 처박듯 침대에 눕힌 뒤 걸터앉았다.

—이 시발년아, 그래도 그년들 내가 남잔 줄 알면 잘만 해대더구나. 너도 맛을 좀 봐야 할랑가 보다.

—이 손 못 놔.

—못 놓겠다.

—놓으란 말이야. 이 새끼야.

그의 얼굴이 그대로 내 목덜미로 내리박히듯, 덮쳤다. 나는 머리를 흔들었지만, 여려 보이기만 하던 그의 몸 어디에서 그런 힘이 나오는 것인지 나는 꼼짝할 수가 없었다. 그의 손에 그대로 치맛자락이 찢어져 나갔다. 브라탑이 벗겨지고, 그의 입술이 그대로 젖꼭지를 물었다.

그의 이빨 사이에 물린 젖꼭지가 잘려 나가는 것 같았다. 나도 모르게 비명을 질렀다. 그는 알고 있었다. 왕 삼촌도, 주인 언니도, 제 어머니도, 집 안에 없다는 것을.

시뻘겋게 단 쇠꼬챙이가 지지듯 아랫도리를 밀고 들어왔을 때, 나는 문득 느꼈다. 이제 더 이상 그를 거부할 수는 없으리라는 것을.

판소리인가 뭔가 하는 소리가락이 들렸다. 주인 언니가 부르던 소리가락이. 다른 날과는 달리 제법 맺고 끊고가 분명한 소리가락이.

내 사랑 내 알뜰 내 간간이지야

오호 둥둥 네가 내 사랑이지야

목락무변 수여천의 창해같이 깊은 사랑,

심오신정 달 밝은 밤, 무산천봉 완월사랑,

생전 사랑이 이러허니 사후 기약이 없을 소야

깊어가는 늪

$$1$$

군스와 하나가 될 때는 모든 것을 잊을 수 있다는 것이 요즘 들어 신기하기만 하다. 군스의 가슴팍에는 녹두알만 한 점이 하나 있다. 그의 귀두부에도 희한하게 점이 하나 있다.

–유전이야. 아버지에게도 있었다고 해.

그의 성기를 입속에 넣고 혀로 핥다가 꺼내보면 꼭 쥐눈같이 생긴 점이 나를 쳐다보고 있다.

–맛있니?

쥐눈이 묻는다.

–아니.

–그런데 왜 그렇게 열심히 빨아?

-몰라.

대답을 그렇게 하고 있었지만, 준 오빠를 생각하지 않으려면, 이
렇게 잊는 수밖에 없었다. 열심히 군스의 심볼을 빨다 보면, 준 오
빠도 머릿속에서 사라져 버렸다.

-제일 더러운 거야. 오줌도 나오고, 정액도 나오고…….

-그래서 신성하잖아.

-이히히, 그건 네 생각이고…….

-에이 시발.

밤이나 낮이나 우리는 붙어 서로의 성기를 핥았다.

어느 날, 내 성기를 벌려 보던 그가 말했다.

-참 생긴 거 묘하네.

-니가 거기서 나왔다는 거 아니냐.

히히히 웃으며 내가 말했다.

-울 엄마 것도 이렇게 생겼을까?

-넌 정말 잡놈이다.

-난 언제나 그게 궁금했었어. 나라는 괴물을 만들어 낸 창조 공
간. 그보다 완벽한 창조 공간이 어디 있겠어. 예술이지.

-글쎄? 넌 예술의 완성품 같지는 않아 보인다. 실패작이면 몰라도.

군스가 호호호 웃었다.

-어느 날, 눈을 뜨니까 어머니가 울고 있었어.

그가 갑자기 엄마를 어머니로 불렀다. 가슴이 뜨끔했다. 그만큼
진지하다는 말이었다.

-"엄마, 왜 울어?" 내가 그렇게 물었어. "아니다. 자거라." 어머

니를 뒤에서 안았지. 어머니의 젖이 손에 닿았어. 어릴 때 그 젖을 입에 물고 살았을 텐데, 생각이 나지 않는 거야. 그래서 그 젖을 만졌지. 이상하게 어머니의 숨소리가 거칠어지는 거야. 아버지를 생각하고 있었던 건지도 몰라. 어머니가 미친 것 같았어. 아아아아. 어머니의 엉덩이에 내 살이 닿았어. 내 살이 어머니의 볼깃살에 닿자, 어머니가 돌아누웠어. 어머니가 날 으스러지게 안을 줄 알았는데, 어라! 그냥 내 귀쌈을 올려붙이는 거야. "안 된다! 안 돼!" 어머니가 벌떡 일어나더니 과도로 자기 허벅지를 찔렀지. 그리고 소리쳤어. "내가 미친년이다! 내가 미친년이다!" 어이가 없더라. 그토록 그 구멍으로 들어가고 싶었는데. 그 구멍으로 도로 들어가 버리고 싶었는데. 그때부터 꿈만 꾸면 어머니가 옷을 홀랑 벗고 웃고 있는 것이야. "그래 들어오너라. 아들아. 들어오너라. 아들아."

  ―히히히, 재밌다!

  ―꿈이었지만, 현실 같았고 황홀했다. 꿈속에서 나는 언제나 들어갔어. 수억 개의 정자가 어머니의 자궁으로 들어갔어. 이상하더라. 꿈을 깨고 나면 죄의식마저 황홀한 것이야. 나는 분명히 그 죄의식을 즐기고 있었어. 그래서인지 남자 옷이 싫어지는 거야.

  ―웃긴다! 하느님이 너나 나나 잘못 만든 거다. 끈적끈적한 악액(惡液)을 준비하고 있다가 장난칠 만한 인간을 골라 세상에 내보내면서 뿌려준다고 하더라. 그러면 그런 종자들끼리 만난다는 것이야.

  ―그럼, 너도? 히히히.

  ―그래서 이렇게 꼬이는 거겠지.

  ―흐흐흐, 제법이네.

그 짓을 하고 나면 언제나 목이 말랐다. 퍼내어도 퍼내어도 샘솟는 욕정, 나와 몸을 섞으면서도 군스는 여장을 하고 다녔다. 나는 그대로 두었다. 그가 여장하고 달려들면 일어나는 성욕. 달빛 속에서 가만히 만져보는 군스의 성기. 부드럽고 단단했다. 이 단단한 것을 여장 뒤에 숨기고 있었다니.

어느 날, 군스에게 내가 말했다.

-우리 결혼하자.

-야, 너 아직도 미성년자야.

그가 웃으며 말을 받았다.

내가 미성년자가 아니었다, 하더라도 생각이 제대로 박혔다면 당연한 일이었다. 준 오빠를 잊을 길은 그 길밖에 없었다.

나는 그때부터 악마처럼 군스에게 결혼이란 말을 입에 달고 살았다. 군스는 그때마다 고개를 내저었다.

어느 날, 나는 말했다. 다분히 협박조였다.

-너와 결혼하지 못한다면 죽어버릴 거야.

-죽어버린다고? 넌 날 사랑하고 있는 게 아니야. 니가 사랑하는 놈은 따로 있잖아. 뭐 준 오빠?

나는 눈을 크게 떴다.

-아니, 네가 그 사람을 어떻게 알아?

-이년아, 좋아 죽겠다고 앙탈을 부리다가 갑자기 눈물을 흘리며 불러대던 놈의 이름이 누구야? 생각이 안 나나 부지? 준 오빠 사랑해요. 싸랑해요. 난 처음에 잘못 들었나 했다. 하지만, 네년의 낙서장을 보고는…….

그가 어이가 없다는 표정으로 크크크 웃었다.

그러고 보니 그랬던 것도 같았다. 군스가 준 오빠 그 개자식이었으면 했을 때가 있었다.

하지만, 나는 한 번도 준 오빠와 군스를 비교해 본 적은 없었다. 상대가 되지 않을뿐더러, 비교할 마음도 없었다. 아니, 군스를 만난 후로 그가 생각나지 않기 때문이다. 그런데 내가 그 짓을 하면서 결정적인 순간에 그의 이름을 불렀다는 것이다.

그래. 그랬다고 하자. 그랬다고 해도 그렇다. 그때는 그때고, 지금은 지금이다. 설령 내가 그와의 관계에서 준 오빠를 찾고 있었다고 해도, 내 영혼을 쥐고 흔들던 그는 요사이 생각나지 않는다. 그럼 됐지 않은가. 나는 이제 군스의 여자가 되고 싶고, 군스가 다른 여자에게 한눈팔까 그게 겁난다.

그래서 더 악을 썼다.

-그래. 옛날 일본에서 알던 오빠다. 어릴 때 헤어졌어. 나도 모르게 그 사람 이름이 입에서 나온 것이겠지. 그럴 수도 있잖아.

-어떤 사이인지 모르겠지만, 그 사람을 지금도 생각하고 있는 것은 아니고?

-생각?

-사랑하고 있는 게 아니냔 말이다.

-사랑? 사랑 좋아하네. 그럼 넌 날 사랑하니? 그래, 사랑이란 말을 할 줄 아는 놈이 여자같이 꾸미고 그 짓을 해?

-시발, 나도 그 정도는 알아. 그런데…….

-그런데 뭐?

-넌 꼭 누구에겐가 복수를 하는 것 같아서 하는 말이다.

-무슨 말이야? 내가 무슨 복수를 해?

-넌 모르지? 네년이 어떻게 행동하고 있는지. 결혼하자는 게 아니라, 악을 쓰고 있는 것 같단 말이야. 난 그런 네가 싫어. 그런데 결혼하자고? 나랑?

어림없다는 듯이 그가 웃으며 말했다.

-이런 개자식!

철썩하는 소리와 함께 그의 뺨을 갈긴 손바닥이 얼얼했다.

뺨을 맞은 그는 악마처럼 빙글빙글 웃었다.

-손때가 제법 맵네.

-뭐라고?

나는 눈을 새하얗게 흘겼다.

그가 머리를 설레설레 내저었다. 그리고는, "그만두자." 하고는 휑하니 몸을 돌렸다.

-어디 가, 이 자식아.

그는 말없이 그냥 문을 열고 나가버렸다.

나는 멍하니 그가 가버린 곳을 바라보고 서 있었다. 하기야, 그도 설마 했을 것이란 생각이 들지 않는 것은 아니었다. 그렇게까지 내가 무모한 인간인 줄 몰랐을 것이다. 그냥 겁주려고 내가 그저 해보는 말이겠지 그렇게 생각했을 수도 있다.

그러나 그렇게 그가 생각했다면 그것은 분명 오산이었다. 그게 아니었다. 나는 그대로 욕실로 달려갔고 옷을 벗었다.

면도칼로 손목을 그었다. 면도칼이 손목에 닿는 순간 형용할 수 없는 쾌감이 나를 사로잡았다. 아아, 그 개울가. 친구의 손이 부드럽게 내 아랫도리를 쓸었을 때, 그때 나를 사로잡았던 그 알 수 없던 느낌. 어쩌면 나는 군스에게서 어떤 폭력성보다는 그 알 수 없던 느낌을 원하고 있었던 것은 아니었을까.

이제 싫다. 하나같이 싫다. 나 하나 죽으면 군스도, 추억 속의 그 사람도 모두 끝난다.

이슬처럼 솟아오르던 피가 욕탕 바닥을 물들이기 시작했다.

나는 킥킥 웃었다. 웃다가 정신을 놓아버렸다.

눈을 뜨자 병원이었다. 나는 눈을 뜨고 병원 천장을 올려다보았다.

―정신이 드냐?

분명히 주인 언니의 목소리였다. 풀이 죽고 정이 배인 음성이었다. 튀기 어머니 때문일 것이다. 다를 때 같았다면 "죽으려면 똑바로 뒈지던지." 그렇게 퉁바리를 놓을 사람인데…….

눈물이 흘렀다.

―이년아. 무슨 장난을 그렇게 하나.

주인 언니가 푸념처럼 말했다.

나는 시선을 돌렸다. 군스가 병원 침대 곁에 서 있었다. 군스가 다가서더니, "정신이 좀 들어?" 하고 내게 물었다.

나는 희미하게 웃었다.

군스가 멈칫했다. 내 웃음이 섬뜩했던 모양이었다.

그러고 보니 이거 순 겁쟁이 아냐.

정작은 그가 정신이 든 것 같다는 생각이 들었다. 내가 죽을까 겁이 난 표정을 숨기지 못하고 있는 게 분명했다.

그날, 나는 퇴원하면 군스와 동거를 시작하리라 결심했다.

4장

만첩청산

1

병상에서 각오했다시피 퇴원하기가 무섭게 군스와 동거를 시작
했다. 내가 군스 방으로 가 살기 시작한 것이다.

왕 삼촌이나 주인 언니가 눈을 뒤집은 건 당연한 일이었다. 군스
의 어머니는 그렇게 대차게 나오더니, 너무 기가 막혀 입을 다물지
못했다.

저녁때쯤 또 애 몇이 더는 못 잊겠다며 교포 술집으로 옮겨갔다.
그러자 화가 뻗친 왕 삼촌이 이를 갈았다.

-이년들 죽으려고 작정했구나.

요즘 애들 무섭다.

-왜 이러실까? 이 꼴 보이려고 우릴 데려왔어요? 우리도 참을

만큼 참았다고요. 게이코만 아니면 벌써 요장 났다고요.

 -그렇다고…….

 -그래요. 죽으려고 작정했어요. 마음대로 하세요.

왕 삼촌이 나가더니 야구 방망이를 들고 들어왔다.

 -이년들, 내가 본때를 보여줄 겨.

주인 언니가 달려왔다.

 -미쳤소. 이것들 가랑이에 들인 돈이 얼만데 무슨 짓이야.

그러자 화살이 우리들 쪽으로 돌아왔다.

 -저것들 땜시 이 사달이 난 기여.

군스의 어머니가 달려와 우리 앞을 막았다.

 -모두 죽일 셈이요?

 -이 연놈, 사람도 아니야.

 -사람이 아닌 사람이 누군데요? 내가 당신 딸이야! 뭐야. 나 창녀라고! 프라스터툿(Prostitute)!

눈을 째고 내가 당당하게 대들었다. 이미 죽겠다고 생각하고 있었다.

군스의 어머니가 두 팔을 벌리고 왕 삼촌을 막았다.

 -당신 애들에게 손끝만 대었다간, 내가 이 자리서 혀를 깨물고 말 것이에요.

 -비켜!

 -차라리 그 몽둥이로 나를 죽이세요. 그게 낫소.

 -비끼라니까!

 -못 비낍니다.

왕 삼촌이 홱 방을 나가버리고 나자, 튀기의 어머니가 튀기의 다리를 붙들고 늘어졌다.

-너 죽지 않으려면 이 집에서 나가거라.

군스는 머리를 내저었다.

-못 나가요. 아니, 안 나갈 겁니다.

-이놈, 미쳐도 오지게 미쳤구나.

-나가도 마찬가지예요. 다른 곳에 가 둘이 살 거예요.

군스 어머니가 바짓가랑이를 놓아버렸다. 그녀는 옷섶으로 눈 밑을 찍었다.

-무슨 짓들인지 모르겠구나. 매춘부와 살라고 널 기른 줄 알아! 이 미친놈아!

-좋기만 하네.

군스 품에 달랑 안겨 담배를 붙여 물며 내가 말했다.

-그래, 그렇다고 하자. 하지만, 어린 것들이 무슨 짓이냐. 그렇게 어울려 살아도 되는 건지 부끄럽지도 않냐? 이 철없는 것들아, 지금 너희 나이가 뭣이냐?

-그래도 알 건 다 알아요.

그제야 군스가 킥킥 웃으며 말했다.

나는 그의 입에 담배를 물려주었다.

-맨날 어린 것들이 술이나 처마시면서, 기껏 한다는 짓이, 천벌 받을 것이다. 이것들아, 천벌 받을 것이여. 소꿉장난도 아니고 도대체 니들이 정신 못 차리고 돌아치는 놈(왕 삼촌)과 다른 게 무엇이냐?

너는 죽어 꽃이 되되, 벽도홍 삼촌화가 되고,
나도 죽어 범나비 되되,
춘삼월 호시절에 네 꽃송이를 내가 덥석 안고
너울너울 춤추거드면, 니가 나인 줄을 알려무나

그때 허청허청 걸어가던 주인 언니의 입에서 흘러나오는 소리
가락을 나는 들었다.
　-그래 살아라. 살아. 누가 말리랴. 누가 말려.

둥둥둥 내 낭군, 오허둥둥 내 낭군
둥둥둥둥 오허둥둥 내 낭군
도련님을 업고 보니 좋을 호 자가 절로 나

이애 춘향아 말 들어라
너와 나와 유정허니 정 자 노래를 들어라
담담장강수 유유원객정 하교불상송허니
강수의 원함정, 송군남포불승정, 무인불견송아정

도저히 그냥 앉아 있을 수가 없었다. 몸이 갑자기 뱀처럼 꿈틀거
렸다.
　군스의 어머니가 방문을 열고 나갔다.
　나는 찰싹 다시 군스의 품에 안기며 말했다.
　-날 좀 안아줘라.

군스가 멀거니 나를 내려다보다가 히히히 웃었다.

-웬 암살이래?

-싫어?

-싫긴.

다시 사랑가로 세월을 보낼 적에,

호사다마라, 뜻밖에 사또께서 동부승지 당상하야

내직으로 올라가시게 되었고나

도련님 부친 따라 아니 갈 수 없어

하릴없이 춘향 집으로 이별차로 나가시는디

-저놈의 소리. 듣기 싫어 미쳐버리겠구나. 좀 어떻게 해봐.

내가 군스에게 더욱 달라붙자, 군스가 나를 억세게 끌어안았다.

희망 위에 있는 것

1

 도박과 주색에 미쳐버린 왕 삼촌이 도박판에서 한 가방의 돈을 들고 들어선 것은 이틀 후였다.

 왕 삼촌은 문을 들어서기가 무섭게 미친 듯이 웃어대며 벽장 속으로 돈가방을 처넣었다. 그러고는 우리들을 돌아보았다.

 -미친년은 또 교회엘 갔나? 그게 왜 갑자기 교회에 미쳤대?

 미친년이란 말할 것도 없이 군스 어머니를 두고 하는 말이었다. 미친 건 분명히 왕 삼촌인데도, 그는 군스 어머니를 언제나 미쳤다고 하고 있었다.

 하기야, 두 사람 다 미친 사람들일지 몰랐다.

 곁에 있던 군스가 당연하지 않으냐는 얼굴로 왕 삼촌을 마주 바라보았다.

왕 삼촌의 목덜미에 힘줄이 불끈불끈 솟아올랐다.

−내 이년을 그냥!

왕 삼촌이 벼락같이 문을 박차고 밖으로 뛰어나갔다.

−정말 교회엘 갔어?

나는 군스를 향해 물었다.

−아니.

군스가 남의 말처럼 심드렁하게 대답하며 고개를 내저었다.

−그럼?

−새 방에 갔어.

−새 방에?

그때 군스 어머니는 집 뒤꼍에 붙은 방에다 새를 키우고 있었다. 막걸릿집 구석방에서 기르던 새들이었다. 왕 삼촌이 싫어하니까 하는 수 없이 눈에 띄지 않는 곳에서 키우고 있었는데, 왕 삼촌은 그 사실을 모르고 있었다.

−어찌 된 놈의 새가 새끼를 돌봐야지. 어머니에게 말하니까, 왜 그런지 모르겠다며 그리로 가더군.

−그러면 왜 왕 삼촌에겐……?

−새 방에 갔다고 해봐, 당장 버리라고 날뛸 텐데…….

−정말 그 새 때문에 큰일 나겠다.

−큰일 날 테면 나래지.

−넌 알고 있잖아. 그가 무엇을 싫어하는지…….

−꼴에 의처증까지……. 아주 이제는 제 여편네처럼 군다니까.

-여편네가 맞잖아. 말은 돈을 받아야 나가겠다고 하지만, 두 사람이 미쳐 살고 있잖아. 미쳤어! 미쳤다고!

군스가 독살스럽게 말을 내뱉는 나를 노려보았다.

-그러니까 왕 삼촌이지. 히히히.

-하긴. 그러니까 그 많은 재산 모두 날렸지. 정말 성질나면 문 열어놓고 돈 훔쳐 가라고 고함이라도 지를 거야. 미쳤다니까. 미치지 않고서야 인생 막판에 기생충 같은 놈한테 꼬여 이런 데 와 살 이유가 없다니까.

-왕 삼촌 물건이 좋았나 부다. 이히히히…….

군스의 주먹이 내 눈두덩에 떨어졌다. 눈앞이 번쩍했다. 나는 비틀거리다가 중얼거렸다.

-뭐야? 이거. 여기가 어디야?

-야, 너도 왕 삼촌이랑 붙어먹었잖아. 그 바람에 임질 걸려 밑구멍이 땡 나발처럼 부었다고 한 것이 누군데.

게이샤 바로 나간 지 얼마 되지 않았을 것이다. 여름이었다. 밖에 비가 오고 있었다. 자꾸 숨이 막혔다. 꼭 바위에 짓눌린 것 같았다. 오줌 구멍을 누가 불로 지져대는 것 같았다.

-아파요. 아파요. 아프단 말이에요.

나도 모르게 그렇게 부르짖었다. 눈을 떠야 할 텐데 눈이 떠지질 않았다.

문이 열리는 거 같았다. 누군가 달려들어 나를 누르고 있던 바위를 걷어냈다.

-당신 미쳤어요?

분명히 주인 언니 목소리였다. 그 목소리의 임자가 나를 안았다.

-애기 왜 이레요? 도대체 뭘 먹인 거에요?

-뭐야 너!

-자알한다. 그의 어미를 집적거리더니 이제는 그년의 딸마저?

왕 삼촌의 발길이 그대로 주인 언니를 걷어찼다. 주인 언니가 나를 던지듯이 놓고 넘어졌다. 왕 삼촌의 발길이 내 면상으로 향하자, 주인 언니가 벌떡 일어나 나를 안았다. 발길이 주인 언니의 뒷머리에 떨어졌다. 머리가 터졌는지 피가 뱀처럼 스멀스멀 내 목을 감았다.

그날부터 자꾸 밑이 간지러웠다. 거울에 올라앉아 밑을 비춰 보았더니 밑이 탱탱 부어 있었다.

팬티를 빨려고 하는데, 주인 언니가 득달같이 방으로 달려 들어왔다. 나를 막무가내로 사납게 눕히더니 팬티를 벗겼다. 그 길로 병원으로 가니까 의사가 임질이라고 했다.

그런데 이게 무슨 일이래. 비가 오면 여름날 나를 짓눌렀던 무게가 생각나는 것이었다. 귓가의 그 숨소리. 그리고 술 냄새……. 불로 지지는 듯한 아랫도리의 통증……. 그것들이 그리워지는 것이었다.

간암이 걸려도 그리워지는 게 술맛이라더니.

이가 갈릴 만도 한데 나는 그런 여자인 모양이었다.

어느 날, 왕 삼촌 방으로 숨어들었다. 왕 삼촌 발치의 이불 속으로 들어가자, 낮에 개고기라도 먹었는지, 아니면 꿈속에서 영화배우와 정사라도 벌이던 중이었는지 그의 성기가 벌떡거리고 있었다. 그것을 살며시 꺼냈다. 얼마나 벌떡거리고 있었든지 축축했다. 기둥뿌리를 살살 혀로 핥았다. 그런데 이상했다. 왕 삼촌이 흥분해서는 아주 내가 귀여워 죽겠다는 듯이 몸을 비틀어 댈 줄 알았는데, 아니었다. 어느 한순간 느낌이 이상했던지 왕 삼촌은 벌떡 일어났고, 그의 눈에 불이 일었다.

-이런 더러운 년!

그가 벌떡 일어나는 바람에 그만 왕 삼촌의 심볼을 깨물어 버리고 말았다. 왕 삼촌은 그 길로 병원으로 실려 갔고 나는 그제야 입 속에 물고 있던 살덩이를 뱉었다. 귀두부 조금과 늘어진 살 껍질이었다.

이해할 수가 없었다. 왜 갑자기 왕 삼촌이 나를 거부했는지.

어느 날, 술만 먹으면 피를 보는 언니에게 물었다.

-피 맛이 어때요?

-피 맛이 어떠냐고? 드러운 년아, 사람 피 맛이 그럼 심심할 줄 알았냐?

-그럼요?

-더러운 년. 저거 또라이 아냐?

자신이 또라이라는 걸 모르는 그 여자는 결국 쇠고랑을 차고 교도소로 가고 말았다.

그래도 대학까지 나왔다는 언니 하나가 고상하게 팔짱을 끼고 내게 말했다.

-사람 고기는 짜.

그녀는 꼭 사람을 잡아먹어 본 듯이 말했다.

-짜다고요?

"먹어봤어요?" 하는 말이 나오려는 걸 꾹 참고 내가 그렇게 물었다.

-원래 인간은 물고기였거든.

그녀는 진화론자였다.

-그래서 피도 짜단 말이에요?

내가 다시 물었다.

-몰라. 이년아, 마셔보면 알 거 아니야.

그렇게 말하고 별난 것 다 보았다는 듯이 발딱 일어나 가버렸다.

뒤에 있던 하네코가 그제야 고개를 갸웃하며 한마디 했다.

-니미, 드라큘라가 물 탄 피 마셨단 소린 못 들어보았다.

내가 히히히 웃었다.

-피가 짜서 물을 타? 정말 맛을 한번 봐야 될랑가 부다.

-그럴 거 뭐 있어. 시장 가 순대 먹어보면 알지. 아니면 소고기 선짓국밥을 먹던지.

-야 이년아, 인간은 물고기의 후예라잖아.

-그럼, 물고기네? 그런데 물고기 고기가 짜?

-뭐?

-돼지는? 소는?

나는 눈을 흘겼다.

-소는 소고, 돼지는 돼지겠지. 그런데 이상하다. 물고기 살이 왜 짜지 않지?

-니미 나도 피 먹어봤다.

-뭐?

-사랑하는 달링이 요리하다가 칼에 베였을 때 쪽쪽 빨아봤거든. 니미 짜지도 않더라만.

-근데 짜다고 하잖냐.

그러고 보니 피 맛이 짜지는 않았다는 생각이 들었다. 그런데 왜 그것의 살은 짰을까? 땀이다! 하는 생각이 들었다. 으아, 그것이 벌떡벌떡 용을 쓰느라 땀을 흘리고 있었던 거다. 그래서 내가 짜게 느낀 거다. 맞아!

-대학 나온 게 자랑이라니까. 피 마실 때 소금을 타서 마셨나.

내가 느물거리자, 평소 못 배운 것에 열등감을 가지고 있던 미코가 맞장구를 쳤다.

-대학 나옴 뭐 해. 못생겼잖아. 그러니 달링 손가락이라도 빨아봤겠어.

나는 그 후로, 진화론자는 사람 고기도 먹어보지 않고 물고기의 후예니까 짤 것이라는 단정하는 사람들이라고 못 박아버렸다. 그들은 더러운 관념주의자들이었다.

이상한 것은 왕 삼촌이었다. 귀두와 요도를 깨물린 왕 삼촌이 오줌길을 내느라 대롱 심을 박고 병원에서 돌아와서는 나를 흡사 버러지 보듯 하였다. 좋아서 덮칠 때는 언제고 이제는 버러지 취급인지 알 수가 없었다. 해보니까 별 신통찮더라. 그 말인가? 아니면 복수 차원에서?

그래서 그가 좋았다. 위선기가 가득한 사람들보다는 얼마나 인간적인가 싶었다.

그러나 그는 자신이 데리고 있는 아이의 몸을 탐했던 개새끼였다.

2

비가 내릴 때는 너의 우산이 되고
바람이 불 때는 너의 벽이 되어주고
그렇게나 어둠이 깊은 밤이라도
반드시 내일은 오니까

군스가 아이돌의 유행가를 악을 쓰며 부르기 시작했다.

나는 방으로 들어가 책상머리에 앉아 담배를 빼 물었다.

히히히…….

자꾸 웃음이 나왔다.

요양원에서 죽어간 어머니가 생각났다.

군스가 방을 나갔다.

잠시 후 문이 열리는 소리가 들렸다. 내다보았더니 교회로 군스의 어머니를 찾으러 갔던 왕 삼촌이 들어서는 게 보였다. 뒤이어 왕 삼촌의 시뻘건 두 눈이 내 시선 가득 파고들었다.

-어쨌누?

밑도 끝도 없는 왕 삼촌의 물음에 나는 그의 얼굴을 바라보았다.

-돈가방!

무슨 소리냐는 듯이 나는 여전히 왕 삼촌을 바라보았다.

다음 순간 왕 삼촌의 시뻘건 입속에서 피가 터지는 듯한 고함이 터져 나왔다.

-에이이익!

왕 삼촌의 손이 허공을 갈랐다.

타악.

지팡이가 정수리에 떨어지는 순간 나는 머리를 감싸 쥐었다.

지독한 통증을 의식하면서 나는 왕 삼촌을 밀치듯이 하고 마루로 뛰었다. 왕 삼촌의 방문이 열려 있고 아수라장이 된 방 안이 보였다.

그때 현관문이 열리면서 군스가 들어섰다. 그는 무엇에 쫓기듯들어서다 말고, 이쪽의 광경을 보고는 멈추어 섰다.

군스를 발견한 왕 삼촌이 실성한 사람처럼 다가가며 소리 질렀다.

-문을 열어놓고 어딜 싸다니는 거야?

왕 삼촌의 고함에 군스가 하얗게 질렸다.

왕 삼촌이 지팡이를 버리고 구석에 세워져 있던 야구 방망이를잡았다. 그는 그것으로 사정없이 군스의 머리를 내갈겼다.

군스가 모로 뒹굴었다.

나는 왕 삼촌을 향해 몸을 던졌다. 그가 들고 있던 야구 방망이가 내 옆구리를 쳤지만, 왕 삼촌과 함께 넘어졌다. 한참을 허우적거리다가 방망이를 어떻게 뺏어 들었다.

왕 삼촌이 눈을 뒤집고 바둥거리며 입에 게거품을 물었다.

-이……. 이년이…….

-제발 그만해요.

-이 개 같은 년. 네년 짓이구나. 둘이 짠 거야? 그런 거야?

-무슨 소리예요?

-이년, 아예 이 집을 망쳐놓으려고 작정했구나.

-그렇다! 이 잡놈아.

교회에 갔다던 군스의 어머니가 그때 돌아오지 않았다면, 나는 야구 방망이로 왕 삼촌을 죽이고 말았을 것이었다. 일어서서 야구 방망이를 쳐들고 왕 삼촌을 노려보는 순간, 한 가닥 잔인한 살의가 가슴 밑바닥에 음모처럼 솟아올라 전신을 휩쓸었다.

군스의 어머니는 들어서기가 무섭게, 고함을 지르며 나를 밀어 버렸고, 그사이에 왕 삼촌이 일어섰다.

3

병원에서 돌아온 군스는 말이 없었다. 문밖출입도 하지 않았다. 제 어머니가 차려다 주는 밥이나 먹어 치우며, 방구석에 틀어박혀 꼼짝도 하지 않았다.

눈을 감으면 언제나 나는 혼자였다. 홀로 나가 손님을 받아도 혼자였다. 밑을 벌려주고 있어도 혼자였다. 나는 혼자 황량한 벌판을 헤매고 있었다. 내 가슴의 비원 속에는 풀 수 없는 회의만이 가득가득 쌓여가고 있었다. 그저 흔들렸다. 아무것도 없다는 생각만 하고 있었다. 어떤 뚜렷한 보관도 없었다. 노래를 잘 부르는 가수를 보면 가수가 되고 싶었다. 영화관을 나올 때면 배우가 되고 싶었다. 그렇게 나는 썩어가고 있었다. 삶이, 사랑이, 철학이, 이상이, 내 존재 이유가 참으로 보잘것없어 보였다. 나중에는 보잘것없다는 그 생각조차도 싫었다. 환멸. 모든 것에 대한 지독한 환멸만이 나를 비워가고 있었다. 그 무엇도 환멸로 인해 비어가는 공허함을 채워줄 수는 없었다. 생에 대한 쾌락도, 갈망도, 잃어버린 세월 속을 살아가고 있었다. 기쁨도, 눈물도, 교차하지 않는 세월. 싱싱하게 물이 오른 나무 잎새에서도 생의 의미를 느낄 수 없는 세월. 그 세월을 그저 흔들리면서 살아가고 있었다.

-지금 생각해 보면, 희망은 그 뒤에 있었던 것 같아.

그런 내 뒤에서 군스가 악마처럼 속삭였다.

나는 그의 말을 이해할 수 없었다.

-희망?

-난 세상을 환멸하다가 널 만났거든. 누가 알았나. 더블유 씨인 줄.

그제야 그의 말을 알아들은 나는 피식 웃었다.

-세상을 환멸한다고? 멋지네.

하기야. 지금 생각해 보면 그렇기에 우리는 서로를 위로하기 시작했었을지도 모른다.

매사촌 블루스

$$1$$

물을 마시기 위해 부엌으로 가다 말고 걸음을 멈추었다. 문과 문 틈 사이로 보이는 방 안의 풍경이 내 걸음을 멈추기에 충분했다. 아니, 나를 저 깊은 나락의 끝으로 내던지기에 충분했다. 집에 왕 삼촌의 친구가 와 있다는 건 알고 있었다. 군스의 어머니를 애무하 고 있는 사람은 왕 삼촌이 아니었다. 군스 어머니의 눈은 검은 천 으로 가려져 있었고, 손은 스타킹으로 침대에 묶여 있었다. 아마도 왕 삼촌이 먼저 군스 어머니와 그 짓을 시작했고, 막 왕 삼촌의 친 구가 바통을 이어받은 모양이었다. 군스 어머니는, 왕 삼촌 친구의 손길이 왕 삼촌인 줄 착각하고 있는 게 분명했다. 이미 왕 삼촌은 침대에서 내려와 구석 자리 의자에 앉아 두 사람의 관계를 구경하고 있었다. 군스 어머니는 그저 몸을 비틀어 대고 있었고.

다음 날 군스 어머니는 교회에서 아주 늦게 돌아왔다. 왕 삼촌의 친구에게 당했다는 사실을 눈치챈 것 같았다.

왕 삼촌은 그런 군스 어머니를 가만 놔두지 않았다.

-이년이 이젠 사람 괄시 똑똑히 하는구나. 네년이 왜 교회만 나가면 늦게 오는지 내 모를 줄 알아!

군스 어머니가 더는 못 참겠다는 듯이 눈을 시뻘겋게 치떴다.

-이 더러운 화상아, 잔말 말고 돈이나 내놔. 이 집을 나갈 테니.

왕 삼촌이 어이가 없다는 듯이 헛하고 허공을 보고 웃었다. 그러고는 눈을 뒤집고, 버럭 군스 어머니에게 악을 썼다.

-그러잖아도 네년에게 주려고 했다. 그런데 네놈 새끼가 그 가방을 가로챘으니 어떡하냐?

-그 애가 손대지 않았다는데, 뭔 억가심이오?

-그래 목사의 어디가 좋대?

왕 삼촌은 참으로 이상한 인간이었다. 제 여편네를 친구에게 내어줄 땐 언제고, 목사에게 질투를 느끼는 건 무슨 심보인가 말이다.

나는 그만 눈을 감으며 돌아서고 말았다. 어머니가 생각났다. 그 옛날 어머니에게도 저랬을지도 모른다고 생각하니 웃음이 나왔다.

한참 웃다가 눈을 떴다. 순간 싸늘한 시선이 내 망막 속으로 뛰어들었다. 괴귀의 칼날 같은 냉소가 섬뜩했다.

-군스!

군스가 그대로 나를 지나쳐 버렸다.

그날 밤. 군스 어머니는 교회에서 돌아오지 않았다. 왕 삼촌이 교회로 찾아갔지만, 그녀의 거처를 가르쳐 주는 사람은 없었다. 왕 삼촌은 그날 교회를 쑥밭으로 만들고 말았다. 기도가 한창 무르익을 무렵, 술에 취한 모습으로 나타난 왕 삼촌은 목사의 멱살을 틀어쥐고, 군스 어머니와의 간통을 고소하겠다고 으름장을 놓았다. 신도들은 저런 악마가 어딨냐며, 왕 삼촌을 밖으로 내동댕이쳤다.

다음 날 새벽, 나는 보았다. 자지러지는 새소리에 놀라 군스의 방으로 달려갔을 때, 군스는 온몸에 피를 묻히고 있었다. 그는 방구석에 웅크리고 앉아, 자신의 어머니가 키우던 새들을 면도칼로 갈기갈기 찢어발기고 있었다. 살이 찢긴 새는 미친 듯이 퍼드득거리며, 그의 손끝을 뿌리쳤다. 그 바람에 주위가 온통 피투성이였다.

군스는 나와 눈이 마주치자, 입꼬리를 째고 웃었다. 그 표정 없는 웃음이 얼마나 섬뜩했던지 등골이 써늘하게 얼어붙었다. 그의 눈은 말하고 있었다.

-이렇게, 이렇게 죽여야 해. 이렇게!

그냥 방으로 돌아오긴 했지만, 금방이라도 군스가 왕 삼촌을 새처럼 찢어발겨 죽일 것 같았다.

그날 이후 나는 자주 불길한 꿈을 꾸었다. 꿈속에서 군스의 손에 죽어가던 새가 주둥이를 쳐들고 나를 노려보고 있었다.

그날 밤. 나는 왕 삼촌의 방을 향해 소리 없이 다가가는 군스의 모습을 보았다. 검게 헝클어진 머리카락이 등 뒤에서 출렁거렸다. 그가 왕 삼촌의 방문을 소리 없이 열고 사라졌을 때, 나는 심한 오한을 느끼며 몸을 떨었다. 왕 삼촌의 방에서 잠깐 아무 소리도 들려오지 않았다. 나는 몸이 떨려 미칠 것 같았다. 이러다 심장이 터져버리지 않을까, 겁이 날 정도였다. 목이 꽉 잠겨오자 나는 헐떡였다.

왕 삼촌의 침상에서 결정적인 마찰음이 들려왔다.

-윽!

나는 눈을 질끈 감았다. 왕 삼촌의 얼굴이 눈앞을 스치고 지나갔다.

그때였다. 나가떨어졌으리라고 생각했던 왕 삼촌의 음성이 다급하게 어둠을 찢었다.

-이……. 이놈이…….

나는 왕 삼촌의 방으로 뛰어들었다. 먼저 군스의 얼굴이 눈앞을 가로막았다. 방 안은 아수라장이었다. 군스에게서 뺏은 몽둥이를 치켜들고 왕 삼촌은 눈을 부라리고 있었다. 군스를 노려보는 왕 삼촌의 눈가에 이마로부터 두 줄기 피가 흘러내리고 있었다.

-안 돼!

나는 소리쳤다. 그 순간, 몽둥이가 군스의 머리를 내려쳤다.

나는 쓰러지는 군스를 안았다. 그의 터진 머리에서 피가 샘물처럼 솟아올랐다.

나는 눈을 치뜨고, 왕 삼촌을 노려보았다. 살의가 가슴 밑바닥에서 솟아올랐다. 이빨이 부드득 갈렸다.

나는 벌떡 일어나, 왕 삼촌을 향해 몸을 날렸다. 그 후론 어떻게 되었는지 모르겠다. 나중에 알고 보니, 왕 삼촌의 손에서 뺏은 몽둥이가 그의 머리를 으깨놓았던 모양이었다.

경찰서에 잡혀갔을 때, 나를 담당한 형사들 둘이 모여 앉아 이런 말을 하였다.

-참 세상 말셉니다. 갈 곳 없는 것을 이곳까지 데려와 먹여 살렸
는데, 그런 사람을 방망이로 패 죽이려고 달려들었다고 하니.

 -뭣 때문에 그랬다는 거요? 그 이유가 뭡니까?

 -애가 아주 악질이에요.

 -정신 감정부터 먼저 받아봐야 하는 것 아닙니까?

 -수사해 보면 알겠지요.

그러자, 이번에는 곁에서 듣고 있던 다른 사람이 끼어들었다.

 -맞습니다. 조사해 보니 주인 쪽에도 문제가 있더군요.

 -그래요?

 -아주 애들을 시켜 매음을 일삼았다는 말이 있습니다.

 -그래도 그렇지…….

 -어떤 전문의에게 이번 사건을 자문해 보았더니, 이런 말을 하
더군요.

 -?

 -그 사람은 매사촌이란 새에 이 사건을 비유하더라고요.

 -매사촌?

 -부모들이 버린 자식들이라는 겁니다.

 -부모들이 버린 자식?

 -하기야, 그들을 거둬 돌본 죄밖에 없다는 주인의 주장도 일리
가 있어요.

 -그런데 매사촌은 뭐야?

 -매를 닮아 사촌이라는 이름이 붙은 새가 있답니다. 그 새는 글
쎄 어떻게 된 일인지 새끼를 돌보지 않는다는 겁니다. 정도 주지

않고, 통 돌보지도 않고, 노래나 부르며 방황한다는 거지요. 그러니 그 새끼들 크면 뭐가 되겠느냐는 거지요. 주위의 환경이 아무리 따뜻해도, 부모의 따뜻한 애정 없이 자란 놈이 좋게 되겠느냐는 겁니다. 매도 아니고, 새도 아니고, 어중이떠중이가 되어 제 부모들의 전철을 밟아 방황한다는 겁니다. 알아보니, 그녀의 어미도 술집 여자였답니다. 아주 모녀를 데리고 살았다니 말입니다.

　-그러니까, 인간의 도덕적 타락 현상과 생명 경시의 풍조를 새에 결부시켜 말한 거군.

　듣고 있던 형사 한 사람이 심각하게 말했다. 대학물이라도 제대로 먹은 사람인 것 같았다.

　-진정한 인간의 생명에 대한 존엄성 없이는, 매사촌처럼 이 세계에서 도태될 뿐이라는 거창한 말로 그 심리학자는 결론을 맺더구먼요.

　응수하는 사람 역시 형사답지 않다는 생각이 들었다.

　-무서운 일이야. 자식만 놔놓으면 뭘 하나. 잘 길러야지.

　-그러니까, 잘 살펴봐. 혹시 알아. 아드님이 야구 방망이 들고 들이닥칠지…….

　-그러잖아도 어제 보니까, 제 동생 돌보기 싫어, 여편네가 목욕 간 사이, 우유병을 물려놓은 게 아니라, 분유통을 애 입에 물려놨더라고. 원. 커서 뭐가 되려는지.

　-저런 애는 교화할 필요도 없다고요. 바로 교도소로 보내 콩밥을 먹여야. 에이고, 남의 나라에 들어와 곱게 살지는 못하고 지랄하고 있으니. 저들 나라로 쫓아버리든지 해야지, 원.

사건의 심각성 때문에 말들이 많았는데, 어느 날 군스가 건들거리며 나를 찾았다. 면회실에 들어선 그를 보며, 나는 얼굴을 찌푸렸다.

-어쩐 일이야?

내가 물었다.

-어쩐 일이라니? 너야말로 어떻게 된 거야?

말투부터가 예전과는 달랐다.

-알고 있잖아.

나도 퉁명스럽게 대답했다. 그런 그가 가소로워 보이기도 했지만, 될 대로 되라 싶었다. 만사가 귀찮았다.

-너 나를 사랑하냐?

군스가 나를 쏘아보며 느닷없이 물었다.

-사랑?

나는 어이가 없어 피식 웃었다.

이게 돌았나? 갑자기 나타나 어울리지 않게 사랑 타령은.

자꾸 실없는 웃음이 나왔다.

웃다가 보니, 이상스럽게 스멀스멀 눈물이 맺혔다. 문득 동백꽃 피던 그 섬이 머릿속에 그려졌다.

그러고 보니, 어젯밤 동백섬 꿈을 꾼 것 같았다. 동백꽃을 뒤로하고 돌에 기대선 준 오빠가 보였었다.

어느 날, 그가 술을 먹으려고 와 내게 물었다.

-넌 이 집을 나가면 뭐가 되고 싶냐?

-마도로스요.

-뭐? 여자가 마도로스가 되고 싶다고?

-왜 여자는 마도로스가 될 수 없는 거예요?

그가 또 웃었다. 웃는 그를 향해 내가 말했다.

-나는 결코 오빠처럼 시인은 되지 않을 거야.

-넌 시인 되고 싶어도 될 수가 없어.

-왜요?

-너 자신이 곧 시이니까.

그는 그런 사람이었다. 그런 사람을 내가 어떻게 사랑하지 않을 수 있을까.

그러고 보면 나는 확실히 시궁창에 떨어져 사는 게 분명하다. 나는 그 누구로부터도 그런 말을 한 번도 들어본 적이 없다. 언젠가 어머니가 죽기 전 이런 말은 들은 적이 있기는 하다.

-생각해 보면, 언니나 왕 삼촌도 불쌍한 사람이다. 항상 먼 곳을 꿈꾸던 사람들이야.

그러고 보면, 주인 언니 참 불쌍하고 별 볼 일 없는 사람이다. 어디 사랑할 사람이 없어 그런 짐승을 사랑하는지. 하기야, 그게 운명이라고 누군가 말했다. 제기랄. 패배의 모습이 최종적인 형태를 보인다면, 아마 그런 모습일 터인데 뭐라고?

잠시 생각에 잠겼는데, 군스가 말을 이었다. 대답이 없자, 내가 자기를 사랑하고 있다고 생각한 모양이었다.

-그럼 불어. 아니라고. 내가 범인이라고. 아무리 내가 범인이라고 해도, 니가 나를 구하려는 것쯤으로 치부하고 형사들이 웃고 만다니까.

-참으로 거룩하네. 사실이잖아. 내가 그 자식을 죽이려 했던 건.

역시 실실 웃더니 느물거렸다.

-아니라고 말해!

-왜? 뭣 땜에?

나는 눈에 날을 세웠다.

-아무튼 그러라니까.

-그러니까 왜 그래야 하냐고?

-그 돈가방, 내가 빼돌렸어.

그가 딴전을 피우듯 말했다.

나는 알고 있었으므로 고개를 주억거렸다.

-그건 니가 날 생각해서 하는 말 아니야?

-내가 미쳤냐. 그만 자학해.

-자학? 방금 자학이라고 그랬어? 너 요즘 말솜씨가 갈수록 어려워지더라. 웃긴다. 나 그런 말 몰라. 어렵게 그러지 마.

-왕 삼촌보다 널 먼저 죽여버렸으면 좋겠다.

군스가 말을 끝내고 눈을 치떴다. 그러고는 입술을 이로 지그시 물었다.

-못 죽어줘서 미안하다.

내가 빈정대자, 군스가 살기 띤 시선을 들었다. 그는 나를 똑바로 바라보았다.

-농담하고 있을 때가 아냐. 내 진심을 안다면 아니라고 해.

-진심? 진심이 뭔데?

이상하게 군스의 눈가에 갑자기 이상스러운 그늘이 스쳐 갔다.

-여자를 만났어.

잠시 후 그가 시선을 허공으로 던지며 한숨을 토하듯 말했다.

-여자?

나는 깜짝 놀라 그렇게 되물었다.

그가 고개를 끄덕였다.

나는 잠시 그를 멍하니 바라보았다.

-여자를 만났다고? 빠르네. 어떤 계집애야?

잠시 후에야 어떻게 정신을 추스르고 내가 물었다.

-대학생이야. 이곳 년이지.

그가 짧게 대답했다.

나는 픽 웃음이 나왔다.

-잘됐네.

군스는 말이 없었다. 내 웃음의 의미를 안다는 표정으로 그가 고
개를 숙이고 있다가 들었다.

나는 그 얼굴에 침이라도 내뱉고 싶었다.

-그런데 나더러 네가 했다고 불라고?

-아니야.

그가 고개를 내저었다.

-아니라니? 무슨 소리야?

-내 마음을 알았어. 내가 생각하는 사람이 누구라는 것도…….
그녀와는 헤어질 거야. 차라리 내가 이리로 오는 게 나아. 너희 왕
삼촌을 이길 자신도 없고, 주인 여자를 이길 자신도 없어. 니가 나
오고. 내가 이곳으로 오게 해줘.

그의 말에 나는 다시 웃었다.

-살다 보니, 별 소릴 다 듣겠네.

-실감이 안 날 줄 알아. 하지만…….

-정말 지독한 사랑이군. 그래, 그 돈은 어쨌어?

내가 물었다.

-숨겨두었지.

나는 킥킥 웃었다.

-그럼, 이제 그 집을 나오면 되겠네. 돈도 찾았으니.

-문제는 바로 너지. 이곳을 나오면 다시 그곳으로 들어갈 거 아냐?

-어쩔 수가 있나.

-내가 찾아갈게.

-날 찾는다고? 꼭 전당포에 맡긴 물건처럼 말하네. 흐흐흐.

그가 눈을 크게 떴다. 왜 웃느냐는 눈빛이었다.

-매사촌이 들었으면 웃다 못해 자살하겠다!

-무슨 소리야?

-그런 새가 있다더라. 아니, 네 엄마가 키우던 새 말이야. 이제 생각해 보니, 그 새가 매사촌이라는 새였을지도 모른다는 생각이 들어.

-그 새는 앵무새였어.

-앵무새를 닮은 매사촌이었겠지. 지금에야 느끼는 것이지만, 매사촌은 그놈(왕 삼촌)이 아니라 우리였을지도 모른다, 그 말이야.

-그건 또 무슨 소리야?

-거꾸로 생각해 보면 우리가 버린 건 그놈이었거든.

-그놈은 사람도 아니야.

그가 단정 짓듯 말했다.

-그가 버렸기 때문에 우리가 버린다는 건, 그와 우리는 똑같다는 말 아니야?

-얼씨구, 나더러 말을 잘한다더니, 진짜 말 잘하네. 그렇겠지. 네가 그 인간을 두둔하다니. 방망이로 죽이려고 달려들 땐 언제고. 결국은 지독한 사랑 때문이었다는 말인가?

-모르겠다. 하지만, 그랬잖아. 그래서 넌 그 돈을 훔친 게 아니었어?

-그러니까 변명을 하란 말이야.

-나 대신 이곳에서 썩을 자신은 정말 있고?

-이미 각오하고 있어.

-진짜 외로운 모양이네.

-뭐?

-이해 못 할 거야. 난 아침마다 눈을 뜨면서 늘 그 말만 해.

-무슨 말?

-외롭다는 말. 나 이곳에서 나가면 같이 살아. 어디든 가자고.

-그 사람은 어떡하고?

-누구?

왜 그러느냐는 얼굴로 그가 나를 빤히 바라보았다.

그제야 눈치를 챈 내가 웃었다.

-그 개자식 생각도 안 나.

나는 그렇게 말하고 일어났다. 그리고 푸념처럼 그를 향해 뇌까렸다.

-목이 마르네. 어제 주인 여자가 왔더라. 그년도 변했어. 눈물을 보이더라고. 참 나. 생각해 보면 내 어미가 미우면서도 불쌍하다나기가 막혀서.

그렇게 말하고 나는 천천히 내 방으로 돌아왔다. 그러고는 침을 뱉듯 툭 내뱉었다.

-시발.

나는 감방 안을 둘러보았다. 여전히 철창 너머로는 겨울바람이 씩씩하게 소리를 내며 지나가고 있었다. 세월처럼.

세월이라고 했지만, 정해진 세월이 다 가고 나면 나는 어떻게 될까.

모든 것은 이미 과거처럼 정해져 있었지만, 세상을 하직하는 죽어가는 이의 마음처럼 황량하게 비어오는 것은 무엇 때문인지 몰랐다. 이제 한참 일하고 희망에 부풀 나이. 그런데 이 모양이라니.

물론 왕 삼촌을 죽이려고 한 내가 살 염치는 없지만, 결과만으로 모든 걸 판단하고 결정하려 드는 세상의 이치가 어쩐지 야속하기만 하니, 아직도 철이 덜 들어서인가. 참 불쌍도 하지. 내가 왜 존재해야 하는지. 내가 왜 죽어가야 하는지. 삶에 대한 철학도, 고매한 이상도, 뚜렷한 자기 주관도 한번 가져보지 못하고 어설프게 이러고 있으니.

만약 왕 삼촌이 죽기라도 했다면 어떻게 되었을까. 아직도 일본 국적이니 더 말이 많았겠지. 몸이 으스스 떨렸다.

그러면 나는 최후로 무슨 생각을 하게 될까. 꿈속에서 보고자 했던 근육질의 단단한 남자의 몸뚱이나 생각하게 될까. 아니면 하나의 완전한 고독? 하기야, 그것도 좋겠다. 하지만 남자배우의 단단하고 근사한 몸뚱이나 한번 안아보았으면 좋을 텐데.

그런데 군스는 희망이란 놈이 그 위에 있다고, 했다. 그는 내게서 희망을 보았다고 했는데, 나는 누구에게서 희망을 보아야 하나. 군스에게서? 아니면 만날 기약도 없는 준이라고 하는 그 개자식에게서?

나는 휘파람을 불며 주인 언니의 소리가락을 나도 모르게 생각했다.

그때여 춘향이가 오리정으로 이별하러 나갔다 허되 그럴 리가 있겠느냐. 내 행차 배행 시에 육방관속이 오리정 삼로 네거리에 늘어서 있는디 체면 있는 춘향이가 서방과 이별을 한다, 허고 퍼버리고 앉아 울 수가 있것는가,

말은 가자고 네 굽을 차는디 임은 꼭 붙들고 아니 놓네

풍광의 덫

1
—

국적이 일본 국적이라 역시 말이 많았다. 본국으로 소환해야 한다느니 어쩌느니 하더니, 경찰 서장이 어떻게 했는지 석방이 되었다. 왕 삼촌이 탄원서를 넣었다나. 경찰 서장이 왕 삼촌을 설득했다고 하였다. 탄원서에 자기 잘못도 있으니, 잘 데리고 있다가 일본으로 데리고 들어가겠다고 했단다. 이러다 장사 엎어진다는 주인 언니의 등쌀이 한몫했을 것이었다.

주인 언니가 교도소에서 나온 기념으로 한잔 사겠다고 했다. 교포 술집에 가 있던 하네코와 미코가 왔다. 넨장 뭐 기념할 거라고 생일 케이크에다 촛불까지 끄란다.

―하네코, 미코, 너희들 잘 왔다. 이제 다른 생각 말고 뭉치자. 게

이코도 나왔으니, 다른 애들도 불러들일게.

주인 언니는 그러면서 오늘은 마음대로 마시라고 했다.

2차로 끝내기 소줏집으로 갔다. 다시 그곳에서 주인 언니는 빠져버리고, 디빠 보이들이 있는 룸으로 갔다. 룸 하나를 빌렸다.

이제 20살쯤 되는 디빠 보이들이 우르르 문을 열고 들어왔다. 일본이나 여기나 디빠 보이들이 인기인 모양이었다. 열다섯, 열여섯 먹어 보이는 디빠 보이들. 기생오라비같이 생긴 녀석들이었다. 학비를 벌기 위해 나오는 대학생이 섞여 있을지도 모른다.

호스트 하면 일본이다. 일본 신주쿠에 가면 가부기초(かぶきちょう, 歌舞伎町)라는 거리가 있다. 일본에서 가장 큰 유흥가 중 하나다. 바, 클럽, 레스토랑, 그리고 엔터테인먼트시설로 가득 차 있다. 그 중에서도 가장 유명한 것이 호스트 바다. 거리를 걷다 보면 여기저기 붙어 있는 것이 남자 호스트의 얼굴이다. 가부키초는 원래 전통 가부키 극장이 있던 곳이다. 가부키에 남자배우들이 여성 모습을 하고 나오는데, 그들처럼 호스트들이 즐비하다. 호스트 바가 성업 중인 것은, 남성 우월주의 문화가 낳은 산물이다. 남성에게 시달리거나, 불만을 가진 여성들이 찾는 곳이기 때문이다.

게슴츠레하게 눈을 뜨고 살펴보니, 고등학교에 다니다 만 놈도 있는 것 같고, 심지어 중학교에 다니다 만 놈도 있는 것 같다. 나잇살이나 먹은 여자들이 사족을 못 쓰는 녀석들이 분명하다. 요즘 노골적으로 펫이라고 해서 강아지 키우듯이 하는 어린 녀석들. 짜식들. 귀엽네.

그들이 인사를 했다.

-5번이라고 불러주세요.

우리가 꼭 손님방으로 들어가 하는 인사 같다. 사내새끼가 사내새끼 맛이 있어야지.

-오이, 아나타 모오잇카이 아이사츠시테미테(야, 너 인사 다시 해봐).

나도 모르게 일본말이 나갔다.

-에이 시발 이럴 때는 어떻게 말하지? 야, 좆도 노 인사 노 다시 하시무니다. 오케이?

방금 인사한 5번을 향해 내가 서툰 한국말로 명령했다.

-5번이에요. 잘 봐주세용.

-잘 봐주세용? 그것이 뭣이노? 가시나이무니까? 사내새끼노, 키키토레나이노(못 알아들어)? 용이 뭐시무니까? 인사 다시 하모니다. 잘 봐주세요. 오케이?

그가 인사를 다시 했다.

마음에 드는 애들을 곁에 앉히고 술을 따르게 했는데, 우리들이 하는 흉내를 그대로 내고 있었다. 우리들이 "오빠, 오빠." 하면서 달라붙듯이 놈들이 "누나, 누나." 하면서 담뱃불부터 시작해 온갖 시중을 자청했다. 요런 놈들일수록 겨울에 모피코트를 입은 여자를 좋아한다. 그걸 알기에 코네이가 느물거렸다.

-에이, 평소 잘 다니는 단골 세탁소에 가서 모피코트라도 빌려 입고 올걸.

계집애들이 웃어댔다. 알고 있는 것이다. 모피 코드 속의 그 느낌.

겨울날 이런 곳으로 올 때는 동네 세탁소로 가 세탁 들어온 모피 코드를 돈 내고 빌려 입는다. 그런 날은 속에 아무것도 입지 않는다. 손님들이 우리를 더듬듯이, 그들이 우리들을 더듬는다. 그 손맛. 기가 막힌다. 모피코트 속으로 들어오는 손. 그리고 내 살을 따뜻하게 감싸고 있는 모피의 느낌. 한번 맛봤다, 하면 눈이 뒤집어진다. 모피 속의 나신. 짐승의 털 속에 그대로 드러나는 나신. 당하는 이도, 더듬는 손길도 환장한다.

내 머릿속에 들어와 있었던 것처럼 이내 진한 교성이 옆자리에서 들려왔다. 하네코였다. 파트너가 하네코의 유방을 물고 지랄하고 있었다. 어? 그 건너편 미코의 파트너는 벌써 그녀의 살에 대가리를 쑤셔 박았다. "누나, 누나." 그러면서 개처럼 핥아대고 있다. 미코가 그의 머리에 위스키를 들이부었다. 자신이 핥고 있는 것이 더블유 씨의 밑창인 줄 안다면 놈의 기분이 어떨까, 싶었다.

내가 술잔에 담배꽁초를 집어넣고, 남자 손님들이 하듯이 침을 뱉었다.

-노무(마셔).

5번이 나를 노려보았다.

어쭈. 꼴에 사내다 이거지.

-마시무니다!

-마셔요? 너무하네요.

-호라 자아 시타아라이시타 셋켄스이오 노무(요것 봐라. 그럼, 밑 씻은 비눗물 먹을래)?

말을 알아듣지 못했을 텐데, 그가 그제야 눈을 내리깔았다. 눈을 내리깐다는 것은 이미 전의를 상실했다는 신호다.

놈이 천천히 잔을 들어 입으로 가져갔다. 유방을 물린 년도, 밑

을 핥던 놈도, 하나같이 얼이 빠져 침 뱉은 술을 마시는 놈을 바라
보며 입을 벌렸다.

준 오빠 생각이 났다. 오늘 같은 날, 나를 동백나무 아래서 기다
리고 있을지도 모른다. 준 오빠를 따라 딱 한 번 가본 남원의 그 동
백섬. 동백꽃이 피고 갈매기가 우는 그 동백섬. 아아, 솔직히 그 섬
이 그립다.

교도소를 갔다 오는 사이, 군스가 사귀고 있던 영숙이라는 계집
아이를, 애들을 시켜 데려오게 했다. 손을 봐주기 위해서였다. 솔
직히 나는 그로 인해 교도소 신세까지 지지 않았는가.

애들이 데려온 계집아이를 살펴보니, 생김새가 그런대로 괜찮
았다. 아주 명품으로 도배를 한 것 같아, 군스의 속셈을 알 것 같았
다. 몇 대 쥐어박다가, 성이 풀릴 것 같지 않아, 삑기를 불러 눌러
버리라고 했다.

군스는 내가 그녀를 데려다가 손본 것도 모르고 풀이 죽어 돌아
왔다. 주인 언니가, 내가 군스를 데려와 다시 같이 살기 시작하자,
눈을 뒤집었다.

군스는 주인 언니가 그러든 말든, 내 방으로 들어와 나갈 생각을
하지 않았다.

주인 언니는 잠긴 문밖에서 악을 쓰는데, 군스가 영숙이 말을 했
다. 그녀와 동거할 때가 그래도 좋았다는 것이다. 그녀가 다니기
시작한 유치원 일이 바쁘긴 했지만, 그녀는 이상한 취미를 하나 가
지고 있었다고 했다. 동거를 시작한 첫날, 군스는 늘 빈둥거리고

있었지만, 그녀는 등(燈)에 파묻혀 살았다고 해도 과언이 아니었다는 것이다. 그녀는 이상하게 불 켜는 등에 강한 집념을 나타내고 있었다고 한다. 날이면 날마다 등에 환장한 사람처럼 등을 꽃 대신 사 들고 들어왔다는 것이다.

일본에 있을 때 한때 등에 미친 적이 있었다. 어느 날, 손님을 기다리다가 샤미센 소리를 들으면서 밖을 내다봤는데, 안개가 끼고 실비가 내리고 있었다. 희미한 가로등이 왜 그렇게 외로워 보였는지 몰랐다. 그때부터 등에 미쳤다. 가끔 손님들이 물었다. 왜 그렇게 등에 관심이 많으냐고. 그저 등이 좋다고 했다. 어린 시절, 어느 날 새벽 일어나 보니 사방은 캄캄한데, 어머니가 잠들었을 잠자리를 더듬어 보자, 그 자리가 텅 비어 있었다. 그만 울음이 와락 터졌다. 어둠 속에 혼자 내버려진 것 같아서 울었다. 그 뒤부터 어둠이 병적으로 싫었고, 밤에 잘 때도 불을 끄면 잠이 오지 않았다.

불을 켜는 등이 그렇게 종류가 다양한지, 그때 알았다.

갓등, 산데리아, 꽃등, 스탠드, 외등, 벽등, 정원등, 서크라인, 스포트라이트, 카운터등, 수은등, 트리용 장식등, 네온에 이르기까지.

방이 그리 크지 않았다. 방 안을 온통 등으로 장식했고, 밤이면 불야성을 이루어 놓았다.

더욱이 크리스마스가 되면 내 추리 솜씨에 손님들은 박수를 쳤다. 추리는 각양각색의 등으로 이루어져 신비스럽도록 아름다웠는데, 보는 이로 하여금 감탄을 자아내게 했다.

그 등들을 떠올리면, 준 오빠가 있는 동백섬이 떠올랐다. 그 언덕 위, 등대, 아아 눈 내리는 겨울밤, 누군가 밝혀놓던 그 이삭 같던 추운 밤의 등불들.

준 오빠 보고 싶다. 어두운 가슴에 등불을 달아주던 그 사람. 그렇게 헤어질 수밖에 없었던 준 오빠. 준 오빠…….

비가 오면 우산이 되어주고

1

휴대폰이 울었다. 주인 언니에게서였다. 경찰 서장 팀이 왔다고
했다. 요번에 일찍 석방시킨 공도 있고 하니, 빨리 와 수청을 들라
고 했다. 가고 싶지 않다고 했더니, 주인 언니가 펄쩍 뛰었다.

-아주 작정했네? 이년, 너 군스 그놈과 같이 있지?

-그래요.

-이년, 거기가 어디냐? 세상 나고, 그렇게 뻔뻔한 놈은 보기가
처음이다.

전화를 걸고 돌아보았더니, 군스가 보이지 않았다.

이 자식, 어디 간 거야?

이리저리 찾아보다가, 전화를 걸었더니, 군스가 엉뚱한 소리를

했다.

  -나, 부산 가는 차 탔어.

  -왜?

  -그냥. 넌 어차피 술집 술순이 아니냐. 그만두지 않을 걸 아니까.

  하기야, 싫었다. 군스와 방을 얻어 나간다고 하더라도, 비라도 내리면 분명히 이 휘바리 골목을 그리워할 것이었다. 밑이 근질거리고, 담배 연기가 그립고, 비 오는 이곳의 풍경이 날 환장하게 할 것이었다.

  전화를 끊고, 술집으로 기어들어 가 경찰 서장을 받았다. 그의 산만 한 몸뚱이 밑에 깔려 색색거리며 군스를 생각하고, 준 오빠를 생각했다.

2
—

  때아닌 비가 자주 내렸다. 이상하게 안개가 자주 끼고, 그럼, 날이 들어야 할 텐데, 안개는 우기가 되어 골목골목을 감싸고 술집 안까지 흘러들었다.

  그 속에 담배를 물고 있으면, 담배 연기가 안개인지 알 수가 없을 정도였다.

  종일 손님까지 없었다.

  주인 여자가 날씨 타령을 해댔다.

  -원, 날씨까지 왜 이러는지 모르겠구나.

-좋은데, 왜 그래요?

-뭐가?

-비안개에 물든 세상이 멋지잖아요.

-어이고, 좋기도 하겠다.

그때 미코가 고함을 질렀다.

-군스 아냐?

나도 모르게 고개를 돌렸다.

허름한 옷을 걸치고 모자를 눌러쓴 사내 하나가 웃고 서 있었다.

어디를 간 것인지 보이지 않다가 한 달이 넘어서야 나타난 사람. 군스가 맞았다. 그를 본 주인 언니가 한동안 말을 잇지 못하다가 눈을 뒤집었다.

-오라는 손님은 안 오고……. 왜 또 왔냐?

군스가 털버덕 의자에 앉으며 흐흐흐 웃었다. 그리고 똑똑한 어조로 입을 열었다.

-게이코 보러 왔습니다.

-뭐라고? 방금 뭐라 그랬냐?

-게이코 보러 왔다고요.

-이게 미쳤나? 안 된다. 가라.

-못 갑니다.

-왜 못 가? 여기가 네 집이야?

-어머님 집입니다.

주인 언니는 어이가 없어 입을 벌렸다.

-아니, 장모님이라고 하지요. 게이코가 죽어도 이곳 귀신이 되

어야 하겠다고 하니 말입니다. 그렇게 말하고, 군스는 사정없이 신발을 벗고 내 방으로 들이닥쳤다.

나는 킬킬 웃었다.

-밥 줘.

군스는 남편이 직장에서 돌아와 여편네에게 하듯이 그렇게 말했다. 내가 키들키들 웃다가, 부엌으로 나가 상을 차리자, 주인 언니가 마룻바닥에 털버덕 주저앉았다.

-아이고, 내가 전생에 무슨 죄를 지었기에. 애, 삼촌 어디 갔냐? 어딜 갔기에 들어오질 않아. 저 자식을 내쫓아야지

나는 자꾸 웃음이 나왔다.

밥을 차려다 주었더니, 군스는 게 눈 감추듯 하고는 벌렁 드러누웠다.

그때, 왕 삼촌이 들이닥쳤다.

-군스야. 이놈, 군스야.

-그 자식 내쫓아요.

주인 언니가 악을 썼다.

왕 삼촌이 고개를 내저었다. 그럴 수는 없다는 듯이. 아니, 군스가 숨긴 돈을 찾아야 한다는 듯이. 그대로 군스의 멱부터 잡았다.

-이놈, 잘 만났다. 돈 내놔라! 이놈. 어디다 숨겼느냐?

-나 그 돈 본 적 없다.

군스가 소리쳤다.

-아니, 이놈. 내 모를 줄 아느냐!

한바탕 분란을 부리던 왕 삼촌이 제풀에 지쳐 주저앉았다.

주인 언니가, 군스를 달래기 시작했다.

-돈을 훔쳐 숨겼으면 주어버리면 되지. 어디다 숨겼냐?

군스가 고개를 내저었다.

-그럴 순 없어. 돈을 숨긴 건 나야. 난 게이코와 같이 살 거야.

-그래. 누가 뭐래냐. 그 돈 주고 같이 살아. 여기서. 응?

주인 언니는 기가 막혀 한동안 말을 하지 못하다가, 그렇게 구슬 렸다.

군스가 히히히 웃기만 하자, 주인 언니는 제 성질을 이기지 못해 끝내 눈을 뒤집고 넘어져 버렸다.

주인 언니는 나중 깨어나기가 무섭게, 돈을 못 찾을밖에야 군스 를 내쫓으려고 악을 썼다. 왕 삼촌이 돈을 찾기 전에는 못 나간다 고, 오히려 제 마누라를 말렸다. 그래도 주인 언니는 군스를 내쫓 으려고 했다. 멱을 잡아도 안 되고, 몽둥이로 패도, 군스는 나가지 않았다. 지쳐버린 주인 언니가 펑펑 울기 시작했다. 그제야 군스는 상의를 들고 집을 나가버렸다.

저녁 무렵, 군스에게서 전화가 왔다.

-여기 버스 정류장이야. 나와.

-어디 가니?

내가 나갈 채비를 하자 주인 언니가 눈치를 채고는 물었다.

-군스 만나러요.

-아이구!

안 된다는 고함이 터질 줄 알았는데, 주인 언니는 비명을 지르며 엎어져 이상하게 통곡부터 했다.

그러든 말든, 우리는 밖에서 만났다.

술집으로, 극장으로, 쏘다니다가 둘이 팔짱을 끼고 술집으로 들어서자, 주인 언니가 달려오더니, 나를 떼어내고, 군스더러 나가라고 고함을 질렀다.

군스가 실실 웃었다.

-못 나갑니다.

군스는 나와 살겠다고 억지를 부렸다. 주인 언니가 끌어내면 들어오고, 문을 잠가버리면 돌로 부숴버리고, 주인 언니가 먹살을 잡으면 같이 죽자고 싸웠다.

-절대로 안 된다. 저년 밑에 들인 돈이 얼만데. 그럴 수는 없는 법이다. 네놈에게 돈도 물리고, 이제 저년까지 낚일 것 같으냐.

-그냥 내버려두라니까!

내가 고함을 치자, 주인 언니는 철버덕 주저앉았다.

-이년아, 이 미친년아, 아무리 철딱서니가 없어도 그렇지. 어디 남자가 없어 하필이면 저런 놈을?

-난 그 애밖에 안 보여.

-어이구, 내가 미친년이지!

-놔둬. 놔둬. 우리끼리 한번 잘 살아볼 테니까.

-내가 못 살아. 내가 못 산다.

5장

가을비

1
―

숙취가 가시지를 않았다. 아무래도 섞어 마신 술이 좋지 않은 것 같아 부엌에서 물을 마시고 방으로 가려는데, 문을 빼꼼히 열고 안을 들여다보는 사람이 있었다.

-뭐야?

얼른 보니 사내는 아니었다. 내 또래의 계집아이였다. 아니면 한두 살은 많아 보였다. 나보다 아래는 아니었다.

문이 열리고 안을 살피던 계집아이가 홀로 들어섰다.

-저 이 집이 군스 씨 집 맞죠?

한국 아이인데 일본말로 물었다. 이제 대학생 같은데 일본말이 꽤 능숙한 것으로 보아 관광 계통의 일을 하는 사람인가 하는 생각이 들었다.

　-군스 씨?

　나는 그녀의 말을 되뇌며 눈부신 듯 바라보았다.

　-그런데 뭐야?

　내가 다시 물었다.

　그녀가 헤살 웃었다. 그리고는, "군스 씨 집에 계세요?" 일본어
로 물었다.

　나도 모르게 고개를 내저었다.

　-전화했더니 집에 있다고 하던데요?

　나도 모르게 군스 있는 방으로 시선이 돌아가는데, 그녀가 자기
소개를 하기 시작했다.

　이름이 준영이라고 했다. 대학교에 다닌다고 했다.

　-그런데?

　하고 물었더니 군스 씨와 약속했는데, 약속 장소에 나오지 않아
직접 찾아왔단다. 저번에 한 번 와봤다는 것이다. 요즘 외인들이라
면 여자애들이 사족을 못 쓴다고 하더니, 어느 사이에 계집애 하나
를 다시 낚아챈 모양이었다.

　헛웃음이 나오고, 이상하게 신경질이 났다.

　-준영 씨라고?

　내가 느물거리듯 물었다.

　그녀가 어두운 얼굴에 억지로 웃음을 담았다. 제법 멋을 부린 모
습이었다.

　-말은 많이 들었어요. 여동생이 있다고 하더군요. 게이코 씨죠?

어쭈 이게, 군스는 나를 여동생이라고 했던 모양이었다. 그러고 보니, 그녀가 나를 이미 알고 있었던 모양이었다. 그러니 치음부디 알아보고는 일어로 물었던 것 같았다.

-나를 알아요?

-봤어요. 군스 씨와 함께 찍은 사진.

군스의 지갑 속에 넣어져 있는 사진이 생각났다.

-군스 여자 친구다?

오빠라 하지 않고 군스라고 하는 게 이상한지 그녀가 나를 빤히 바라보았다.

한 대 갈겨버리고 싶었지만, 약 기운 때문인지 방으로 들어가 쉬고 싶다는 생각만 들었다. 그러면서도, 술집으로 끌고 가 팔아먹어 버릴까, 하는 생각을 하는데, 그녀가 또 헤살 웃었다. 웃음이 헤픈 계집이었다. 눈에 색기도 끼었고, 요걸 백령도 다방에 팔면 옷 한 벌 값은 거뜬히 생길 것 같았다. 하지만, 군스를 위해 이번만은 참아보자고 생각하는데, 그녀가 입을 열었다.

-군스 씨 방이 저기던가?

그녀는 정말 내가 없는 사이 군스를 따라 술집으로 들어온 일이 있었던 모양이었다. 그녀는 그것을 증명하듯, 건넛방으로 좀 허청거리는 걸음으로 다가갔다.

나는 어이가 없어, 그녀의 뒷모습을 팔짱을 끼고 지켜보다가, 무너지듯 마루로 가 주저앉았다. 마리후아나 때문인지 속이 떨리고 힘이 없었다. 그저 생각 없이 쉬고 싶다는 생각뿐이었다. 어느 한 순간 갑자기 구역질이 치밀어 올랐다.

일어나 방으로 기어들어 갔다. 눈을 감고 구역질을 참고 있는데, 계집아이의 비명이 들려왔다. 나는 허리를 세우고, 건넛방으로 뛰었다. 한순간 혹시나 했던 내 예상은 그대로 현실이 되어, 눈앞에서 어룽거렸다. 분명히 군스였다. 그의 한 손에서 떨어져 나간 면도칼, 그 칼날이 스쳐 간 곳에서 솟아오르는 피, 그 피는 이미 침대를 흥건히 적시고 있었다.

-차를 불러.

-제 차로 가요.

군스를 업으려 했지만, 도저히 업을 수가 없었다. 계집아이와 양팔을 잡고 일으켜 질질 끌다시피 군스를 대문 밖으로 끌고 나갔다. 계집아이가 뛰어가더니, 푸른색 자가용을 가까이 댔다. 차 뒷좌석에 군스를 처박듯이 어떻게 실었다.

군스를 병원으로 힘들게 옮기고, 화장실로 가 씻고 있으려니까, 계집아이가 울먹이며 들어왔다.

-어떡해요?

-어떡하긴, 죽진 않을 거야.

계집아이가 그대로 화장실 바닥에 주저앉았다. 아이섀도를 진하게 칠하는 바람에, 그것이 눈물에 씻겨 눈 밑이 시커멨다.

-얼굴이나 좀 씻어라.

내가 말했다. 그렇게 말하고 나는 고개를 숙이며 눈을 감았다.

왜 이렇게 되었을까 싶었다. 언제까지 이럴 것인가 싶었다. 결코 쉽게 끝나지 않을 것이란 절망감에 나는 이를 악물었다.

그렇게 차라리 죽는 게 나을지 몰라.

나는 알고 있었다. 군스의 방황을.

내가 생각에 잠겨 있는 사이, 계집아이가 울먹울먹 입을 열었다.

-그 자식 나쁜 놈이에요. 순 또라이라고요. 우린 동거하면서도 그 짓도 제대로 해보지 못했다고요.

내가 계집아이를 바라보았다. 군스가 집으로 잘 들어오지 않는다는 것은 알고 있었지만, 벌써 동거까지, 그런 생각이 들었기 때문이었다.

-동거라니?

내가 물었다.

-모르고 있었나요? 그럼, 둘이 일본으로 들어가 살기로 한 것도 모르겠네요. 게이코 씨한테 말했다고 하던데.

-일본?

-아버지가 거기 살거든요.

-아버지가? 그럼 네 어미는 여기 사람이냐?

-어머, 말하는 거 좀 봐.

-잡종이라는 말이네. 잡종과 잡종? 그놈도 잡종이고 네년도 잡종이고. 거 재밌네.

-꼭 남의 말처럼 그렇게 해도 되는 거예요?

그녀가 시커멓게 눈물이 번진 얼굴로 울먹이며 종알거렸다.

-그럼 너와 내가 남이지, 형제야?

참 맹랑하다는 생각이 들었다.

나도 모르게 그만 웃음이 흐흐 나왔다.

그녀가 이맛살을 찌푸렸다.

-그런데 왜 처음 보는 사람에게 탕탕 반말이세요. 나보다 나이도 많지 않은 것 같은데?

나는 피식 웃었다.

요거, 보자 보자 하니 맹랑하네.

-내 마음이다. 왜?

-정말, 다 못됐어.

-뭐?

-무슨 형제가 그러냐고요?

-지금 무슨 소릴 하는 거야?

-그렇잖아요. 형제라면서 두 사람이 영 딴판이잖아요. 그러고 보니까, 두 사람 형제가 아니라 애인 사이죠? 그렇죠?

나는 눈을 뒤집었다.

-야 이년아, 우리가 형제든 애인 사이든, 네가 뭔 상관이야.

-어머 어머, 말하는 거 좀 봐. 교양이라고는 눈 씻고 찾아보려고 해도 없는 사람이네. 말했잖아요. 우린 애인 사이라고.

-그래서?

-그러니까, 우리 군스 씨 그만 괴롭히란 말이에요.

-그러니까, 군스가 나 때문에 저렇게 되었다는 거야?

-씨이, 그럼요. 밤마다 날 안고 게이코가 날 괴롭힌대요. 그래서 미치겠대요. 게이코 씨 맞잖아요. 난 동생이 못돼서 오빠를 너무 괴롭히는 줄만 알았더니. 몰라요. 아주 못됐나 봐. 우리 군스 씨 마음 아프게 하고…….

나는 두 손으로 그녀의 가슴팍을 밀어버렸다.

그녀가 화장실 바닥에 벌렁 넘어졌다.

-그럼, 니가 그만두면 될 거 아냐.

그렇게 한마디 내지르고 나오는데, 그녀의 고함이 들려왔다.

-흥. 두고 봐요. 그렇게는 안 될걸요.

나는 화장실 문을 나서면서, 저걸 술집 기둥들을 시켜 백령도보다 더 먼 곳에 팔아먹어 버려야겠다고 생각했다.

2

내가 술과 몸을 팔며 날을 보내는 사이, 군스는 보름 후 술집으로 돌아왔다. 멀쩡한 모습으로. 군스는 돌아오기가 무섭게, 나를 보더니 푸념처럼 내게 말했다.

-애를 뗐어.

그는 꼭 남의 말 하듯이 했다. 그 말을 하려고 일부러 돌아왔다는 그런 투였다. 나는 그런 그가 다시 집을 나가리라는 생각을 했는데, 결코 집을 나가지는 않았다. 그렇다고 화장실에서 앉아 울던 계집아이가 찾아온 것도 아니었다. 내가 팔아먹어 버리려고 했더니 군스가 귀찮아 먼저 손을 본 것인지도 몰랐다.

어느 날, 새벽에 보니 군스는 경건하게 창밖을 향해 무릎을 꿇고 두 손을 모으고 앉아 있었다. 열심히 무슨 기도를 하는 것 같았는데, 나는 웃음이 나왔다.

쟤가 미쳤나.

그것은 분명한 안간힘이었다. 발에 밟히는 그림자 없는 인간이 되기 위하여, 이 편협한 세상과 타협하기 위하여, 그는 필사적으로 안간힘을 쓰고 있었다.

주인 언니는 그런 군스가 좀은 안심이 되는 모양이었다. 나는 그 때 생각이 달랐다. 언젠가 그는 나갈 것이다. 내가 저 거리의 부랑아가 되어 바람처럼 헤매지 않으면 안 되듯이, 그 역시 틀림없이 집을 다시 나갈 것이다.

목욕탕에서 돌아오니, 군스는 보이지 않고, 주인 언니가 기다리고 있다고, 주방 아주머니가 일러주었다.

-그 애 왔다 갔다.

보자마자, 주인 언니가 그렇게 말했다.

-예? 누구요?

-도저히 군스 없이는 못 살겠다고…….

-군스, 지금 어딧어요?

-그 애 데리고 나갔다.

-나가다니요?

주인 언니가 고개를 내저었다.

-그걸 내가 어떻게 알겠냐.

이것들을 가만 놔둬서는 안 되겠다고 생각하고 있는데, 느닷없이 군스가 들어왔다.

정작 군스가 다시 나타나자, 주인 언니가 하얗게 질렸다.

-너 또 왜 왔냐?

주인 언니의 말에 군스가 피식 웃었다.

-오고 싶어서요.

-고집이냐, 뭐냐?

주인 언니의 매살 찬 말에, 군스가 계속 잔인하게 웃었다.

-사랑이죠.

-독한 놈!

주인 언니는 그렇게 내뱉고 방을 나가버렸다.

이번에는 바사나라는 계집아이가 어떻게 알았는지 술집으로 군스를 찾아왔다. 어이가 없어 말도 나오지 않았다. 그녀 역시 튀기였는데, 일본에서는 잣슈(ざっしゅ, 雜種)라고 한다. 순수하지 않고 섞였다는 말이었다. 잡종이라는 말이다. 유유상종이라는 말이 떠올랐다. 같은 무리끼리 서로 어울린다는. 잡종은 잡종끼리 통한다는 말이 헛말이 아닌 모양이었다. 캄보디아 계통과 유럽산이 합쳐진 것 같은. 눈이 검고 깊어 퍽 강렬한 인상의 소녀였다.

군스는 무슨 생각에서인지, 그녀를 데리고 바람처럼 사라져 버렸다.

3

-왜 돌아온 거야?

상가를 빠져나오면서, 내가 군스에게 물었다.

-그냥. 네가 보고 싶어서.

군스는 심드렁하게 대답했다.

-그 애와는 완전히 끝낸 거야?

-나도 모르겠다.

그는 그렇게 말하고 문을 향해 다가갔다.

-내가 그렇게 만만해?

따라붙으며 내가 쏘아붙였다.

-만만하긴.

-그럼, 왜 돌아와? 그년과 살지?

-몰라.

-내가 받아주지 않을 거라는 걸 몰라서 온 건 아닐 테고……?

-맞아.

그렇게 대답하고 그는 말이 없었다.

"또 죽을 거야?" 그렇게 물어보려던 나는 멀거니 그를 바라보았다.

백화점을 나와서야, 나는 살 것 같았다. 산 것은 별로 없었다. 군스 속내의 몇 벌과 나의 잠바 한 벌을 샀을 뿐이었다.

다음 날 군스는 집을 비웠다. 바다 같은 곳으로 가, 또 자살극이나 벌인 건 아닌지 몰랐다.

그가 돌아온 건 이틀이 지나서였다. 집을 이틀째나 비우고 돌아온 그에게 물었다.

-그년과 같이 있었어?

군스가 머리를 흔들었다.

-벌써 해치웠어.

-해치우다니?

내가 물었다.

-기지촌에.

-기지촌?

-술을 진탕 먹여놓았더니 흰둥이 놈이 얼씨구나 하고 업어가더군. 아침에 문을 따고 들어갔더니, 흰둥이 밑에서 씩씩거리며 마이 달링 어쩌고…… 어찌나 우습던지…….

말은 그렇게 했지만, 충격이 컸던지 그는 산 사람이 아닌 것 같았다. 지칠 대로 지친 모습으로, 흐느적거리고 있었다. 그녀를 사랑하느냐고 했더니, 창밖만 내다보았다. 그러고는 겨우 하는 말이 쉬고 싶다고 하였다. 그런 그를 보며 혹시 엑스터시나 마리후아나에 빠져든 게 아닐까, 하고 생각했다. 설마, 싶었다. 아무리 그래도 나처럼 나약한 인간이라고는 생각되지 않았다.

요즘 들어, 군스의 행동이 자꾸만 이상하다는 생각이 들었다. 어제는 이런 말을 했다.

-이 나라는 내 나라일까? 남의 나라일까? 하나같이 날 짐승 쳐다보듯 하니…….

그는 그렇게 제 한 몸도 가누지 못하는 일상을 영위하면서도, 꼭 일어나면 집을 비웠다. 비칠거리며 걸어가는 그를 보고 있노라면, 저게 바람일까, 갈대일까 싶었다. 아니, 바람에 넘어지지 않으려는 오기에 찬 갈대 같아서, 나도 모르게 눈물이 돌았다.

그럴 때마다, 나 때문에 저러는 게 아닐까, 싶기도 해 애써 머리를 내저었다. 그는 어린애가 아닌 것이다.

그런데, 오늘 아침 집을 나가면서 이런 말을 했다.

-나 바사나에게로 가야겠다. 날 버러지 취급하는 네 주인 언니도 보기 싫고…….

바사나는 또 누군가 싶다가, 아, 언젠가 찾아왔던 그 튀기? 하는 생각이 들었다. 기가 막혀 말이 나오지 않았다.

4

새벽은 언제나 새롭고 신비롭다.

밖으로 나와 담배 한 대를 피워 물었다. 계단에 쪼그리고 앉아 새벽바람을 맞았다. 입에서 코 큰 여자가 부르는 노랫소리가 흘러나왔다. 눈물이 쏟아졌다.

오늘도 군스는 들어오지 않을 모양이었다. 가끔 주위를 둘러보곤 했지만, 그의 그림자도 찾을 수 없었다.

술기운 때문에 내내 누워 있다가, 새벽에야 눈을 떴다. 누워 있는 동안, 그 노래를 들었던 것 같았다. 나의 어머니가 사랑했던 그 여가수의 노래.

어떻게 일어나 라면으로 속을 좀 달랬지만, 성에 차지 않았다.

주인 언니의 손길을 뿌리치고 그대로 나왔다.

애들과 어울려 호리 아지트로 갔다. 헤로인을 한 대씩 찌르고,

깨어나자 벌써 저녁이었다.

 그 길로 몸을 떨며 집으로 갔더니, 왕 삼촌의 몰골이 말이 아니었다. 주인 언니에게 왜 저러냐고 물었더니, 요즘 술이 더 과해졌다고 했다. 매일 도박장에나 드나들고, 집에는 이틀에 한 번꼴로 들어온단다.

 술에 취해 코를 골고 있는 그나, 나나 참으로 한심하다는 생각이 들었다. 왕 삼촌은 도박과 주색에 빠져 허우적거리고, 이 집의 날계란은 마약에 떨고 있으니, 술집이 제대로 된다면 그게 오히려 이상할 것 같았다. 도대체 우리를 이렇게 망가뜨리고 있는 것은, 무엇일까? 비록 핏줄은 아니지만, 정신을 못 차리고 방향을 잃은 배처럼 헤매고만 있으니, 내가 생각하기에도 부끄러운 일이었다. 세상에 왕 삼촌 같은 사람만 있는 것은 아닐 것이다. 이 세상 남자가 모두 그렇다면 어떻게 되겠는가. 그리고 나 같은 사람만 있는 것도 아닐 것이다. 왕 삼촌과 내가 아무리 세상을 부정적으로 보려고 해도, 이 세상을 긍정적으로 사는 사람들도 있다. 남을 위해 조금은 양보할 줄 알고, 사회를 위해 봉사할 줄도 알고, 아내를 위해 앞치마를 두를 줄도 알며, 자식을 위해 눈물을 보이지 않으려는 남자들이 이 세상에는 수두룩하다. 안개 낀 새벽 바닷가, 손을 잡고 거닐며 자식과 교감을 나누고, 아내의 손을 잡고 콧노래를 부르기도 하고, 할머니가 의치라도 빼 씻으면 같이 부둥켜안고 울기도 하고, 주말이면 김밥이라도 싸 야외로 나가기도 하고, 때로는 아들을 데리고 바닷가에 나가 낚시질도 하고…….

 그렇게 세상을 긍정적으로 사는 사람이 어디 한둘이겠는가. 그

런데 왜 하필이면 왕 삼촌과 나는 그런 세월을 살지 못하는 것인
지 모를 일이었다.

만약 나와 어울리는 애들이 이런 말을 듣는다면, 아마 배꼽을 잡
고 웃을지도 모른다. 아니, 웃을 것이다. 그리고 이렇게 말할지도
모른다.

-야 이년아, 지금이 어떤 세상인데 지랄이야. 재떨이 하면, 재떨
이 갖다 바치게. 간 큰 남자 시리즈도 모르냐?

그렇긴 하다. 남자의 음성보다 여자의 음성이 갈수록 커지는 세
상이긴 하다.

그런데도 아직도 왕 삼촌은 의기양양하다. 왕 삼촌이 힘이 세다
는 걸 모르는 사람이 어디 있으랴.

하지만, 그가 힘이 센 남자이기에 그런 생활을 하고 있다면, 이
건 분명히 무엇인가 잘못되어 있다. 그래서 왕 삼촌이나 나란 인간
이 참으로 한심하게 살고 있지 않나 하는 생각이 드는지도 모르겠
다. 나 역시 왕 삼촌과 다름없는 인간이고, 그런 나 자신이 스스로
생각해도 한심하다는 생각이 드니 말이다.

그러고 보면 환상은 깨어져야 하는 것인지도 모른다. 설령 그것
이 사랑이라고 하더라도 말이다.

5

방으로 돌아와 눈을 감았다. 잠이 오지 않았다.

해가 지자, 군스에게서 전화가 왔다.

모처럼 쉬는 날이라, 나는 주인 언니가 집을 비운 사이 방문을 있는 대로 열어젖혔다. 군스가 들어온다니, 준비를 좀 해야 할 것 같아서였다. 그가 약속대로 들어오든 안 들어오든, 이번만은 끝장을 봐야 할 것 같았다.

촛불도 점점이 밝혔다. 포도주도 한 병 준비했다. 닭도 알맞게 익혀놓았다.

군스와 마주 앉아 결론이 어떻게 날지 모르지만, 일단 나는 내가 할 수 있는 일은 하고 보자는 생각이었다.

10시가 넘어도 군스는 들어오지 않았다. 나는 끈질기게 기다렸다. 도대체 알 수 없는 게 군스의 마음이었다. 스미라는 애에게 깨끗하게 돌아가든지, 아니면 나와 새롭게 출발하든지. 이것도 아니고 저것도 아니고 방황만 계속하고 있으니, 어떻든 돌아오면 끝장을 봐야 할 것이었다.

기다리는 보람이 있었던지, 주인 언니가 돌아오고 얼마 안 있어 군스가 뒤늦게 집으로 들어섰다. 그가 들어선 것은 12시가 가까워서였다. 우선 반가웠다. 초인종이 울리기에 부리나케 나가 보았더니, 그가 풀죽은 모습으로 서 있었다. 술 냄새가 확 끼쳤다. 아무튼 반가웠다.

-어서 들어와?

나도 모르게 반갑게 맞아들였는데, 그가 나를 뿌리쳤다.

주인 언니가 혀를 쯧쯧 찼다.

-사람이 염치가 있어야지.

군스는 주인 언니를 향해 꾸벅 머리를 숙였다.

-죄송합다. 너무 염치가 없어서, 어머니는 제가 보기 싫죠? 하긴 내가 어떻게 어머니 자식입니까. 장모님이면 몰라도……

주인 언니가 어이없어하다가 자신의 방으로 들어가 버렸다.

그 모습을 보고 있던 군스가 나를 노려보며, 손을 뿌리쳤다. 될 대로 되라는 식이었다.

-이거 놔!

나는 그에게서 한 발짝 물러났다.

-역시 넌 무지한 인간이야!

그렇게 소리치고, 그는 쓰러질 듯이 의자로 가 고꾸라지듯 앉았다. 그러고는 몸을 건들거리며 흥하고 웃었다. 내가 다가가자, 겨우 몸을 가누고 일어나 건들거리며 문지방을 두어 번 툭툭 찼다.

내가 멀거니 서 있자, 그는 몸을 건들거리며 나를 돌아보았다.

-게이코!

-?

-너 그러면 못 쓰는 거야. 내 모를 줄 알아!

그가 몸을 돌렸다. 그는 턱밑까지와 게슴츠레 풀어진 눈을 치뜨고, 손끝으로 내 턱을 밀어 올렸다. 눈앞까지 다가온 그의 입에서 역겨운 술 냄새가 구토증을 몰고 왔다.

나는 홱 고개를 돌려버렸다. 상처 난 가슴에 소금을 흩뿌리듯 가슴이 아려왔다. 지독한 배신감이었다.

-들어가 자.

나는 팔짱을 끼고 눈을 내리뜬 채 말했다.

-들어가 자라고?

그가 건들기리며 내 말을 되물었다.

-자라고 하잖아!

나는 앙칼지게 쏘아붙였다.

-어쭈 본모습이 나오네.

그가 웃기지 말라는 듯이 건들거렸다. 그러고는 느물거리기 시작했다.

-그러니까 뭣인가, 일단 피하고 보자?

말이 되지 않을 것 같아 자리를 뜨려는데, 거칠게 그가 내 팔을 잡아챘다.

-손 치워.

그가 흥 하고 웃었다.

-너 나를 사랑하냐?

그가 물었다.

-웃기는군.

-왜 이래, 이거.

그가 내 팔을 던져버리듯 놓았다.

-난 진작 알고 있었어. 알고 있었다고.

-뭘?

-니가 날 갖고 놀고 있다는걸.

-그만해.

내가 주먹을 쥐자, 그가 해롱해롱 웃었다.

-왜 뒤꺼워?

-나라고 할 말이 없는 줄 알아?

말이 되지 않을 것 같았지만, 참아내지 못하고 고함을 질렀다.

그가 또 이죽거리기 시작했다.

-준이라는 그 자식!

-뭐?

그의 입술이 푸르르 떨렸다.

-그 놈이 어떤 놈인지 모르겠지만, 너 아직 그 자식 못 잊고 있다는 것쯤은 알아 이년아. 다 봤거든.

나는 멍하니 그를 돌아보았다.

그가 큭큭 웃다가 입술을 달싹였다.

-너 낙서장. 뭐? 동백꽃. 약속했다고? 이거 왜 이래. 간지럽게. 뭘 어쩌겠다고? 시를 쓴다며? 그럼 난 뭐야? 뭐냐고? 방자냐?

-뭐?

그때는 몰랐다. 그가 '방자전'이라는 영화를 보고 하는 말이라는 걸. 이몽룡의 하인 방자가 춘향을 넘보는 영화라는 선전을 어디선가 본 적이 있었다.

-더러운 년! 더블유 씨 주제에. 풍월? 웃기고 자빠졌네. 네가 불사조면 나는 부레메다.

-개자식?

내 주먹이 그의 면상을 갈겼다.

그의 입에서 피가 흘러내렸다. 침을 탁하고 바닥에 내뱉던 그가 피를 보더니 또 히물히물 웃었다.

-이년이 이제는 손찌검까지 하네. 계집년의 주먹에 피를 봐.

-너 차라리 내 앞에서 사라져 주라. 꼴 보기 싫으니까.

-이거 왜 이러시나. 그래도 우리는 육체로 맺어진 동기간 아닌가.

-난 너 같은 거 동기간으로 둔 적 없어.

-춘향이 그랬을 거다. 몽룡이 기다리다가 사내 생각이 나 다리 벌리고 엉덩이 흔들었겠지. 암암, 일리가 있더라고. 망할 년. 엉덩이 흔들면서 좋아할 땐 언제고, "군스 씨, 사랑해! 군스 씨. 사랑해! 사랑해! 아아 미치겠어. 군스 씨, 어떻게 좀 해봐. 아아, 군스 씨, 군스 씨, 그래 그렇게 해줘. 계속……. 으으으 준 오빠, 준 오빠! 니기미!"

-그만 못 해?

-웃기지 마라. 네가 아무리 지랄을 떨어도 풍월이 아니라 더블유 씨야!

군스가 야비하게 웃다가 눈을 똑바로 치뜨고 나를 쏘아보았다.

-나 오늘 진짜로 비밀 하나를 말해주겠다. 왜 내가 이러지 않으면 안 되는지.

-?

-어머니마저 사라진 판에 내가 뭔 미련이 남아 여기 붙어 있겠냐.

-뭐라고?

군스가 이를 뿌드득 갈았다.

-죽일 놈의 그 자식 돈 좀 빼먹으려고 그랬다.

-뭐?

나는 어이가 없어 그를 멍하니 바라보았다. 뭐가 뭔지 모르겠다는 생각이 들었다. 군스의 목소리만이 의미 없이 들려오고 있었다.

-바사나 그년, 잡히기만 하면, 죽여버릴 거야. 얌전하게 지랄하

더니, 맡겨놓은 돈 몽땅 가지고 날라버렸어. 그래, 나 너 몰래 그 돈 숨겨놓았었다. 너 깜방 가 있어도 눈도 깜박 안 했어! 이년아!

군스가 악을 쓰다가 또 이를 뽀드득 갈았다.

나는 그가 지금 자포자기적 감정에 빠져들고 있다는 생각이 들었다.

-자, 그러니까 이제 우리는 깨끗하게 헤어질 때가 되었지?

나는 그를 똑바로 노려보았다.

-너, 나 들으라고 하는 말이지?

-좋아하지 마. 사실이니까.

-사실?

-못 믿겠으면 그놈에게 가서 물어봐라. 왕 삼촌이란 놈 말이다. 방금 찾아보았더니, 바다에 낚시하러 갔다, 하더라. 친구들과. 그 놈도 미친놈이야. 날이 이렇게 궂은데, 무슨 고기잡이야.

-떠나려면 곱게 떠나. 떠난다고 해서 네 앞을 가로막을 사람 하나도 없어.

-웃기는군. 왜 앞이 보이지 않아? 캄캄해? 동백꽃이라도 보고 싶어? 동백꽃이라도 있었으면 좋겠어? 그 자식이 네 젖 외짝이라고 놀리기라도 하디? 그럴 놈을 기다렸어? 가. 가서 그놈한테 있는 대로 보여. 그리고 그놈더러 있는 대로 쓰라 그래. 그게 진짜야.

-솔직해서 좋네. 씹팔 놈!

-그건 욕이 아니지. 나는 씹이 없으니까. 욕을 하려면 제대로 해. 좆 팔 놈이라고. 그래 난 좆 팔 놈이고, 넌 씹 팔 년이다.

군스의 눈에서 눈물이 주르르 흘러내리는 것을 나는 보았다. 그가 그 눈물을 닦았다.

나는 다시 사정없이 그의 면상에다 주먹을 날렸다. 내 어린 주먹에 벌렁 나자빠진 그의 눈두덩이, 밤송이처럼 부풀어 올랐다. 그의 얼굴이 너무 희기 때문이었을 것이다.

그가 매서운 눈길로 나를 쏘아보았다. 눈에서 불이 쏟아지는 것 같았다.

나는 그런 그를 향해 악을 썼다.

-나가. 다시는 내 앞에 나타나지 마. 도둑놈! 누군들 피눈물이 흐르지 않아 이러고 있는 줄 알아.

나는 촛불이 켜진 식탁을 밀어버렸다. 그가 밉다는 생각이 들었다. 이럴 때일수록 차분히 해결할 수도 있는 일 아닌가 싶었지만, 도저히 참을 수가 없었다.

그가 건들거리며 일어나더니 입꼬리를 째고 웃었다.

-그래 이년아. 난 너보다 그 돈이 더 좋아.

그는 비틀거리며 방 안으로 들어갔다.

갑자기 눈물이 주르르 흘러내렸다.

-왜 안 나가니? 이 새끼야, 왜 안 나가?

그가 돌아서더니, 나를 바라보았다.

-못 나간다. 그 돈 찾기 전에는. 그 돈이라도 있어야, 영국으로 갈 수 있을 테니까. 영국으로 들어가 줄 테니, 조금만 기다려라. 이 더러운 나라, 더 있으라고 해도 안 있는다.

그는 그렇게 말하고, 방으로 들어가 버렸다.

나는 어둠 속에 멍하니 앉아 있었다.

내가 방금 무슨 말을 들었던가 하고 생각해 보았지만, 머릿속이 하얗게 비어오고 있었다.

나는 나도 모르게 일어나 비칠거리며 욕실로 들어갔다. 멍하니 물을 받았다. 거의 본능적인 행동이었다. 따뜻한 물을 받아 비누를 풀고 들어앉았다. 내 정신이 아니었다. 나도 모르게 손이 아랫배로 갔다. 뭉툭하게 만져지는 이것. 이제는 제법 모양을 잡아가고 있는 바로 이것.

이것을 의식했을 때부터 그에게 가망 없는, 아니, 어이없는 희망이라도 붙잡으려 했던가.

방으로 돌아와 누웠지만, 잠이 올 리 없었다. 나는 멀거니 천장을 보고 누운 채 내심으로 머리를 내저었다. 병원 수술대에 다리를 벌리고 누운 나의 환영이 한동안 눈앞에서 어른거렸다. 나는 머리를 내저었다. 아무것도 생각하고 싶지 않았다. 아무것도.

그러나 생각이란 놈은 생각지 않으려 한다고 물러가는 것이 아니었다. 무서운 생각이 더욱더 기승을 부리며 달라붙었다. 생각은 이내 영상을 몰고 왔다. 불러오는 배. 튀어나오는 배꼽, 왕 삼촌과 주인 언니의 사나운 눈길. 변소에서 낳을지도 모르는 생명체. 그대로 버릴 수밖에 없으리라.

그럴 수는 없다는 생각이 들었다.

어떡해야 하는 것일까.

아이를 공중화장실에서 낳아 그대로 버린 애를 본 적이 있다. 신문에도 나고 그랬는데, 결국은 정신병원으로 끌려갔다. 어떤 애는 임신했다는 사실을 알고는 눈앞이 캄캄하고 미칠 것 같았다고 했다. 정신없이 그대로 방을 빠져나가 부엌으로 달렸다고 했다. 칼. 칼이 필요허다는 생각밖에는 들지 않더라고 했다. 칼집에 꽂힌 칼을 빼 들었다고 했다. 이것으로 어떻게? 그 애는 칼을 던져버리고 다시 방으로 돌아왔는데, 죽여야 한다는 생각밖에 들지 않더라고 했다. 그 애는 사방을 두리번거리다가 정신을 잃고 말았다고 했다. 정신을 차려보니 병원이더란다. 그 바람에 애는 사산이 되었고.

차라리 그렇게라도 되었으면…….

그러나 그렇게 될 리 만무하다는 생각이 들자, 나는 허둥대기 시작했다. 이럴 때 유우카쿠의 유조들은, 어릴 때 불고 놀던 귀신의 등이라는 꽈리(ほおずき, 酸漿·鬼灯) 심과 그들만이 알고 있는 무엇인가를 함께 씹어 먹는다. 유우카쿠의 비방이다. 특히 옛날 몸을 팔던 산차조로들이 주로 쓰던 비방이다. 그녀들의 비방은 이제 유우카쿠의 주인들이나, 비밀리에 알고 있는 것이다. 그 독에 핏덩이가 떨어진다. 그러나 여기는 일본이 아니다. 한국이다.

벌떡 일어나 방 안을 왔다 갔다 하는데, 갑자기 간밤의 꿈이 생각났다.

그래. 간밤에도 이렇게 어쩔 줄을 몰라 서성였었지.

옷장 문을 열었고 철사에 비닐을 씌워 만든 옷걸이를 꺼내었다. 떨리는 손으로 비닐을 벗겨내었고, 그것은 잘 벗겨지지 않았었다. 주방으로 달려가 칼로 껍질을 벗기듯 비닐을 벗겨내었다. 그리고 화장실로 들어갔었지. 맞아. 구부러진 철사를 바로 세우고 욕탕으로 들어갔었다.

거기까지 생각하던 나는, 나도 모르게 옷장 문을 열었다. 철사

옷걸이를 꺼내어 들고, 욕탕으로 향했다. 욕탕의 문을 열자, 꿈속에서 보았던 욕탕이 거기 있었다.

이럴 수가!

모든 것이 뿌옇게 보였다. 안개 발을 헤치듯 허우적거리며 욕조로 다가가, 욕조 앞에 다리를 벌리고 변을 보는 자세로 앉았다. 눈을 질끈 감고 얼굴을 허공으로 쳐들었다. 그러고는 한 손에 철사를 들고, 한 손으로 질 입구를 더듬었다.

아아, 질 속으로 철사를 밀어 넣었었지? 그때 할복하던 일본 무사의 비장한 모습이 눈앞을 스쳐 갔었다.

참아. 조금만. 조금만. 용서하렴. 용서하렴. 제발 용서하렴.

분명히 꿈속에서 그렇게 중얼거렸었다. 그러고는 철사를 질 속 깊숙이 찔러 넣었었고, 지독한 통증을 느끼며 뒤로 넘어졌었다.

철사를 질 입구에 대고 꿈속을 더듬던 나는, 문득 앞을 막아서는 하나의 환영을 보았다.

-어머니!

어머니가 나를 내려다보며 고개를 내저었다.

-그러지 마라. 생명이야.

비로소 알겠다는 생각이 들었다. 아비도 모르는 생명을 낳을 수밖에 없었을 어머니.

나는 그 자리에 털버덕 주저앉았다.

그래. 하는 생각이 들었다. 생명이다. 내게 주어진 생명이다. 내가 내 생명을 소중히 하지 않고 무엇을 소중히 할 것인가.

철사가 내 손에서 바닥으로 떨어졌다. 순간 눈앞이 캄캄했다. 긴장이 풀려서일까?

　뒤이어, 나는 눈을 뒤집고, 뒤로 넘어졌다. 무엇인가 머리에 부딪히는 거 같았다.

수레바퀴 앞에 서다

1

일본에 있을 때 동물원에 간 적이 있었다. 그곳에서 호저(ヤマア
ラシ, 豪猪)라는 동물과 산양(山羊)을 보았다. 겨울이라 날이 찬데,
산양들은 서로 붙어 체온을 나누지 않고 떨어져 있거나, 되새김질
하거나, 졸고 있었다. 사육사에게 왜 추운데 떨어져 있느냐고 물었
더니, 양은 본시 시기심이 많아 붙어 있으려고 하지 않는다고 했
다. 시기심 때문이 아니라 두꺼운 털 때문이 아닐까 싶었는데, 그
것을 시기심으로 보는 관점이 야릇했다.

산양 우리 옆에 호저라는 동물 우리가 있었다. 호저는 고슴도치
처럼 온몸에 가시가 나 있고, 크기가 토끼만 했다. 이것들은 가시
가 나 있어 서로 떨어져 있어야 할 터인데, 붙어서 몸을 비벼대었

다. 산양과는 반대였다. 저러다 죽는 거 아니냐고 물었을 때, 사육사는 희미하게 웃으며 묘하다고 했다. 죽자고 비벼대다가 고통스러우면 떨어진다는 것이다.

그때 이런 생각이 들었다. 저들은 저렇게 피를 흘리면서 추위와 아픔의 참을 만한 거리를 알아내는 것은 아닐까? 누군가, 고독은 자연스러운 상태의 것이라고 했다. 그렇다면 고독을 저버릴 때 피를 흘리게 된다는 말이다.

요즘 들어 나와 군스의 생활이 그랬다..

병원에서 내가 눈을 떴을 때 느꼈던 것은 소독 냄새가 아니라, 비릿한 피 냄새였다.

느낌이 이상해 주인 언니가 욕실로 달려왔을 때, 비릿한 피 냄새에 정신이 없더라고 했다.

왜 새 생명은 스스로 어미의 자궁 속을 박차고 나와버린 것일까?

병원에서 지혈했지만, 이틀 동안이나 피가 멈추지 않았다.

어떻게 소식을 들었는지, 군스가 병원으로 왔다. 이를 악물고 나는 군스와 시선을 맞추지 않았다. 화해는 없었다. 갈등은 더 깊어져 있었다. 죄는 내가 짓고, 증오는 그를 향해 있었다. 아니, 어쩌면 용서할 수 없는 것은 나를 향한 증오였을지 몰랐다. 우리들은 부딪치면서, 흔들리면서 생각하고 있었다.

그래. 떠나리라. 어디론가, 어디론가 떠나 세월을 기다리리라. 그러면 언젠가는 이 상처도 잊힐 때가 있겠지. 그래, 내일 아침엔 떠나리라.

그렇게 다짐하고 또 다짐하면서, 우리들은 밤을 보내고, 아침을 맞았다. 나에게는 떠나지 않는 군스가 이상했고, 군스에게는 내가 이상했을 것이다.

내 쪽에서 보면 아무리 돈 때문이라고 하지만, 군스가 이상하지 않을 리 없었다. 그런 그를 볼 때마다 나는 그답지 않다고 생각하였다. 그놈의 돈이 무엇이기에.

그러면서 싸웠다. 사소한 건덕지만 있으면, 으르렁거렸다. 그렇게 서로가 저주하고 증오하면서, 우리는 흔들리고 있었다. 우리는 호저들이었다. 부딪치기만 하면 피를 흘리는 호저들이었다. 어쩌다 눈만 마주쳐도 피를 흘렸다. 눈치를 보고, 속상해하고, 무시하고, 증오하고, 그러면서도, 제자리를 찾지 못해 비틀거렸다. 나는 나대로 비틀거리고, 군스는 군스대로 비틀거렸다.

문제는, 이건 아니야, 이건 아니야 하면서도, 그렇게 우리는 부딪치고 있다는 사실이었다. 결코 해결할 수 없을 문제라는 걸 알면서도, 아직도 우리는 그렇게 서로를 증오하며, 미련하게 머뭇거리고만 있었다.

주인 언니가 없는 틈을 타, 교포들의 술집에 들어가 일하고 있는 남은 애들에게 전화했더니 몰려왔다.

유산됐다는 말에 애들은 심드렁했다.

-나 같아도 그런 집에서는 못 살지. 잘됐네.

-돈 벌었네. 난 손님 받아 모은 돈 홀랑 날렸는데.

-그래서, 돈 없다고 한 거야?

-그럼 없으니까 없다고 하지. 나 그런 년 아냐.

-미코야!

두 년이 얼싸안고 눈물을 보였다.

-야 이년아, 말을 하지. 얼마나 아팠냐?

-하는 수 없이 주인 언니에게 털어놓았지, 뭐냐. 눈을 새하얗게 흘기더라. 그런데 병원에서 안 받아줘.

-왜?

-미성년자.

-그래 어떡했어?

-할 수 없지 뭐.

-뭐가?

-마담이 나를 사이비 의사에게 데려가더라고.

-척추에 몽환 주사를 놓아서는 애를 떼어내는 돌팔이?

-맞아. 단골 의사. 으아, 척추에 대바늘 같은 주삿바늘이 찔러올 때 미치겠더라.

-미코야!

그러면서 두 년이 또 훌쩍거렸다.

속없는 것들!

내 병문안을 와놓고, 저들끼리 울고불고 난리였다.

2

휴대폰을 접으며 나는 시선을 떨구었다. 약 기운 때문인지 몸을 가눌 수가 없었다.

-무슨 일인지 모르겠구나. 아무래도 군스에게 무슨 일이 난 모양이다. 나가서는 여태 소식이 없으니, 벌써 며칠 째냐.

-잘됐네요, 뭐. 그렇게 못 쫓아내 안달이더니. 암튼 알겠어요.

언제는 군스를 못 내보내서 안달이더니, 이제는 군스가 보이지 않으면, 그래도 걱정이 되는 모양이었다. 주인 언니가 그런 사람인 것은 알고 있었지만, 걱정도 팔자라더니, 어쩔 수 없는 일이었다.

-바사나라는 여자애한테서 군스 거기 없느냐고 오늘도 전화가 왔었다.

-언니 전화번호를 어떻게 알고요?

-가게 전화로 말이다.

-어디래요? 어디 있대요?

내가 다급하게 물었다.

-그냥 그렇게 묻고 전화를 끊더라.

-곧장 들어갈게요.

그렇게 말하고 전화를 끊긴 했지만, 군스가 훔쳐낸 왕 삼촌의 돈을 바사나라는 애가 가지고 있다는 생각이 들자, 애가 달았다. 바사나를 찾으려고 오늘도 군스는 혈안이 되었을 텐데, 하기야, 그러고 보면 바사나라는 애도 불안은 할 것이다.

술집이 보이는 지점에 이르러 나는 걸음을 멈추었다. 주인 언니의 모습이 보였다. 술집 문은 아예 닫아건 것 같았다. 그녀는 어울리지 않게 계단 가에 앉아서 이쪽을 하염없이 바라보고 있었다.

성큼성큼 주인 언니에게로 다가갔다. 나를 바라보던 주인 언니가 일어났다. 그의 눈빛이 나의 어깨 너머에 있었다. 그제야 뒤를 돌아보았다. 돌아보다가 흠칫 놀랐다. 군스가 소리 없이, 내 등 뒤에 서 있었다.

멍하니 그를 쳐다보는데, 주인 언니가 쯧쯧 혀를 차며 문 안으로 들어가 버렸다.

나는 그 모습을 가만히 지켜보다가, 주인 언니 뒤를 따랐다. 벌써 으스름이 진 골목길에 그림자가 길게 드리웠다.

방으로 들어가 버린 군스의 모습은 보이지 않았다.

나는 망설이다가, 군스가 있는 방으로 걸음을 옮겨놓았다.

방으로 들어서자, 군스는 두 손으로 턱을 고인 자세로 앉아 있었다. 내가 다가가도 꼼짝하지 않았다.

-나 좀 봐.

군스는 대답이 없었다. 얼굴도 들지 않았다.

-왜 그래? 무슨 일 있었어?

그래도 군스는 꼼짝하지 않았다.

군스는 잠시 후, 썩은 나뭇등걸처럼 방바닥으로 풀썩 쓰러졌다.

나는 말없이 그를 내려다보았다.

군스는 그 기미를 알면서도, 눈도 뜨지 않았다. 꽉 다문 입술 사이로 금방이라도 울음소리 같은 말소리가 새어 나올 것 같은데, 그는 눈을 뜨지도, 입을 열지도 않았다.

군스는 끝내, 내가 지쳐 일어설 때까지도 눈을 뜨지 않았다.

밖으로 나오는데, 문 쪽에서 지팡이를 짚고 헐떡거리며 들어서는 사람이 있었다. 내가 휘두른 야구 방망이에 다리를 맞고 뼈가

부러졌던 왕 삼촌이었다.

주인 언니가 방문을 열다가 멈칫했다.

왕 삼촌은 들어서다가, 나를 보더니 이를 부드득 갈며 걸음을 멈추었다. 분명히 무슨 소릴 듣고 들이닥친 게 틀림없었다.

ㅡ이년, 잘 만났다. 어쨌느냐?

나는 알고 있었다. 그가 찾으러 온 것이 돈가방인 것을.

ㅡ네년과 군스가 짜고 돈을 들어내었다는 걸 다 알고 있다. 내놓아라. 아니면 가만두지 않을 것이야.

ㅡ전 몰라요.

냉랭한 어조로 내가 대답했다. "그게 언제 때 일이에요." 하는 말이 나오려다가 꿀꺽 넘어갔다.

ㅡ아니, 이년이 그래도…….

왕 삼촌이 지팡이를 쳐들고, 내게 달려들었다.

뒤에 서 있던 주인 언니가 기겁하고, 내 앞을 막아섰다.

ㅡ당신 왜 이래?

ㅡ비켜.

ㅡ모른다고 하잖아.

ㅡ모르긴 뭘 몰라. 내가 탄원서를 왜 썼겠어. 저년을 가둬놓고서야 돈가방을 어떻게 찾냐고.

ㅡ어이고, 당신 사람도 아냐.

ㅡ비켜.

ㅡ못 비켜요.

ㅡ못 비켜? 그럼, 네년부터 먼저 죽여야 하겠구먼.

-그래요. 죽이시우. 아예 죽는 게 낫지. 이런 세상 미련도 없소.

왕 삼촌의 눈에서 불이 터졌다. 처들린 지팡이가 사정없이 주인 언니의 머리 위로 떨어졌다. 주인 언니가 앓는 소리도 내지 못하고, 나동그라졌다. 뒤이어, 지팡이가 내 어깨 위로 떨어졌다. 계속해서 지팡이가 몸 위로 떨어졌다. 비명이 터져 나왔다.

그런 한순간이었다. 문이 벌컥 열리는가 했더니, 군스가 뛰쳐나왔다. 그의 손에 가방 하나가 들려 있었다.

-돈가방 여깄어.

왕 삼촌이 눈을 치뜨고, 군스를 노려보았다. 군스가 가방을 열었다. 그는 그 속에서 침착하게 총을 꺼내 들었다. 아마도 왕 삼촌을 죽이려고 작정을 한 모양이었다.

군스가 총을 겨누자, 왕 삼촌이 이를 부드득 갈았다.

-요런 배은망덕한 놈, 제 에미 그대롤세. 이제는 총까지 들이대. 그래, 쏘아보아라. 이 몹쓸 놈.

왕 삼촌이 지팡이를 처들고, 군스를 향해 달려들었다.

그러자, 군스가 고함을 내질렀다.

-다가오지 말아. 정말 쏠 거야. 못 쏠 줄 알아.

-그래 쏘아라. 이놈아, 쏘아.

왕 삼촌이 더욱 다가들었다.

-이 총 구하려고 얼마나 헤매었는지 알아? 이태원에서 양키에게 밑씻개 노릇까지 했다고. 이 돈 반을 썼어. 내 이런 일이 있을 줄 알고 여길 못 떠났던 거야. 그래 당신만 죽일 수 있다면.

-뭐가 어째?

-그년이 눈치챈 줄은 알고 있었어. 치사한 년. 그런 년과 지금까지 알고 있었다니 나 자신이 불쌍해. 그 개 같은 년, 바사나, 바사나 말이야. 캄보디아 튀기년. 당신이 보낸 년 아니었나? 돈가방 때문에 내게 접근시켰지? 술집 접대부를 대학생이라고 속여서. 난 알고 있었지. 하지만, 그녀는 너무 순진했어. 내가 뿌리치지 못할 만큼. 하지만, 이젠 바로 보이네. 그년이 내게 모두 불었으니까. 그러고는 당신에게 갔겠군. 내게 돈가방이 있다고. 이 집에 숨겨놓았다고. 하지만, 이게 돈이야? 이건 당신을 죽일 수 있는 총이라구.

-이 이런 잡놈을 보았나!

-잡놈은 당신이지. 당신은 정신병자야.

-이, 이런 쌍놈으 자식이!

그때였다. 멍하니 앉아 있던 주인 언니가 갑자기 일어나더니, 무슨 생각에서인지 왕 삼촌을 향해 달려들었다.

왕 삼촌이 달려드는 주인 언니의 머리를 엉겁결에 내리쳤다.

주인 언니가 그대로 뒤로 넘어졌다. 금세 머리에서 피가 번져 흘렀다.

-이 짐승만도 못한 사람!

내가 주인 언니를 안았다. 그러면서, 군스를 향해 소리쳤다.

-총 내려. 가방을 줘버려. 그러지 말아.

-아, 아니, 이것들이 지금 무슨 소릴 하는 거야?

왕 삼촌이 소리쳤다.

-제발, 그만해요.

내가 소리쳤다.

왕 삼촌이 눈을 뒤집었다.

-이 개 같은 년. 맞네. 맞아. 원수의 새끼가 눈을 흘기고 있다는 걸 알면서도 몰랐네. 배은망덕도 분수가 있지. 사내놈을 꾀어 돈을 훔쳐내. 하기야, 별수 있을라구. 그 피가 어디 가겠어.

이가 부드득 갈렸다. 나는 가슴에서 터져 나오는 대로 고함을 질렀다.

-그래. 그랬다. 개새끼야.

-에익, 더러운 년!

그 순간 군스의 손에서 가방이 툭 하고 바닥으로 떨어졌다.

왕 삼촌이 눈을 뒤집고 돈가방을 향해 달려들었다. 그는 가방 안을 확인하고는, 군스를 노려보았다.

-이런 배은망덕한 놈, 감이 어디라고 총을 겨눠. 이 죽일 놈.

그 순간, 군스가 왕 삼촌을 향해 달려들었다. 달려드는 군스를, 왕 삼촌이 지팡이로 내려쳤다.

뒤이어, 내가 왕 삼촌을 향해 달려들었다. 이미 군스는 왕 삼촌의 지팡이에 머리를 맞고 피를 흘리며 힘없이 무너진 상태였다. 왕 삼촌의 지팡이가 내 머리를 향해 날아왔다. 둔탁한 소리와 함께, 나는 모로 나뒹굴었다.

그 순간, 탕 하는 총소리를 들었다. 몽둥이를 쳐들던 왕 삼촌이 비틀거리기 시작했다. 또 한방의 총소리가 탕 하고 났다. 비틀거리던 왕 삼촌이 풀썩 가방을 쥔 채 꼬꾸라졌다.

정한의 그림자

1

어둠 속의 문고리가 낯설다. 문을 닫아버린 술집. 순간적으로 어둠이 싫다는 생각이 들었다. 술집 입구에 들어서다가 주인 언니가 보이지 않기라도 하면, 나는 불빛부터 먼저 확인하는 버릇이 있었다. 불빛을 보았을 때, 안개처럼 스며오던 그 어떤 안도감, 그리고 안온감. 내가 쉴 자리, 그곳에 내가 사랑하는 사람이 있다는 그 생각 하나만으로도 나는 축복받은 것 같았던 때가 언제였는지.

인기척이 느껴져 문을 열다 말고 뒤돌아보았더니, 떠돌이 개가 코를 킁킁거리며 지나가고 있었다. 어느 쓰레기통에서 건져 올린 뼈다귀 하나가 개의 입에 물려 있었다. 어느 으슥한 곳으로 가 놈은 이내 포만감에 젖으리라.

홀의 불을 켜고, 나는 멍하니 서 있었다. 군스가 잡혀간 후로 그의 방에 있던 물건들이 홀로 나온 상태였다. 그래서 홀은 옛 모습이 아니었다. 정리하지 못한 물건들이 벽난로 위에나, 소파 한 귀퉁이 구석 자리까지, 아무렇게나 던져져 있었다. 우기로 인해 그러잖아도 집안 분위기가 썰렁하고 축축한데, 그로 인해 집안은 더 우중충하고 지저분해 보였다.

산다는 것은 무엇일까. 어머니의 뱃속에서 달 수 채워 세상 빛을 보고, 학교 가서 배우고, 연애하고, 결혼하고 애를 낳고, 그렇게 세계의 일부분이 되었다가 죽어가는 것이 산다는 것일까. 등나무 넝쿨같이 얽히고설키고, 웃고, 울고, 죽고, 죽이고, 사랑하고, 미워하고, 그러면서 헤아릴 수 없이 많은 날을 보내고, 그것이 우리 인간의 삶이라면, 그 일부분이라는 말속에는 얼마나 또 다른 일부분이 내재해 있을 것인가.

군스, 차라리 내가 군스 대신 그 죄를 뒤집어썼더라면 이렇게까지 힘들지 않을 것이었다.

나올 때 보았던, 철창 속 군스의 모습. 붉은 실핏줄이 엉킨 눈에 눈물이 맺힌 군스의 얼굴을 보는 순간, 나는 달려가 철창을 잡은 군스의 손을 잡고 말았다.

군스는 손을 잡힌 채 멍하니 서 있었다. 그는 잠시 후에야 머리를 쓸어 올리며 어서 가라고 손짓했다.

밖으로 나온 나는 구석에 앉아 한동안 울먹였다. 솔직히 군스가 부담스럽다는 생각이 들었다. 군스의 사랑이 지극하면 할수록 왜 부담스럽다는 생각이 드는 것인지 모를 일이었다.

처녀가 늙으면 맷돌을 지고 산에 오른다는 말이 있듯이, 그런 식으로 대하는 인간들 사이에 군스가 있다. 내 가장 가까이에 있어야 하고, 나를 가장 이해해야 할 그가 가장 멀리 있다.

나는 상의를 벗어 던지고 벽난로로 다가갔다. 주인 언니는 어디 간 것일까. 불을 지피고, 그대로 소파에 몸을 던졌다. 벌써 군스가 감옥으로 간 지도 한 달이 넘어가고 있었다. 수사관들은 돈을 빼돌리기 위해 군스가 왕 삼촌을 죽였다고만 생각한다. 그러나 군스는 당당하게 이렇게 말했다.

-난 돈 때문에 사람을 죽이지 않았습니다.

-그럼, 왜 죽였나?

-난 짐승을 죽였을 뿐입니다.

-돈이 탐이 나서가 아니고……? 그 사람은 칼이나 총을 가지고 있지도 않았고, 지팡이를 들고 있었어.

빈정거리는 수사관의 말에, 군스는 시선을 돌려버렸다.

눈을 감아 붙이는데, 벽시계가 댕댕 10시를 알렸다. 가끔 비바람 소리가 들려왔다. 비는 계속 거칠어지는 모양이었다.

얼마나 시간이 지났는지 몰랐다. 초인종 소리에 눈을 떠보니 11시였다.

현관으로 나가 보니, 주인 언니가 서 있었다. 주인 언니에게서 비바람 냄새가 났다.

-어디 갔다 와요?

주인 언니는 아무 대답도 하지 않았다.

-왜 비를 맞고 다녀요?

약간은 걱정스러운 내 말에, 주인 언니가 그제야, "우산을 쓰긴 했는데……." 하고 무표정한 얼굴로 말했다. 그녀의 얼굴이 밝지 않다는 것쯤은, 나는 지레짐작으로 알 수 있었다.

나는 우산을 받아, 우산대 곁에 던지듯이 세웠다.

- 어디 갔었어요?

- 군스에게.

주인 언니가 힘없이 대답했다.

- 거긴 왜 또 가요? 언제는 못 잡아먹어서 안달이더니.

주인 언니가 나를 쏘아보았다.

- 어디 사람 인정이 그러냐. 그 아이가 왜 그랬겠냐. 다 너와 날 살리려고 그런 게 아니냐.

- 그런 말 말아요. 그놈의 돈 때문이지.

- 죽고 못 살 때는 언제고.

- 몰라요, 몰라.

주인 언니가 한숨을 내쉬며 고개를 내저었다.

나는 찬장에서 소주병을 꺼내 큰 잔에다 따라 소파로가 앉았다.

- 군스 봤어요?

- 변호사도 필요 없다더라.

주인 언니가 불길에 눈을 붙박은 채 멍하니 서서 말했다.

나는 풀썩 웃었다.

- 군스 불쌍해서 어떡하냐?

이제 정신을 차린 사람처럼 주인 언니가 말했다.

- 어쩌긴 어째요. 되는대로 사는 거지.

말은 그렇게 했지만, 코가 찡해왔다. 눈물이 솟으려 해 눈을 감아버렸다.

잠시 후 나는 젖은 눈으로 주인 언니를 바라보았다. 주인 언니는 매우 지쳤다는 표정을 하고 있었다. 군스에 대한 연민보다는 지쳐버린 주인 언니의 모습이 칼날이 되어 가슴에 와 박혔다.

단숨에 술을 비우는데, 주인 언니가 여전히 불길에 시선을 붙박은 채 흘러내린 머리를 쓸어 올렸다. 머리를 쓸어 올리는 손길에 슬픔 같은 정한이 묻어날 것만 같아, 나는 시선을 돌려버렸다.

2

거리로 나와 애들을 찾았다.

술을 한잔하고 홍대 거리로 나서니까 벌써 어둠이 내려 있었다. 가로등 밑에 취한 여대생들을 꾀는 흰둥이들이 보였다.

-저것 봐라. 흰둥이라니까 사족을 못 쓰고 따라붙은 년들……. 일본이나 여기나.

흰둥이 둘이 여자들을 택시에 태우는 걸 보며, 코네이가 이죽거렸다.

-저런 것을 낳고 미역국 처먹었을 거다. 벨도 없는 년들.

계속해서 이죽거리는 코네이의 말을 들으며, 나는 고개를 숙였다.

이곳만 그런 것이 아니다. 내 나라 일본도 마찬가지다. 개쩌는 세상. 세상이 그렇게 변해버렸다. 순수한 사랑? 웃기는 소리였다.

그녀들에게는 사랑보다는 단지 육체적 호기심이 우선한다. 그렇기에 일본이나 한국을 찾는 외국 남성들에게 이런 곳은 천국이다. 이곳은 한국 여성과 손쉽게 만나 섹스까지 할 수 있는 곳으로 알려져 있다. 외국 남자들은 가만히 있어도 된다. 한국의 덜떨어진 아가씨들이 먼저 말을 걸기 때문이다. 이곳이 이태원도 아니고 미국도 아닌데, 외국인들은 삼삼오오 짝을 지어 아가씨들을 끼고 시시덕거리며, 무단횡단을 일삼고 있다. 그러니 코네이의 투덜거림도 무리가 아니다.

흰둥이 하나가 아직 여자를 못 만났는지 다가왔다.

-샬라 샬라 샬라…….

-이 잡종 뭐라고 하는 거야?

코네이가 대머리가 까진 흰둥이를 보며 내게 물었다.

나는 킥킥 웃다가,

-뜨거운 하룻밤을 보내자는 거겠지.

그제야 코네이가 손을 쓱 내밀더니 엿 먹어라! 하고 중지를 세웠다.

-오오. 장하도다. 재팬(Japan)의 딸이여!

내가 소리쳤다. 말은 그렇게 했지만, 가슴 한쪽이 사르르 아파왔다. 하기야, 우리들보다 잘난 여대생들을 보며 그녀들을 욕할 처지도 아니다. 우리보다 못난 인생이 없기 때문이다. 오죽하면 손님들이 우리들을 더블유 씨 걸(W.C Girl)이라고 하겠는가. 더블유 씨는 변소다. 화장실. 화장실도 그냥 화장실이 아니다. 공중변소를 뜻하는 말이다. 남자들의 정액이 차이면 배설하는 곳. 그러고 보면 내 어머니도 끝까지 공중변소가 되지 않기 위해, 그렇게 눈물겹게 몸부림치고 있었는지도 모르겠다. 그랬으니, 이 딸을 싸질러서 세상에 내놓았을 게 아닌가. 그 창조력에 박수라도 보내고 싶지만, 이제 손뼉 칠 재미도 없다.

그러나 분명한 것은 우리 같은 술순이가 있는 한, 우리들의 휘바리 거리는 언제나 달콤할 것이라는 사실이다. 술이 있고, 우리들의 웃음이 있는 한.

흰둥이가 안 되겠다는 생각이 들었는지, 손을 홰홰 내저으며 돌아서 버렸다.

-소주방에나 가자.

코네이가 주머니에서 껌을 꺼내 씹으며 말했다.

3

술에 취해 깨어나지 않는 나를, 종업원들이 길거리에 내다 버린 것은 새벽녘이었다. 얼마나 추태를 부렸는지, 같이 갔던 애가 1명도 없었다. 처음엔 술에 취해 홀로 술집을 나온 줄 알았다. 그럼, 애들이 아직도 술집에 있을지 모른다는 생각에 술집으로 갔더니, 종업원들이 어이가 없다는 표정들을 지었다. 말을 들어보니, 아무리 말려도 말을 듣지 않더라고 했다. 코네이는 나와 말싸움하다가, 내가 머리로 받아버리는 바람에 코가 깨져 애들이 업어갔다고 했다. 그 바람에 나 홀로 남은 것을, 종업원들이 술집 밖으로 끌어낸 모양이었다. 술에 취한 데다가 약을 함께 했으니, 몸이 배겨낼 리 없었다. 완전히 정신이 가버린 것이다. 경찰이 내 소지품을 뒤져 연락한 주인 언니가 달려왔을 땐, 이직도 니는 약에서 완전히 깨어나지 못하고 있었다. 응급조치하고서도, 몇 시간 뒤에야 겨우 정신을 차렸다. 정신을 차리긴 하였지만, 내 정신이 아니었다. 후유증으로 인해 나는 극도의 공포 증상을 나타내고 있었다. 몸을 잔뜩 웅크리고, 식은땀을 뻘뻘 흘리며 고함을 내질렀다.

누군가 찾는다며 주인 언니가 병실을 나갔다. 아마도 마약반에서 나온 모양이었다.

주인 언니가 책임자에게 어떻게 허락받았는지, 다음 날 나는 집으로 돌아왔다. 나는 어떻게 된 것이냐고 묻지 않았다. 바로 재활원이나 수용소로 보내지기 마련인데, 어떻게 했기에 주인 언니는 나를 집으로 데려올 수 있었는지 모를 일이었다.

처음 이틀간은 약을 내놓으라고 온 집 안을 부수었다.

그러자 주인 언니가 나를 꽁꽁 묶어버렸다.

3일쯤 지나서야, 호전을 보이기 시작했다.

나는 멍하니 천장만 쳐다보다가, 체념하고는 주인 언니를 쳐다보곤 하였다. 가끔 누군가 찾아오면 희미하게 웃음기를 입가에 매달곤 하였다. 의사는 일반적으로 마약 상습자들이 치료 중에 보이는 죄책감에서 오는 현상이라고 하였다.

주인 언니가 미음을 끓여 먹이면, 나는 그냥 말없이 받아먹었다.

일주일이 지나면서 거동하기 시작했다. 가끔 주인 언니를 향해 미소를 보이기도 하였다.

열흘쯤 지나 경찰서로 가, 군스를 만나보았다. 군스는 별말이 없었다.

-괜찮아?

하고 물었지만, 고개를 주억거렸을 뿐이었다. 어깨를 늘어뜨리고 집으로 돌아오자, 주인 언니가 머리를 감겨주면서 물었다.

-군스에게 갔다 왔냐?

-네.

-몸이 많이 상했지?

-그런 것 같아요.

-잊어. 지금은 모든 걸 잊을 때야.

눈물이 주르르 쏟아졌다.

그제야, 군스는 모든 걸 내게 주고 갔는데, 왜 나는 그를 한 번도 사랑해 보지 않았을까 하는 생각이 들었다.

군스를 묶고 있는 것은 밧줄이 아닐 것이었다. 그 감옥의 쇠창살도 아닐 것이었다. 바로 나일 것이었다.

4
—

-꿈꾸었냐?

주인 언니가 물었다. 꽤 다정한 음성이었다.

-군스를 본 것 같은데.

-군스?

-군스는 죽어 백골이 된 모습이었어요.

-생각이 복잡해서 그런 모양이다. 마음을 편하게 가져봐.

나는 시선을 떨구었다. 내가 아무리 못된 애라 할지라도, 군스가 나로 인해 철창에 갇힌 마당에 마음을 편하게 가진다면 사람일까, 하는 생각이 문득 들었다.

그런 생각을 하고 있는데, 주인 언니가 문을 좀 열었다.

주인 언니가 시선을 돌려 허공에 날고 있는 나비를 쳐다보다가 탄성을 터트렸다.

-참 정답다.

분명히 나비들을 보고 하는 소리였다.

오늘따라 이 여자가 왜 이래?

나는 멀거니 나비들은 쳐다보았다. 나비들이 날고 있는 허공, 그 허공 끝 하늘은 그대로 푸르름이었다. 그래서인지, 서로 얽히고설키는 나비들의 비행이 더 아름다워 보였다. 아련한 아픔이 가슴을 헤집었다.

-옛날에 저런 세월이 있었는데……

주인 언니답지 않게 젖은 음성으로 말했다.

갑자기 언젠가, 군스가 바로 주인 언니가 앉았던 그 자리에 앉아서 하던 말이 생각났다. 그때도 나비가 날고 있었던가.

-미국에 있을 때. 아버지가 교통사고를 당했다. 어머니의 슬픔은 말이 아니었지. 너무 좋은 분이었거든. 우리는 한국으로 나왔는데, 어머니는 살기 위해 모진 고생을 하다가, 하는 수 없이 술집을 하게 된 거야. 어느 날, 낯선 남자가 어머니에게 접근했지.

-그 사람이 바로 왕 삼촌?

내가 그때 그렇게 물었을 때 군스는 고개를 끄덕였다. 그러고는 다시 말했다.

-내 아버지와는 정반대의 사람이었지.

-너의 아버지는 좋은 사람이었구나?

-그래. 그분 영국 사람이었어. 난 지금도 기억하고 있어. 아버지는 언제나 고국을 그리워하고 있었으니까. 어머니는 늘 그것을 안타까워했고…….

-그럼, 고국으로 가면 되지. 그게 그리 뭐 어렵다고?

군스가 고개를 내저었다.

-그럴 입장들이 아니었지.

-왜?

-사실은 영국으로 돌아갈 만큼 우리는 부유하지 못했거든.

밖엔 거친 바람이 씽씽 불고 있었다.

6장

폭풍주의보

1

철창 밖에서 보는 군스는 더 초췌해 보였다.

군스는 아예 고개를 숙이고 있었다.

도저히 더 볼 수가 없어, 그대로 경찰서를 나왔다. 담당 형사들에게 어떻게 돼가느냐고 물었지만, 조사할 게 더 남았다고만 하였다.

돌아오는 길에 비까지 내렸다.

집으로 돌아와, 주인 언니가 끓여주는 차를 마시며 담요를 뒤집어썼다. 아직도 건강이 완전히 회복되지 않았다던 담당 의사의 말이 맞는 것 같았다.

종일 비가 내렸다. 처마 밑까지 젖어올 줄은 몰랐다. 거리의 가로등이 빗속에 아련했다.

나는 주인 언니와 함께 벽난로 가에 모포를 둘러쓰고, 벌써 몇 시간째 엎드려 있었다.

　-비가 벌써 이틀째다.

　주인 언니가 창밖을 내다보며 말했다. 그녀가 틀어놓은 라디오에서 일기 예보가 흘러나왔다.

　폭풍주의보.

　아래쪽 어딘가에는 이미 폭풍으로 인해 피해가 심각하다는 속보가 계속해서 흘러나왔다.

　-그런가.

　나는 창밖을 내다보고 있었지만, 초점 없는 시선이었다.

　주인 언니의 손이 내 긴 머리카락 속으로 파고들어 빗금질 쳤다. 폭풍은 이미 내 마음속 거울 같은 것이었다. 언제나 내 마음은 폭풍 속에 놓여 있었다. 새삼스러울 것도 없었다. 동백섬이 생각났다. 눈보라 속에서도 꽃잎을 열던 동백꽃이 생각났다.

　-머리 감아야 되겠다.

　나는 아무 말도 하지 않았다

　-목욕할래?

　고개를 내저었다.

　-해라. 내가 씻겨줄 테니.

　이상한 일이었다. 그렇게 사납던 여자가?

　-내가 뭐 어린앤가.

　주인 언니가 슬며시 웃었다. 그리고 말했다.

　-힘내자꾸나. 이런다고 달라질 게 뭐 있겠니.

-괜찮아요.

-하기야, 이만큼이라도 회복된 걸 보니 보기가 좋구나. 게이코.

시선을 돌려 주인 언니를 쳐다보았다.

주인 언니가 나를 안았다. 그녀가 머리를 쓰다듬었다.

-네 어미가 생각나는구나. 꼭 이랬었지. 미안하구나. 미안해.

-왜 그래요?

주인 언니의 행동이 요즘 들어 너무 터무니없다는 생각에 그렇게 묻자, 주인 언니가 눈을 감았다 떴다.

-언제인지 모르겠다.

주인 언니의 눈빛이 먼 곳을 바라보았다.

-너에게는 미안한 일이지만, 네 엄마 말이다. 전에 말한 적이 있었지? 한동네에서 같이 자랐다는…….

-그래요.

-네 엄마와 난 한 사내를 좋아했단다. 그런데 그놈이 네 엄마를 더 좋아했지 뭐냐.

그렇게 말하고 주인 언니가 한숨을 휴 하고 내쉬었다.

-그놈의 마음을 알고 난 후 나는 그만 섬을 뜨고 말았다. 네 어미가 사실 미웠다. 어떻게 내가 좋아하는 사람을……. 싫어서 말이다. 그러다 어느 해, 교토에서 네 어미를 만났다. 그놈과 헤어져 홀로 떠돌고 있더라. 그래 술집으로 데려왔는데, 전에도 말했지만, 그때 알았었지. 네 엄마가 나보다 한 살 위라는 걸. 워낙 어리게 보여 그리되었는데, 그래도 언니 대접을 할 정도로 심성이 착했어. 기모노를 입으면 그렇게 이쁠 수가 없었다. 가발 뒤집어쓰고 게이샤 행세

하면 모두 녹았었지. 너를 가지던 해, 장삿집을 옮기려고 반년 정도 놀았다. 피임약을 먹으면 속이 미식거리다고 하여, 노는 동안 네 어미가 약을 끊었는데, 왕 삼촌이 네 어미를 덮쳤다. 그래서…….

-그 딸이 바로 저군요?

내가 침착한 어조로 물었다.

-그래. 그 인간이 네 엄마를 건드릴 줄이야. 벌써 오래된 이야기다. 솔직히 내 남자들이 왜 네 어미에게 정신을 주는지 그때는 밉더라. 네 어미가 미웠고, 네년이 미웠다.

주인 언니가 말을 맺고 한숨을 포옥 쉬었다.

지나간 일들이 주마등처럼 눈앞을 스쳐 갔다. 알 것 같았다. 주인 언니가 왜 그토록 사납게 굴었는지.

-내가 너 하나 건사를 못 했으니, 어떻게 어미 자격이 있겠느냐. 네 어미를 생각해서라도, 내가 너한테 그러면 안 되는 것을. 내가 장사에 미쳐, 돈에 미쳐, 이렇게 되어버렸다. 내가 미친 년이지. 너를 건드리던 날, 그날 밝혔다. 바로 당신 딸년이라고. 네가 그놈 방으로 들어가던 날, 내가 거기 있었다. 너는 눈치채지 못했지만.

생각났다. 갑자기 일어나 뺨을 때리던 왕 삼촌.

가슴 밑바닥에서 주먹만 한 그 무엇이 올라챘다. 나는 그것을 내뱉었다.

히히히 히히히 히히히.

미친 사람처럼 웃어대는 나를, 주인 언니가 끌어안았다.

-게이코.

히히히 히히히 히히히.

이상하게 눈물이 쏟아졌다. 입은 그대로 웃고 있었다.

눈물이 계속해서 흘러내렸다. 비로소 알겠다는 생각이 들었다. 왜 왕 삼촌이 나를 범하다가 돌변하여 그토록 사납게 굴었는지.

이제 그들의 시간은 내 시간 속으로 그렇게 걸어 들어와 어이없게 숨겨질 것이다.

나는 어금니를 씹었다. 한번 터져버린 웃음은 계속해서 터져 나왔다.

히히히 히히히 히히히…….

2

바람이 거칠어져 가고 있었다. 주인 언니 몰래 집을 나와 술집으로 갔다. 바람이 몰아쳐 몸이 뒤로 밀렸다. 나는 어금니를 물고 앞으로 나아갔다. 비바람이 몰아쳤다. 계속 나아갔다. 도저히 약 생각이 나서 견딜 수가 없었다. 꼭 몸속에 귀신이 들어앉아 손짓하는 것 같았다.

가잔 말이야. 가잔 말이야.

그렇게 나를 들볶아 대었다. 그래도 약은 안 된다는 생각이었지만, 계속 나아갔다.

밀실로 들어가 술에 취해서는 시간 가는 줄 몰랐다. 이래선 안 된다고 생각하면서도 도저히 술을 찾지 않고는 견딜 수가 없었다.

어제, 군스 면회를 갔다 온 주인 언니가 그랬다.

-군스 얼굴이 더 핼쑥해졌더구나. 날 보더니 그러더라. 미안하다고.

그래서, 주인 언니가 그랬다고 했다.

-무슨 말이냐. 그런 말 말거라.

그렇게 위로했더니, 군스가 머리를 내젓더라고 했다.

-부끄럽습니다.

그 말을 듣자 더 속이 뒤집혀 견딜 수가 없었다. 도대체 군스는 뭐가 부끄럽다는 것인지 이해가 되지 않았다. 속에 불이 일었다.

비바람이 더욱 거칠어졌다.

애들을 불렀다. 그들과 함께 비바람을 뚫고 호리들의 아지트로 갔다. 급한 김에 우선 물고 늘어진 애들의 마리후아나부터 뺏어 물었다. 요즘 들어 새로 나온 신종 마약 GHB가 있었지만, 늘 쓰던 히로뽕과 코카인, 헤로인, 엑스터시, LSD를 마구 섞었다. 물뽕으로도 통하는 GHB는 색깔이 물 같다. 그리고 냄새도 없다. GHB를 소다수나 음료수에 타서 먹으면 그것으로 그만이지만, 그런 약은 그짓이나 할 때 쓰는 것이다. 그래서 남자애들은 성범죄용으로 악용하고 있는 게 바로 그 약이다. 그래서 우리는 그 약을 '데이트 강간 약물(Date Rape Drug)'이라고 부른다. 하지만, 이왕 약을 하려면 그래도 열기에 녹는 흰 가루여야 한다. 그걸 녹여 혈관에 꽂아야 제대로 정신이 멍든다.

촛불을 켜고 숟가락에 약을 녹였다. 팔뚝에 고무줄을 감을 땐 이미 내 정신이 아니었다. 핏줄을 찾아 한 대를 꽂고 나자, 세상이 붕붕 떴다. 전신의 세포가 기다렸다는 듯이 날고뛰었다.

얼마나 지났을까. 정신이 희미하게 돌아오고 있었는데, 기미가 이상했다. 이곳의 호리들은 미군 PX에서 흘러나오는 마약을 저들끼리 쓱싹해 우리에게 대주고 있었는데, 분명히 경찰이 눈치를 챈 것 같았다. 그제야 그들이 이곳저곳에 널린 기구들을 차에 싣다가 우리들을 맞았다는 생각이 들었다. 돈 때문에 마약을 내주긴 했지만, 아무래도 기미가 이상했다.

가리지 않고 마약을 뿌려대는 그들이 새로 옮겨갈 비밀 아지트를 우리에게 가르쳐 줄 리가 없겠지만, 설마 싶었다.

'별일이야 있으려고.'

다시 늘어졌다. 약에 취해 있는 동안 나는 내내 군스의 환영을 보았다. 군스는 슬픈 얼굴로 나를 바라보고 있었다. 철창 한 귀퉁이에 쪼그리고 앉아 있던 그 얼굴, 그 얼굴이었다.

군스야!

군스야!

군스는 대답 없이 눈물을 흘렸다.

어느 사이에 군스가 내 곁에 와 앉았다. 옷깃을 바람에 날리며 내 곁에 와 앉았다. 그는 하염없이 폭풍우 치는 바다를 바라보고 있었다.

군스가 천천히 일어나 그 바다를 향해 걸어갔다. 군스가 물속으로 들어갔다. 군스의 모든 것이 바닷물 속으로 사라졌다.

군스야!

군스야!

나는 군스를 향해 뛰었다.

나는 바다가 되었다. 군스를 삼켜버린 바다가 되었다. 군스는 나보다 더 큰 바다였다. 그 바다는 점차 모습을 바꾸어 소라고둥이 되었다. 나는 그 소라고둥을 잡았다. 소라고둥은 속이 하나도 없었다. 빈 것이었다. 그 속에 내가 있었다. 군스의 모든 것을 파 먹고 내가 자라고 있었다. 나는 군스의 모든 것을 파 먹고 눈을 번뜩이고 있었다.

군스가 흘러갔다. 내게 모든 것을 주고 군스가 둥둥 흘러갔다. 그는 빈 소라고둥이었다. 껍데기만 남은 소라고둥이 둥둥 물 위로 떠올라 어디론가 흘렀다.

모르겠다는 생각이 들었다. 저 모습이 군스의 전부일까, 싶었다. 군스의 모든 것을 내 것으로 하였어도, 나는 결코 군스가 될 수 없으리라는 생각이 들었다.

자꾸만 눈물이 났다. 소리 죽여 울었다.

─완전히 맛이 갔군그래.

곁에 있던 누군가가 그렇게 이죽거렸다.

나는 그를 노려보았다. 군스가 거기 있었다. 나는 벌떡 일어나 군스를 덮쳤다.

─이년 이거 왜 이래?

군스가 고함을 내질렀다. 나는 엉덩이를 까고 그 위로 기어올랐다.

─이년, 저리 못 가!

면상으로 주먹이 날아왔다. 얼굴이고, 가슴이고, 다리고, 엉덩이고, 마구 발길질이 날아왔다.

시원했다.

나는 고함쳤다.

-더 세게! 더 세게!

어느 한순간 누군가가 앞을 막아섰다. 나는 그를 올려다보았다. 등불을 든 사내가 나를 내려다보고 있었다. 준 오빠였다. 그가 나를 향해 등불을 내밀었다. 자신의 모든 것을 내밀 듯.

3

창이 덜컥거렸다. 날이 바뀐 모양이었다. 나는 구역질을 참으며 하네코에게로 다가가 그녀를 깨웠다.

-가자!

하네코가 눈을 뜨고 몽롱한 시선으로 일어나 앉았다.

-비 엄청 오나 보다.

비바람이 휘몰아쳐 창이 덜컹거리는 소리를 듣다 말고 코네이가 말했다.

-가자!

그녀는 잠시 후, 내 얼굴을 보더니 눈을 크게 떴다.

-너 얼굴이 왜 그래?

-왜?

-완전히 땡 나발 됐잖아.

그리고 보니 전신이 주리를 튼 것처럼 아픈 것 같았다.

-일어나. 가게.

그러면서 손으로 눈두덩을 쓸어보았더니, 주먹만 한 혹이 잡혔다. 입술 주위에 말라붙었던 피딱지가 손바닥에 쓸려 떨어졌다.

-싸웠냐?

하네코가 물었다.

-몰라.

-밑은 왜 까고 있어?

-몰라.

비틀거리며 일어나 바지를 올리고 막 돌아서려는데, 계단을 밟아 오르는 다급한 발걸음 소리가 들렸다.

뒤이어 누군가 문을 걷어차고 뛰어들었다. 돌아보니 이외에도 언젠가 호리 보스 곁에서 시종 노릇을 하던 필리핀 놈이었다. 놈의 이름이 돌핀이라는 소리를 그때 얼핏 들은 적이 있었다.

-왜 그래?

하네코가 물었다.

돌핀이 숨을 가쁘게 몰아쉬며, 서툰 한국말로 소리쳤다.

-피해! 어서 피해! 폴리스야!

-뭐?

그때까지 몽롱하게 서 있던 내가 눈을 뒤집어 떴다.

-아니, 경찰이라니?

그러고 보니, 밖에서 한참 실랑이가 있었던 듯, 돌핀의 옷이 비에 젖었고, 콧등이 돌고 눈엔 혹이 주먹만 하게 붙어 있었다.

-어떡하지?

하네코가 탈출구를 찾는 조롱 속의 새처럼, 주위를 두리번거리며 중얼거렸다.

그때, 돌핀을 뒤따라온 경찰들의 구둣발 소리가 요란하게 들려왔다.

코네이가 퍼뜩 창가로 뛰었다. 그러나 뛰어내리기에는 너무 높았던지 그대로 돌아섰다.

미코가 뒹굴고 있는 병 한 개를 주워 들더니, 깨어 들었다.

뒤이어, 경찰들이 문을 걷어차고 뛰어들었다.

-가까이 오지 마!

미코가 겁에 질린 목소리로 고함을 내질렀다.

총을 겨누고, 비바람 냄새를 풍기며 비옷을 입고 들어선 경찰은 우리들을 구석 자리로 몰아붙였다. 미코가 병을 들고 잠시 반항했으나, 그들의 곤봉에 허망하게 머리를 감싸안고 무릎을 꿇었다. 경찰은 우리들을 벽에 몰아붙여 세우고 몸을 훑어 내렸다. 아무것도 나오지 않자, 주위를 샅샅이 뒤지기 시작했다.

잠시 후, 구석방을 뒤지던 경찰이 비닐봉지를 몇 개 들고나왔다. 비옷에서 빗물이 쉴 새 없이 굴러떨어졌다.

-굉장하군. 없는 게 없어. 마리후아나, 히로뽕, 코카인, 헤로인, 엑스터시, LSD⋯⋯. 어휴 이 자식들 이거⋯⋯.

경찰의 말을 들으며, 나는 이제 모든 것이 끝났다는 생각을 했다. 실컷 호리들에게 이용이나 당하다가, 그들의 먹이사슬에 걸려들었다는 생각이 들었다.

경찰 1명이 다른 곳을 뒤지기 위해 밀실을 나가는 걸 보면서, 뒤늦게 정신이 든 빨대라는 놈의 눈이 번쩍 빛났다. 이 바닥에서 그래도 주먹깨나 쓰는 놈이었다. 싸우다가 앞니가 나갔는데, 그 사이로 빨대를 끼워 사이다나 주스를 먹는다고 해서 빨대라는 별명이 붙은 놈이었다. 아니, 힘이 약한 연놈들의 피를 빨아 처먹는 놈이라고 해서, 빨대라는 별명이 붙은 것일지도 몰랐다. 내가 약에 취해 올라탔던 놈은 군스가 아니라 저 자식일지도 모른다는 생각이 들었다. 그래도 사내라고, 비닐봉지 속을 뒤지고 있는 경찰을 향해 빨대의 발길이 나른 것은 눈 깜짝할 사이였다.

경찰 1명이 그대로 나가떨어졌다. 비틀거리며 일어나는 걸 하네코의 하이힐이 이번에는 날랐다. 뒤이어 한 방의 총성이 일었다. 하네코가 잠시 흔들리는 것 같더니, 픽 하고 옆으로 꼬꾸라졌다. 그제야 나는 나가떨어진 하네코를 내려다보았다. 경찰은 엎어진 자세로, 총을 겨누고 이제 나를 노려보고 있었다.

다시 한 방의 총성이 일었다. 경찰이 일어나려고 허리를 세우는 사이, 그대로 몸을 날린 돌핀이 경찰의 몸 위에서 비칠거리고 있었다.

경찰이 자신을 덮친 돌핀을 밀면서 일어났다.

나는 정신이 없었다. 한순간 일어난 일들이 꿈만 같았다. 이대로 있을 수 없다는 생각이 들었다. 나는 돌핀을 밀며 일어나려고 허우적거리는 경찰을 향해, 바닥에 구르고 있는 술병 하나를 주워 들고 달려들었다. 픽 하는 소리가 일었다. 경찰의 얼굴에서 붉은 피가 터졌다. 그 사이에 얼굴을 처박은 경찰의 손에서 나는 재빨리 총을 뺏어 들었다. 내가 허리를 세우자, 총소리를 듣고 달려온 경찰이 보였다. 나는 그를 향해 방아쇠를 당겼다. 쏘지 않으면 내가 죽는다는 생각뿐 아무 생각도 없었다.

철컥하는 소리에, 내가 정신을 차렸을 땐 경찰 둘이 피를 흘리며 쓰러져 있었다. 그제야 하네코를 들춰 보던 코네이가 겁먹은 목소리로 부르짖었다.

-하네코가 죽었다아!

한순간 눈앞이 캄캄했다. 이대로 있어서는 안 된다.

-가자!

나는 짧게 부르짖었다.

총을 빗맞은 돌핀과 미코가 그제야 일어났다.

나는 총을 던져버리고, 밖을 향해 뛰었다. 비바람이 거칠게 나를 감싸안았다. 가까이에서 사이렌 소리가 들려왔다.

-홍콩에서 형성된 태풍 풍웡이 올라오고 있습니다. 방파제 부근 주민들은 너나 할 것 없이 즉시 대피소로 대피 바랍니다.

풍웡?

되뇌던 나는 이게 무슨 소린가 했다.

잘못 들었나?

나는 다시 귀를 기울였다.

-태풍 풍웡이 소멸하지 않고 다시 살아나, 그 세력이 점차 강해지고 있습니다. 주민 여러분, 즉시 대피소로 대피하시기를 바랍니다.

풍웡이 맞았다. 풍웡이 태풍이 되어 올라오고 있다고 하였다.

나는 키득키득 웃었다.

우연이라도 이런 우연이 있다니?

그래, 싫었다.

이런 우연은 그대로 운명이 되고 말지.

운명이 되고 만다고?

어림없는 소리다. 그런 사고가 오늘의 너를 만들어 요 모양 요 꼴이 된 것이다. 한 번이라도 진지하게 왜 사느냐고 물어본 적이 있었던가. 사람이 살아 있다고 다 살아 있는 것은 아니다. 산다면, 살아야 할 이유가 있어야 한다. 내게 한 번이라도 살아야 할 이유가 있었던가? 무슨 목적으로 살고 있으며, 살아가고 있는가? 도대체 너는 여기서 무엇을 하고 있는 것이냐?

나는 계속 키득키득 웃으며 뇌까렸다.

그래 풍월아, 더 사납게 불어라.

어디를 어떻게 비바람 속을 달렸는지 거리를 벗어나자, 바다가 생각났다. 물보라 이는 바다를 생각하자 왕 삼촌과 주인 언니의 모습이 떠올랐다.

어쩌다 우리는 이렇게 되었을까? 아직도 나는 무엇을 잘못 보고 있는 것은 아닐까?

어린 날 엿보았던 어머니의 그림자. 그것이 나의 세상은 아니었다. 그런데도 나는 그런 세상을 살고 있었다.

무엇인가 잘못되었다는 것을 왜 몰랐겠는가. 세상을 잘못 그리고 있다는 것을 왜 몰랐겠는가. 일찍이 알고 있었다. 세상이 내게 거짓말을 하고 있다는 것을. 그리하여 차츰 세상이 내게 거짓말을 하고 있는 것이 아니라, 내가 세상에게 거짓말을 하고 있다는 것을. 손님을 안고 늘 내가 하던 거짓말. 사랑해요. 사랑해요. 글쎄 사랑한 적이 있었을까?

거짓말을 하지 않으면 안 되는 이놈의 세상. 어머니도 그렇게 살 았고, 나도 그렇게 살고 있다. 세상을 향한 나의 큐비즘적 추상은 이미 병이 들 대로 들어버렸다. 그렇다고 이럴 수는 없다.

나를 사랑한다던 두 인간. 누가 나를 진정으로 사랑하고 있었던 것일까? 둘 다 내게 거짓말을 하고 있었던 것은 아닐까? 내가 세상 에 거짓말했듯이, 그들도 내게 거짓말을 하고 있었던 것은 아닐까? 어쩌면 그들도 세상에 거짓말하고 있었을지도 모른다. 거짓말을 하지 않는다고 진실은 아니다. 세상의 밑바닥 코우시 게이코 짱이 묻고 싶다. 사랑하세요? 사랑한다면 거짓말이다. 사랑은 말이 아니 다. 말이 될 때 이미 사랑의 의미는 무너진다. 그것은 영화의 대사 일 뿐. 나는 한 번이라도 손님의 몸을 안고 사랑한 적이 없었다. 거 짓말을 하지 않은 적이 없었다. 언제나 사랑한다고 말하지만, 그건 거짓말이었다. 사랑하든 사랑하지 않든, 사랑은 말이 되는 순간, 그 렇게 거짓말이 되고 만다. 그러므로 진실은 그 거짓말 뒤에 있다.

그렇다면 물어보아야 한다. 거짓된 대답 뒤에 있는 진실을 어떻 게 찾느냐고, 진실을 찾는 방법은 단 하나. 저 거짓말을 쳐 없애야 한다. 그때 진실이, 사랑이 보일 것이다. 거짓말을 쳐내지 않고 어 떻게 진실을 볼 것인가.

불쌍하구나. 거짓을 쳐 없앨 길은 찾았지만, 방법을 모르고 있으 니. 큐비즘적으로 분해하고 분석하고 추상할 수는 있다. 문제는 그 것이 사랑이 아니라는 사실이다. 나는 지금도 세상을 향해 거짓말 을 하고 있다. 거짓말은 하지 않으려면 침묵해야 한다. 그러나 침 묵할 수 있다는 게 거짓말이다.

제기랄!

사나운 비바람이 우리들을 휘어 감았다. 미코가 한순간 미친 사람처럼 울부짖었다.

-하네코가 죽었다아!

눈물이 주르르 흘러내렸다.

-이대로 헤어져야 해, 우리는 이곳 경찰을 죽였어.

미코가 절망적인 음성으로 말했다.

-흩어져. 모두가 흩어져!

나는 눈물을 흘리며 소리쳤다.

모두가 뿔뿔이 흩어졌다.

나는 바다를 향해 털버덕 두 무릎을 꿇었다. 분명히 주인 언니는 나를 찾아 비바람 부는 거리 곳곳을 뒤지고 있을 것이다.

내가 쏜 총에 거꾸러지던 경찰들. 한기가 들고 몸이 떨렸다. 자꾸만 거칠어져 가는 바람 소리, 파도 소리, 동백섬 생각이 났다. 폭풍우 부는 바다가 생각났다. 준 오빠가 생각났다. 눈물이 주르르 쏟아졌다. 어쩌면 그는 지금쯤 동백나무 아래 앉아 나를 기다리고 있을지 모른다.

아아, 그런데 왜 이렇게 비바람은 심하게 부는 것이냐.

구역질이 폭풍처럼 올라왔다. 눈앞이 흔들렸다. 군스가 생각났다.

이제 군스는 어떻게 되는 것일까?

머리를 내저었다. 준 오빠가 다시 생각났다. 나는 숨을 죽였다. 비바람이 씽씽 소리를 내며 지나가고, 거대한 파도가 나를 삼킬 듯이 눈앞으로 달려들었다. 가야 한다는 생각이 들었다. 저 거대한

파도가 나를 덮치기 전에 한 번만이라도 준 오빠를 만나야 한다는
생각이 들었다.

나는 정신없이 일어났다. 비바람이 성긴 옷깃을 휘감았다.

갑자기 다급한 발걸음 소리가 뒤에서 들려오는 것 같았다. 나를
잡으러 오는 경찰의 발걸음 소리일지도 몰랐다.

나는 뛰었다. 잡히기 전에 준 오빠를 만나야 한다는 생각뿐이었다.

왜 이제야 준 오빠를 만나야겠다는 용기가 생기는 것일까.

어쩌면 마지막이 될지도 모른다는 위기감이 그런 용기를 준 것
이라면?

모르겠다. 우선은 그를 만나야 해.

준 오빠. 준 오빠.

나는 정신없이 오빠가 있는 곳으로 뛰었다. 비바람 속을 뛰고 또
뛰었다. 주인 언니의 소리가락이 들려왔다.

얼씨구나 좋을씨구 절씨구 풍신이 저렇거든 보국 충신이 안 될까
어제저녁 오셨을 제 어산 줄은 알았으나 남이 알까 염려되어 너무
괄세허였더니 속 모르고 노여웠지 지화자 좋을시구 …… 수수광풍
적벽강 동남풍이 불었네 궁뎅이를 두었다가 논을 살까 밭을 살까
흔들 대로만 흔들어 보세 얼씨구나 절씨구 얼씨구 절씨구 지화자
좋을씨구 얼씨구나 좋을씨구

끝

후기

    때로 큐비즘의 세계로 들어가 본다.

    내 인생을 큐비즘의 시각에서 바라보면 어떤 모습일까?

    일찍이 세상의 가장 밑바닥 유조 게이샤 코우시가 그것을 보고 있었다. 그녀가 내다보았던 우리들의 민낯. 그것이 나의 모습이었다. 큐비즘적 양성의 덫에 갇혀버린 나의 모습이었다. 세상을 사랑한다고 해도 거짓말이고, 침묵한다고 해도 배(背)하므로 거짓말이다.

    오늘도 그 추상성에 할 말을 잊는다. 보이는 대로만 보는 우리의 시각, 그러나 그게 본질은 아니다.

    아니라고 하는 그것, 그것도 거짓말이다.

    본질은 그 뒤에 있다. 대답하지 못하는 침묵 뒤에 있다.

    그렇다면 침묵의 모가지를 쳐 없애야 한다.

    그때 대답이 모습을 보일 것이다.

    그 모습이 소설이다.

    코우시, 코우시, 너는 언제 사람 될래?

    사람이 되기 위한 밑바닥 인생의 몸부림 속에서 나는 보고 싶었다. 절망에서 일어나는 희망의 모습을.

생사의 엄청난 너울 속을 살아가는 우주의 큐비즘.

이런 작업이 한동안은 계속되지 싶다.

그러면서 천천히 우주의 정원을 산책하는 것. 그것이 남은 내 인생의 일과가 될 것이다.

백금남

게이코의 거짓말

초판 1쇄 발행 2025. 1. 7.

지은이 백금남
펴낸이 박종순
펴낸곳 피플워치

편집진행 김재영
교정 박하연
디자인 김민지

등록 2023년 7월 17일 제2023-000054호
주소 서울특별시 은평구 갈현로 47가길 1-7
대표전화 02-352-3861

제작처 Barunbooks Co., Ltd.

ⓒ 백금남, 2025
ISBN 979-11-984047-3-2 03810